外国文学名著丛书

〔芬兰〕埃利亚斯·隆洛德／整理、编纂

卡勒瓦拉 上

孙 用／译

"外国文学名著丛书"编委会

人民文学出版社

KALEVALA

根据 W. F. FIRBY 英译本（1951 年《万人丛书》版）译出。

图书在版编目(CIP)数据

卡勒瓦拉:上下／(芬)埃利亚斯·隆洛德整理、编纂;孙用译.—北京:人民文学出版社,2022
(外国文学名著丛书)
ISBN 978-7-02-017082-1

Ⅰ.①卡… Ⅱ.①埃…②孙… Ⅲ.①史诗—芬兰—近代 Ⅳ.①I531.24

中国版本图书馆 CIP 数据核字(2021)第 055292 号

责任编辑	柏　英
装帧设计	刘　静
责任印制	王重艺

出版发行		人民文学出版社
社　　址		北京市朝内大街 166 号
邮政编码		100705
印　　刷		北京盛通印刷股份有限公司
经　　销		全国新华书店等
字　　数		360 千字
开　　本		850 毫米×1168 毫米　1/32
印　　张		31.125　插页 5
印　　数		1—4000
版　　次		1981 年 9 月北京第 1 版
印　　次		2022 年 1 月第 1 次印刷
书　　号		978-7-02-017082-1
定　　价		109.00 元(全二册)

如有印装质量问题,请与本社图书销售中心调换。电话:010-65233595

埃利亚斯·隆洛德

出版说明

人民文学出版社自一九五一年成立起,就承担起向中国读者介绍优秀外国文学作品的重任。一九五八年,中宣部指示中国科学院文学研究所筹组编委会,组织朱光潜、冯至、戈宝权、叶水夫等三十余位外国文学权威专家,编选三套丛书——"马克思主义文艺理论丛书""外国古典文艺理论丛书""外国古典文学名著丛书"。

人民文学出版社与中国科学院文学研究所,根据"一流的原著、一流的译本、一流的译者"的原则进行翻译和出版工作。一九六四年,中国社会科学院外国文学研究所成立,是中国外国文学的最高研究机构。一九七八年,"外国古典文学名著丛书"更名为"外国文学名著丛书",至二〇〇〇年完成。这是新中国第一套系统介绍外国文学作品的大型丛书,是外国文学名著翻译的奠基性工程,其作品之多、质量之精、跨度之大,至今仍是中国外国文学出版史上之最,体现了中国外国文学研究界、翻译界和出版界的最高水平。

历经半个多世纪,"外国文学名著丛书"在中国读者中依然以系统性、权威性与普及性著称,但由于时代久远,许多图书在市场上已难见踪影,甚至成为收藏对象,稀缺品种更是一书难求。在中国读者阅读力持续增强的二十一世纪,在世界文明交流互鉴空前频繁的新时代,为满足人民日益增长的美好生活的需要，人民文学出版社决定再度与中国社会科学院外国文学研究所合作，以"网罗经典，格高意远，本色传承"为出发点，优中选优，推陈出新，出版新版"外国文学名著丛书"。

值此新版"外国文学名著丛书"面世之际，人民文学出版社与中国社会科学院外国文学研究所谨向为本丛书做出卓越贡献的翻译家们和热爱外国文学名著的广大读者致以崇高敬意！

"外国文学名著丛书"编委会
二〇一九年三月

编委会名单

（以姓氏笔画为序）

1958—1966

卞之琳　戈宝权　叶水夫　包文棣　冯　至　田德望
朱光潜　孙家晋　孙绳武　陈占元　杨季康　杨周翰
杨宪益　李健吾　罗大冈　金克木　郑效洵　季羡林
闻家驷　钱学熙　钱锺书　楼适夷　蒯斯曛　蔡　仪

1978—2001

卞之琳　巴　金　戈宝权　叶水夫　包文棣　卢永福
冯　至　田德望　叶麟鎏　朱光潜　朱　虹　孙家晋
孙绳武　陈占元　张　羽　陈冰夷　杨季康　杨周翰
杨宪益　李健吾　陈　燊　罗大冈　金克木　郑效洵
季羡林　姚　见　骆兆添　闻家驷　赵家璧　秦顺新
钱锺书　绿　原　蒋　路　董衡巽　楼适夷　蒯斯曛
蔡　仪

2019—

王焕生　刘文飞　任吉生　刘　建　许金龙　李永平
陈众议　肖丽媛　吴岳添　陆建德　赵白生　高　兴
秦顺新　聂震宁　臧永清

目　次

译本序 …………………………………………………… 1

第 一 篇　万奈摩宁的诞生 …………………………… 1
第 二 篇　万奈摩宁播种 ……………………………… 17
第 三 篇　万奈摩宁和尤卡海宁 ……………………… 33
第 四 篇　爱诺的命运 ………………………………… 57
第 五 篇　万奈摩宁垂钓 ……………………………… 79
第 六 篇　尤卡海宁的弩弓 …………………………… 90
第 七 篇　万奈摩宁和娄希 …………………………… 100
第 八 篇　万奈摩宁受伤 ……………………………… 115
第 九 篇　铁的起源 …………………………………… 127
第 十 篇　熔铸三宝 …………………………………… 152
第十一篇　勒明盖宁和吉里基 ………………………… 173
第十二篇　勒明盖宁赴波赫尤拉 ……………………… 190
第十三篇　希息的大麋 ………………………………… 212
第十四篇　勒明盖宁之死 ……………………………… 223
第十五篇　勒明盖宁之复活及归来 …………………… 242
第十六篇　万奈摩宁在多讷拉 ………………………… 269
第十七篇　万奈摩宁和安德洛·维布宁 ……………… 286

第 十 八 篇	万奈摩宁和伊尔玛利宁赴波赫尤拉	312
第 十 九 篇	伊尔玛利宁的功绩及订婚	340
第 二 十 篇	巨牛及酿制麦酒	362
第二十一篇	波赫尤拉的婚礼	387
第二十二篇	新娘的悲哀	405
第二十三篇	教训新娘	427
第二十四篇	新娘和新郎离家	461
第二十五篇	新娘和新郎归家	483
第二十六篇	勒明盖宁重赴波赫尤拉	513
第二十七篇	在波赫尤拉的决斗	545
第二十八篇	勒明盖宁和他的母亲	562
第二十九篇	勒明盖宁在岛上的奇遇	574
第 三 十 篇	勒明盖宁和迭拉	599
第三十一篇	温达摩和古勒沃	619
第三十二篇	古勒沃和伊尔玛利宁的妻子	634
第三十三篇	伊尔玛利宁妻子的死亡	656
第三十四篇	古勒沃和他的父母	669
第三十五篇	古勒沃和他的妹妹	680
第三十六篇	古勒沃的死亡	696
第三十七篇	金银新娘	711
第三十八篇	伊尔玛利宁的新新娘	723
第三十九篇	远征波赫尤拉	737
第 四 十 篇	梭子鱼和甘德勒	754
第四十一篇	万奈摩宁的音乐	768
第四十二篇	袭取三宝	780
第四十三篇	为三宝而战	803

第四十四篇	万奈摩宁的新甘德勒	821
第四十五篇	在卡勒瓦拉的瘟疫	835
第四十六篇	万奈摩宁和熊	850
第四十七篇	劫掠太阳和月亮	877
第四十八篇	捕火	892
第四十九篇	真假月亮和太阳	908
第五十篇	玛丽雅达	927

神名、人名、地名释义 ································· 953

译者后记 ······································· 962

译 本 序

一

芬兰的民族史诗《卡勒瓦拉》(即《英雄国》)是最宝贵的世界文化遗产之一,在芬兰文学语言的形成上,在芬兰民族文化的发展上,都起了极其重大的作用。根据研究家的探索,《卡勒瓦拉》的各个鲁诺(芬兰文"runo"意即诗篇)的构成,从其中英雄们的事迹来看,当发生于斯堪的纳维亚的"海盗时期"(八世纪末叶至十世纪初叶),可能有一部分还在其前,有一部分则在其后。那时芬兰的大部分还是没有人烟的森林和沼泽;芬兰人从南方、从爱沙尼亚跨过大海,来到现在居住的地方;卡累利阿人从东方移居于拉多加湖周围的地区;从芬兰本部来的移民也在那里定居。他们各自为政地占据了个别的村镇和地区,在北方的寒冷和荒凉中挣扎地生活着。

芬兰人民是爱好音乐和歌唱的人民,各时代的歌手分别唱出了他们的鲁诺,在人民中间世世代代地口口相传;这些包含着芬兰古代神话和传说的鲁诺,正是一千多年前芬兰人民的精神的想象,我们由此才能够在我们的心目中画出它的整个社会及其一切风俗习惯。我们看到了农民在耕种,猎人在狩猎,渔夫在划船,工人在简陋的小屋里打造武器和工具,造船的在寻找造船用的龙骨,而他们的妻子正向堆房走去,他们的女儿又在海角上洗濯衣服;隆重的庆祝和祭祀也不时打断这些日常的工作,赛船、角力和唱歌比赛是当时最热闹的节目。我们也看到了他们的悲欢离合,一切真实的情感的抒发,以及对于威胁他们的生存的黑暗残酷的力量,进行着艰苦的不断的斗争。

一直到十九世纪中叶,这些鲁诺都只在歌手们的记忆中和口头上活着。新的文化渐渐在芬兰成长了,新文化的侵入越深,旧文化的消亡也越多;《卡勒瓦拉》在芬兰本部和萨答昆达——鲁诺的发生之地——最先渐渐渐灭,现在只能在那里发现一点残余;然而在东部的卡累利阿,这些鲁诺却一直活着,虽然也有不少已经遗忘了,编纂者隆洛德努力将能够保存的保存了下来。

二

埃利亚斯·隆洛德(Elias Lönnrot)在一八〇二年四月九日生于贫困的家庭,他的父亲是一个乡村的裁缝;他从小就爱好诗歌,一八二二年进阿波大学读书,参加了学校里的一个青年团体,团体的成员都是包尔旦①教授的学生,致力于采集芬兰民间诗歌的工作。他在一八二七年发表了以芬兰神话中最伟大的英雄万奈摩宁为题的论文。离开大学后,他当了乡下

---

① 包尔旦(H. G. Porthan,1739—1804),芬兰的学者,被称为"芬兰历史之父",以瑞典文写作。

的医生,很快就作了收集芬兰歌曲的第一次旅行。一八二九年到一八三一年,他在赫尔辛基印行了以《甘德勒①,一名芬兰古今歌曲》为题的芬兰民歌集。正是由于民歌集的印行,他们在学校里的团体"礼拜六俱乐部"就发展为"芬兰文学协会"。这个协会于一八三一年成立,它的纲领是"传播(芬兰)国家的历史意识,从事芬兰语之完成,创造为知识界及一般人的芬兰文学"。又说明:"语言是民族的基础,没有民族语言,就不可能有民族文学。"它的工作还有集印芬兰古代诗歌,出版推进大众教育和启蒙教育的作品,发行学术期刊。

从一八三二年起,隆洛德在卡亚尼做医生。这是芬兰中部的一个小城市,那时有这样的话,说这小城有两条街,"一条是雨天猪走的,一条是晴天人走的。"他在卡亚尼的生活十分艰苦,居民分散而且贫穷,他像农民一样生活,参加他们的劳动,同时学习他们的歌曲。他在这小城市几乎有二十年之久,他从这里出发,作了不少次的旅行,采集民间诗歌。到一八三五年,他完成了他的第一版的《卡勒瓦拉》(这书的自序写于一八三五年二月二十八日),分为三十二篇,约一万二千行,稿本寄给芬兰文学协会出版。他并不以此为满足,又走上更辽远的旅途,继续他的采集工作,到一八四九年印行了更完备的《卡勒瓦拉》,分为五十篇,共计二万二千七百九十五行。同是这辽远的旅行和继续的采集的成果,还有在一八四〇年印行的《甘德勒达尔②》,其中包含了大约七百首芬兰古代的歌谣;在一八四二年和一八四四年分别印行的《芬兰民间谚

---

① 甘德勒,芬兰文"Kantele",芬兰古代的民间乐器,乐师将它搁在桌上或双膝之上,用手指弹奏。最早的琴系用白桦木雕成,有五根弦。

② 甘德勒达尔,芬兰文"Kanteletar",意为"甘德勒女儿"。

语》和《芬兰民间谜语》两个集子。

从一八五四年到一八六二年，隆洛德是赫尔辛基大学的芬兰语文学教授，在这期间他致力于芬兰文学语言的形成；他的关于几乎早已被人忘却的方言土语的知识，使他能够复活古字和重造新字。他在晚年又编纂了《芬兰瑞典语词典》，在一八六六至一八八〇年间完成，那时他已经七十八岁了。他于一八八四年三月十九日逝世。

隆洛德是一个很坚强的人，只有像他那样的人，才能够经受他那种艰难困苦的旅行。他徒步、骑马、划船和乘橇，经过荒凉的沼泽、森林、洼地和冰原；他的无数次的冒险都是很有趣味的故事。他第一次旅行的记录中是这样说的：他穿着农民服装，背着背包，肩上挂着枪，手中提着手杖，纽扣上别着一支笛子，嘴里叼着短短的烟管；别人都当他是一个农民，有一天他的脚走痛了，他想雇车，客店老板却拒绝了。在稍后的一次旅行中，他正和一位路德教的牧师一同进餐，忽而不见了，后来发现他在倾听一个打扫浴室的老太婆唱歌，而且记录下来。

他到处旅行，采集着仅仅活在农民口头的歌曲。他的办法是：把自己学到的歌曲唱给农民听，然后请求他们唱别的歌曲。他访问了最出色的歌手（鲁诺的歌唱者），下面是关于他与最伟大的歌手阿尔希巴·贝尔杜宁（Arhippa Perttunen）的交往的记录，可以说明他的活动情况：

"那位老者当时大约有八十岁了，但他的记忆力还非常好。我忙于记录，几乎有两整天再加上第三天的一部分时间。他按着先后的次序唱出他的歌来，其间没有什么重大的脱节，极大部分都是别人没有唱过的；我也怀疑是否还能从别的地方听到这些。我非常高兴我居然下决心访问了他。谁知道呢,如果我再迟一点去,他能不能活着?真的,如果他在我访问之前死去,那么我们古代歌曲的大部分也就与他同归于尽了。这位老者很激动地谈到他的儿时和他的早已死去的父亲,就是他传给他这些歌曲的。他对我说道:'当我们撒网捕鱼之后,在拉布卡湖边的柴火旁休息,你如果在场多好!我们有一个从拉布卡来的帮手。他也是一个很好的歌手,却又跟我的父亲不同。他们整夜在火边歌唱,手牵着手,同样的歌不唱第二遍。那时候我还是个孩子,只坐在旁边听着,我就这样学会了最好的歌曲。可是我已经忘了许多了。我的儿子一个也不像父亲那样能够当一名歌手,就像我像我的父亲一样。在村子里工作或空闲的时候,古老的歌曲不再像我小时候那样引人喜爱了。年轻人都唱他们的轻浮的歌,我不愿唱那些东西。如果以前有人像你这样来采集鲁诺,光是我父亲知道的,就两个星期也记录不了。'"

隆洛德从人民口中记录着鲁诺,对于这伟大的史诗的想法愈来愈清楚了。他看出了有些歌手唱的是零星的鲁诺,而有些歌手又将零星的连缀成更长的组诗。他也要将他采集的这些加以编纂:有时他改动一下,使一些混乱的变成完整的;有时他也不免有所增删;有时他又将两种不同的歌词合并起来。这样,他就将一些个别的鲁诺集合而成一部首尾连贯的大史诗,从不同的基础上得到了统一。他自己曾经这样说过:"因为在懂得鲁诺这点上,没有别的歌手超过我,我觉得我就有同样的权利,如大多数鲁诺的歌手所要求的那样,可以编排他们选中的最好的鲁诺,或者正如一首民歌中所唱的:

我自己开始来吟诵,

我自己开始来歌咏；

就是说，我认为自己也是一个像他们一样出色的鲁诺的歌手了。"

　　原来是个别的、分散的鲁诺，编纂成现在这样的《卡勒瓦拉》，是要归功于它的编纂者的。

三

　　《卡勒瓦拉》的时代背景，虽然一般认为发生在氏族制度瓦解时期，然而因为它是在长时期中口头流传着的，在原始的歌曲中一定渗入了不少现代的调子。我们看到婚姻可以自主的波赫亚姑娘，也看到在掠夺婚姻下牺牲的萨利姑娘；我们看到勤劳的"原始的"工人也雇用仆役和工人跟他一起工作；我们也看到驱邪念咒的英雄竟倾听着封建道德的训诲。所以有人说，《卡勒瓦拉》所包含的芬兰古代的鲁诺，它的写作时期远远在基督教传入之前，因为是口头的文学，到隆洛德编集的时候，基督教传入芬兰已经有七百年之久，自然要受到基督教的影响。因而也有人断定，《卡勒瓦拉》的最后一篇的故事，象征着基督教之传入芬兰，异教思想之终于让步；玛丽雅达和她的儿子也使人想到圣母马利亚和耶稣玛丽雅达（Marjatta），这名字可能源出于"玛丽亚"（芬兰文"marja"，意为莓果），玛丽雅达的故事也许还是基督教以前的传说。

　　《卡勒瓦拉》是芬兰人民的想象和经验的记录，它是芬兰人民的长时间的创作，它以夸张的手法，交织着想象和现实，唱出了和平的人民的声音。它不像印度的《腊玛延那》和《玛哈帕腊达》、德国的《尼伯龙根之歌》、波斯的《列王纪》①以及别的民族史诗那样,它们的主人公都是王侯将相的统治阶级,《卡勒瓦拉》的主人公却是平常的人物,其中三个最主要的英雄,万奈摩宁是农民——第一个大麦播种人,"原始的"歌手和法师;伊尔玛利宁是"原始的"工人,一个熟练的铁匠;勒明盖宁是一个"吃鱼过日子"的农夫。它以大量的篇幅歌唱他们的耕种、狩猎、造船、打铁,以及无比的劳动热情。它也不像别的史诗那样轰轰烈烈地描写着流血的战争;关于战争的描写,在《卡勒瓦拉》全诗中只占极小的部分,而且并不显出多少的狂热,几乎只视为一种不可避免的灾祸。它也着重描写了法术,咒语和祈祷发出了超自然的力量,正如高尔基所说:"古代的劳动者……用语言的力量,'法术'和'咒语'的手段,去控制自发的害人的自然现象。……这表明人们多么深刻地相信自己的语言的力量。"在《卡勒瓦拉》中,语言的力量胜过武器的力量,用剑的英雄成了用口的英雄。

这和平的民族没有好战的史实,他们大都过着农村生活,因此就热爱自然、歌颂自然。《卡勒瓦拉》中对自然的描写,也为别的史诗所不及。隆洛德也这样说过:"这国家的居民,住处相隔很远,因此就在大自然中寻找朋友和伙伴。他们想象着一切自然现象都有生命,都有感觉,都有说话的能力。如果有人来到异乡,太阳和风就是他的老朋友。如果年轻的姑娘离开家,她就因为那里的一切要忘记她而伤心;她知道,等到她回来的时候,至少还有柳枝和篱笆一定认识她。……然而欢乐和幸福的人们也一样寻找着大自然的友谊。快乐的姑

---

① 音译《沙赫那玛》,波斯诗人费尔多西(934—1020)所作。

娘要求杜鹃唱出金银来。大山、树木和鸟兽也互相或者对人类表达它们的思想。"

四

十二世纪中叶,瑞典国王艾立克九世侵入芬兰,也一起带来了基督教,而且还是以传教作为口实的,从此一直到十九世纪初,大部分的芬兰都处在瑞典统治之下,瑞典语在芬兰的沿海地区是公认的语言,许多芬兰城市改用瑞典的名称;俄国也在十八世纪占领了芬兰的东部地区,包括维布利和大部分的卡累利阿在内。于是芬兰就在两个大国之间,成了他们争权夺利的牺牲品;到了一八〇八年至一八〇九年俄国胜利之后,芬兰就成了俄国统治下的大公国,有一百年之久。芬兰人民在两个大国的压制下,在冷酷的自然的威胁下,物质生活和精神生活都是极其艰苦的,他们奋斗而挣扎地生活着,也在歌唱中找到了慰安,然而大多是悲哀的调子;所以芬兰的谚语说:"悲哀是歌唱的源泉。"这就难怪在《卡勒瓦拉》中也有不少描写流泪的场面了。

《卡勒瓦拉》的出版,正如明星闪现于黑暗的天空,唤醒了芬兰人民对未来的确信,知道他们有自己的民族的语言,知道他们有自己的民族的文化。寒冷和黑暗威胁着《卡勒瓦拉》的人民,他们不得不从事光明与黑暗的斗争,光明一定要战胜黑暗。《卡勒瓦拉》的歌声鼓舞着芬兰人民,在为独立和自由的祖国的斗争中,使他们有足够的勇气和力量。

《卡勒瓦拉》出版后不久,许多国家都有了译本,也获得了国外的专家和作家们的一致赞美。德国语言学家和神话学家雅各·格林(J. Grimm,1785—1863)提到《卡勒瓦拉》的非凡价值,将它的编者隆洛德与荷马、维吉尔、《尼伯龙根之歌》的歌手、凯摩因斯[①]并称;他又说,在描写自然景物上,除了印度的史诗以外,没有别的史诗可以与之相比。同国的语言学家施坦塔尔(H. Steinthal,1823—1899)只承认四部伟大的民族史诗,即《伊里亚特》《卡勒瓦拉》《尼伯龙根之歌》和《罗兰之歌》[②]。原籍德国的英国语言学家和东方学家玛克斯·缪勒尔(M. Müller,1823—1900)曾说:"如果诗人可以从他周围的自然景象取材,如果他可以描写他与之一起生活的人们,《卡勒瓦拉》有与荷马并非不同的价值,可以作为世界的第五部民族史诗,与《伊沃尼亚之歌》[③]《玛哈帕腊达》《列王纪》和《尼伯龙根》并列。"美国诗人朗费罗(H. W. Longfellow,1807—1882)从德文译本读到这部史诗,他在一八五四年六月五日的日记中记着,他很高兴地阅读了芬兰的史诗《卡勒瓦拉》,"这太动人了!"这部史诗不但在韵律上,也在结构上,同样深深地影响了他的以印第安民族传说为蓝本的名著《海华沙之歌》。高尔基也在好几篇文章中提到《卡勒瓦拉》,称之为"文艺创作的纪念碑"。他在《个人的毁灭》一文中说:"几十世纪以来,个人的创作就没有产生过足以与《伊里亚特》或《卡勒瓦拉》媲美的史诗。"

---

① 凯摩因斯(1524—1580),葡萄牙大诗人,史诗《卢西亚特》的作者。
② 法兰西的英雄史诗。
③ 指《伊里亚特》和《奥德赛》两部史诗。

五

《卡勒瓦拉》不但在一百多年前唤醒了芬兰人民的精神力量,而且还成了一百多年来芬兰文学和艺术的源泉。芬兰的画家、音乐家、文学家都与这部史诗有直接的或间接的联系。它是画家加伦-卡莱拉(A. Gallen-Kallela,1865—1931)和音乐家息贝留斯(J. Sibelius,1865—1957)的强有力的灵感的来源,他们二人都是《卡勒瓦拉》的热情的读者。芬兰文学的最伟大的代表者都多少受到《卡勒瓦拉》的影响,在他们的作品中看得出遗迹来。戏剧家如基维(A. Kivi 1834—1872)、艾尔戈(J. H. Erkko,1849—1906)、艾诺·雷诺(Eino Leino,1878—1926),小说家如林南柯斯基(V. Linnankoski,1869—1913),都写了以《卡勒瓦拉》的主要人物为主人公的作品。小说家阿河(J. Aho,1861—1921)的长篇和短篇,给芬兰的散文添上了新的美和力,就是由于他走的是《卡勒瓦拉》的民间文学风格的道路。著名的抒情诗人艾诺·雷诺从芬兰的民间诗歌学习了高度的艺术,他的大量诗歌都依着《卡勒瓦拉》的诗行而写作。

《卡勒瓦拉》的编纂者隆洛德,从农民的口头采集古代的歌曲,编成了这部比别的史诗更富于人民性的史诗,用高尔基的话说,就是"都是用口头的、集体创作的原料创造和铸成的"。他为了芬兰的人民,为了祖国的下一代,在这史诗的编纂工作上付出了最大的劳动。

在这史诗的开头的"序诗"和结末的"尾声"中,隆洛德借以表达了他的信心和希望,这是出自人民的呼声,也是对于人民的鼓舞。

"序诗"中唱出了他的非唱不可的心情：

> 我的渴望逼着我，
> 我的智力催着我，
> 我得开始我的歌唱，
> 我得开始我的吟哦。
> 我要唱民族的歌曲，
> 我要唱人民的传说。
> ……
> 我们的亲人倾听着，
> 倾听着我们的教导，
> 新生一代的青年们
> 在我们身边围绕，
> 学习这神奇的字句，
> 记住这歌曲和传说……

"尾声"中唱出了他的自豪和自信，也唱出了这部史诗的意义和使命：

> 你们友好的人民！
> 你们也许不会奇怪，
> 我在儿时唱得太多，
> 我小时候唱得太坏。
> 我缺乏足够的学识，
> 没有出门向学者请益，
> 我也没有学过外国文，
> 我也不懂外国的歌曲。
> ……
> 这样也就让它这样；

我给歌者指出了道路,
截断树梢,指出了大道,
砍去树枝,出现了小路。
这条路通向这里,
这是一条新辟的路径;
它敞开着,为了歌人,
为更伟大的民谣歌人,
为成长着的年轻一代,
为那正在起来的一代。

       孙　用
      一九六四年十月

第一篇　万奈摩宁的诞生

一、序诗。（第1—102行。）
二、大气之女降于大海，风和浪使她怀孕，成了大水之母。
　　（第103—176行。）
三、一只小凫在她膝上做窝、下蛋。（第177—212行。）
四、蛋从窝里落下，打碎了，但碎片却形成了大地、天空、
　　太阳、月亮、云。（第213—244行。）
五、水母创造了海角、海湾、海岸和海洋的深深浅浅之处。
　　（第245—280行。）
六、万奈摩宁从水母诞生，被波浪冲击了好久，终于到达
　　岸上。（第281—344行。）

　　　　　我的渴望逼着我，
　　　　　我的智力催着我，
　　　　　我得开始我的歌唱，
　　　　　我得开始我的吟哦。
　　　　　我要唱民族的歌曲，
　　　　　我要唱人民的传说。
　　　　　歌词流到我的嘴边，
　　　　　立刻轻轻地坠落，

我的舌头一编成，
齿缝间就透出歌声。　　　　　　10
　　亲爱的①朋友和兄弟，
所有最心爱的伴侣！
让我们一起歌唱，
把我们的心情畅叙，
我们终于在一起了，
从两个远隔的地区。
我们很难得会面，
我们很难得团聚，
在阴暗的北方的国家，
在寂寞的波赫亚。　　　　　　20
　　让我们手儿相牵②，
让我们交叉着手指；
我们要欢乐地歌唱，
尽我们最大的努力，
我们的亲人倾听着，
倾听着我们的教导，
新生一代的青年们，
在我们身边围绕，
学习这神奇的字句，

---

① "亲爱的"，原文作"黄金的"，在本书中，常用"黄金的"一词来形容亲爱、贵重的人或物。——英译者
② 当竖琴伴奏时，两个芬兰人就紧握着手，前后摇动着歌唱。——英译者。说得更详细一点是：他们在听众中间坐在矮凳上，膝碰着膝，手牵着手，合着歌曲的调子，像坐跷跷板似的前后摇动，一行一行地轮流唱着。

记住这歌曲和传说: 30
万奈摩宁的腰带,
伊尔玛利宁的熔炉,
高戈蔑里的刀尖,
尤卡海宁的弩箭,
在波赫亚遥远的边境,
在卡勒瓦拉的荒原。

我的父亲以前唱过,
当他雕着他的斧柄;
我的母亲也教过我,
当她转着她的纺轮; 40
那时候我还很小,
在她膝下滚去滚来,
一个黄毛未褪的小子,
一个乳臭未干的婴孩,
爱听三宝①的故事,
也爱听娄希的咒文,
终于三宝陈旧了,
娄希同魔法一起消泯,
隐没了唱歌的维布宁,
去了轻佻的勒明盖宁。 50

还有别的许多传说,
我还知道神奇的歌曲:
有的从小路上折下,

---

① 三宝,芬兰文"sampo",一种能够磨出麦、盐和钱来的神磨。——英译者

有的从草丛里采取,
有的从树林中攀来,
有的从树苗间拗折,
从青青的草木掇拾,
从大路的两旁采摘,
当我还是放牛的孩子,
正沿着牧场向前, 60
爬上很多蜂蜜①的小丘,
爬上闪着金光的小山,
跟在黑牛慕利基后面,
靠在花牛吉摩旁边。

　　严寒吟诵着他的歌,
大雨又将传说教我,
大风也吹来别的歌,
波浪也漂来别的歌;
小鸟又加上了歌声,
法术又蛊惑了树顶。 70

　　我将这些卷成球,
我将这些打成包;
装上我的小雪车,
装上我的小雪橇;
我将它运到了老家,
我将它搬进了谷仓;
我将它放在库房里,

---

① 可能指野蜂的蜜,或者只是比喻的说法。——英译者

装进了小小的铜箱。
　我的歌在寒冷中停留，
长久地在黑暗中隐藏。　　　　　80
必须将它从寒冷拉出，
必须将它从严寒解放，
我将箱子带到房间里，
搁在凳子的一端，
在堂皇的三角墙下面，
在美丽的屋顶下面。
这传说和歌曲的箱子，
是不是要将它打开，
是不是要将球拆散，
是不是要将包解开？　　　　　　90
　我要唱伟大的歌曲，
让回声神奇地漂流，
当我咬着黑面包，
当我喝着大麦酒。
如果不给我麦酒，
如果连啤酒也不给，
我干着喉咙也要唱，
纵使只喝一点清水，
欢呼着夜晚的快乐，
庆祝着白天的美丽，　　　　　　100
也庆祝美丽的黎明，
又来了新生的一日。

* * *

 我常听到怎么叙述,
我常听到怎么歌唱,
隐没的黑夜多么寂寞,
闪耀的白天多么凄凉。
万奈摩宁诞生了,
出现了不朽的歌人,
从神圣的创造女神,
伊尔玛达尔①,他的母亲。 110
 大气的女儿是个处女,
创造神的最美的女儿,
她过着处女的生活,
她度着漫长的日子,
在大气的大厦高堂,
在那辽远的地方。
 时光烦闷地过去,
生活成了她的负担,
老过着处女的生活,
 那么地寂寞孤单, 120
在大气的大厦高堂,
在那辽远的荒原上。
 这姑娘终于降下了,

---

 ① "达尔"(tar),芬兰文的女性语尾,一般作为"……之女"解。——英译者

落入奔腾的波浪之间，
在无边无际的海上，
在渺渺茫茫的水面。
突然起了一阵风暴，
狂风从东方刮来，
大海愤怒地汹涌着，
滚滚的波浪奔腾澎湃。 130

 狂风摇撼着这处女，
波浪赶着这姑娘前进，
在青青的大海上，
随着浪头的飞奔，
大海和呜呜的大风
唤醒了她内在的生命。

 她怀着沉重的负担，
这给她带来了苦辛，
过了长长的七个世纪，
过了九倍的人之一生。 140
婴儿却一直没有形成，
后代却一直没有诞生。

 这水母在水上游着，
游到东方又游到西方，
游到西北又游到西南，
她游遍了各个方向，
忍受着厉害的折磨，
忍受着剧烈的苦痛；
婴儿却一直没有形成，

后代却一直没有诞生。 150
　她就低声地哭泣,
说出了这样的言辞:
"我的命运多么可怕,
一个漂泊、不幸的孩子!
我住在天空之下,
我已经漂流得多远,
狂风永远摇撼着我,
波浪又赶着我向前,
在无边无际的海上,
在渺渺茫茫的水面。 160
　"我原是空中的姑娘,
我宁愿在空中安身,
那就无须永远漂流,
做一个大水的母亲。
这里的生活阴森寒冷,
时时刻刻都那么凄惨,
永远地颠簸于浪头,
永远地漂流于水面。
　"你最高的天神乌戈,
你统治天堂的大神! 170
降临吧,我需要你,
我虔心祈求你降临!
解脱这姑娘的负担,
消除这姑娘的苦辛!
我多么渴望着你,

降临吧,你快快降临!"
　过去了短短的时间,
只过去了一时片刻,
来了一只美丽的小凫,
轻轻地在水面飞掠,　　　　　180
它在寻找安息的窝,
它在寻找它的住所。
　它飞向东又飞向西,
飞向西北又飞向南,
连一小块不毛之地,
也终于不能发见,
可以让它造它的窝,
可以让它停下来安卧。
　它缓缓地飞掠、徘徊,
她深深地沉思默想:　　　　　190
"如果窝造在大风里,
如果窝造在波浪上,
风就要将它吹去,
浪就要将它漂去。"
　这时候,大水的母亲,
那水母,空中的姑娘,
就在水面伸出了膝盖,
就在浪头露出了肩膀,
让小凫来造它的窝,
做它的安全的住所。　　　　　200
　这小凫,美丽的鸟儿,

缓缓地飞掠、观看,
它看见高伸的膝盖,
显露于蓝蓝的水面,
它以为是一座小山,
那么地翠绿新鲜。

  它缓缓地徘徊、飞掠,
轻轻地落在膝盖上面,
在那里造了它的窝,
又生下了它的金蛋,   210
一连下了六个金蛋,
第七个是一个铁蛋。

  小凫孵在它的蛋上,
下面的膝盖越来越暖;
一天两天过去了,
它孵到了第三天,
那时候,大水的母亲,
那水母,空中的姑娘,
她觉得越来越热,
她的皮肤热不可当,   220
她觉得膝盖已在燃烧,
她觉得血管已在熔销。

  她突然把膝盖一伸,
她的四肢突然抖动,
蛋就滚到了海里,
蛋就滚进了水中,
一下子跌得粉身碎骨,

一下子成了碎屑粉末。
　这却不曾在海底浪费,
这却不曾在水中毁坏,　　　　　230
只起了神妙的变化,
变化得那么可爱。
破蛋的下面一层,
变成了坚实的地面;
破蛋的上面一层,
变成了穹隆的高天;
上面的一层蛋黄,
变成了辉煌的太阳;
上面的一层蛋白,
变成了光明的月亮;　　　　　240
蛋里面斑驳的一切,
变成了天上的星星;
蛋里面黝黑的一切,
变成了空中的浮云。
　时间迅速地过去,
一年年迅速地经过,
新太阳灿烂地照耀,
新月亮温柔地闪烁。
依然漂着,大水的母亲,
那水母,空中的姑娘,　　　　　250
永远在平静的水中,
永远在汹涌的海上,
她前面是奔腾的波浪,

她后面是澄澈的穹苍。

已经过了第九个年头,
正过着第十个夏天,
她从大海抬起了头,
她从大海仰起了脸,
她就开始她的创造,
她要把世界重整一遍,　　　　260
在无边无际的海上,
在渺渺茫茫的水面。

她的手向哪里指着,
哪里就形成了海角;
她的脚在哪里停下,
哪里就是养鱼的池沼;
只要她一没入水里,
那就是深深的海底。

她又转身向着大地,
那里就展开了海岸;　　　　　270
她的脚向大地伸去,
那就是捕鲑鱼的地点;
她的头一靠近地面,
立刻形成屈曲的海湾。

她远远地游开大地,
置身于大海的波涛,
她创造海中的岩石,
她创造水底的暗礁,
船只就在那里沉沦,

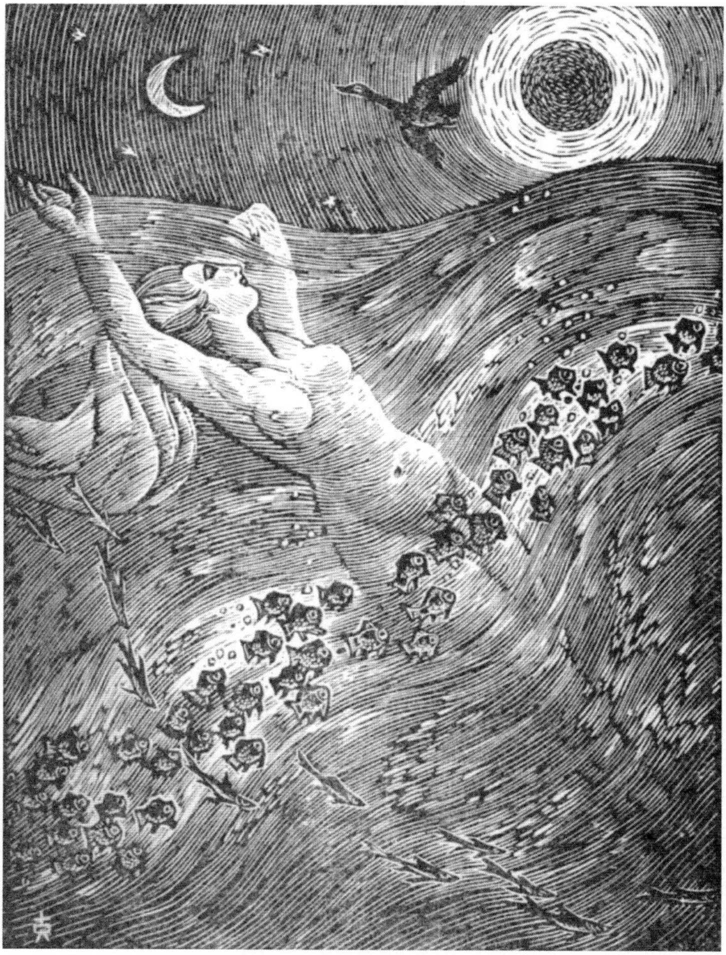

水手就在那里送命。　　　　　　　280
　　岛屿已经造成了,
岩石在大海中矗立;
竖起了高天的柱子,
创造了大陆和土地;
岩石上像雕刻着图案,
小山上又显出了花纹。
万奈摩宁却还未出世,
不朽的歌手还未诞生。
　　年老心直的①万奈摩宁,
留在他的母亲身中,　　　　　　　290
过去了三十个盛夏,
过去了三十个严冬,
长伴着海洋的平静,
长伴着波浪的奔腾。
　　他深深地沉思默想,
他得怎么继续过活,
在这样阴暗的地方,
在这样狭窄的住所,
这里他看不见月亮,
这里他看不见太阳。　　　　　　　300

---

① "心直的",英译作"坚定的"(steadfast),英译者在注解中说:"这译语采纳了克隆教授的意见,虽然我自己以为用'精神饱满的'(lusty)较好。"诺斯博士(F. J. North)在《夏天的芬兰》一书中也说,如用"诚恳的"(earnest)或"认真的"(serious),大约更能表达原文的含义。中译就折中采用了"心直的"。

他就这样地说道，
表达了他的心情：
"拯救我吧，月亮，太阳！
指示我吧，大熊星！
通过这陌生的大门，
通过这不熟悉的小路。
从这关住我的窝，
从这狭窄的住所，
引导这流浪者到大地，
引导我到广漠的空间，　　　　　310
看得见月亮的辉煌，
看得见太阳的灿烂；
大熊星照耀于头顶，
天空中闪烁着星星。"
　月亮没有给他自由，
太阳没有给他帮助；
他讨厌这样的生存，
生活只是他的重负。
他就推着那扇大门，
用了他的无名指；　　　　　　320
他立刻打开骨头门，
用他的左脚的脚趾；
用指甲跨过了门槛，
用膝盖跨到了外面。
　他颠倒地跌进水中，
用他的手拍着波浪，

这汉子就留在水里,
这英雄就住在海上。

他在海上逗留了五年,
等待了五年又六年,　　　　　　330
七年又八年过去了,
就在这广漠的海面,
在无名的海角近旁,
靠近一片不毛的地方。

他把膝盖贴着大地,
头枕在他的臂膊上,
一起来就望见月亮,
也望见太阳的辉煌,
望见头顶的大熊星,
天空中星星的光明。　　　　　　340

老万奈摩宁已经出世,
这永远有名的歌人,
从神圣的创造女神,
伊尔玛达尔,他的母亲。

第二篇　万奈摩宁播种

一、万奈摩宁在一个没有树木的乡村登岸；他命令散伯萨·柏勒沃宁植树。（第 1—46 行。）
二、起先槲树并不生长，经过多次种植就长了出来，它遮遍整个村子，遮没了太阳和月亮。（第 47—110 行。）
三、一个很小的人从大海中出来，砍倒了那棵槲树，让太阳和月亮重新照耀。（第 111—224 行。）
四、鸟儿在树上歌唱；花草和莓果也在大地上生长，只有大麦不生。万奈摩宁在岸上的沙土中找到了一些大麦粒，又开辟了森林，只留下一棵白桦树，作为鸟儿停息之处。（第 225—264 行。）
五、对此表示感激的老鹰，放起火来，烧光了砍倒的树木。（第 265—286 行。）
六、万奈摩宁播下了大麦，祷告乌戈让它繁殖，它就长得十分茂盛。（第 287—378 行。）

　　　　万奈摩宁站了起来，
　　　　落脚在一个海岛上，
　　　　四面有大海包围，
　　　　这是没有树木的地方。

他在那里住了多年，
他建立了他的住所，
在寂静无声的岛上，
在不毛的荒芜之国。
　　后来他想而又想，
再三地仔细考虑：　　　　　　　　10
"谁来耕种周围的荒地，
谁来密密地撒下种子？"
　　散伯萨·柏勒沃宁，
从地下出生的小人儿，
他来耕种周围的荒地，
他来密密地撒下种子。
他蹲下了身子播种，
在陆地也在沼地，
又在硬硬的山地，
又在平地和沙地。　　　　　　　　20
　　他在小山上种松树，
他在土墩上种枞树，
将石南种在沙地里，
将树苗种在山谷里。
　　他在溪谷中种白桦，
他在松土里种赤杨，
他在湿地种稠李①，

---

① 稠李，英译作"cherry"（英译者注，指"bird cherry—prunus padus"），《植物学大词典》作"虾夷清水樱"；《百科名汇》据英译作"鸟樱"；此据《英拉汉植物名称》。

他在沼地种水杨。
山梨①种在神圣之地，
杨柳种在卑湿之处， 30
石头地上种杜松，
河岸两旁种槲树。

　　树木不久都长大了，
树苗长得那么繁茂。
枞树开满了花朵，
松树伸展着枝条。
白桦在溪谷中生长，
赤杨从松土里升起，
石头地上的杜松，
结满了可爱的松子； 40
稠李繁殖于湿地，
也一样结满了果实。

　　年老心直的万奈摩宁，
来看这进行着的工作：
散伯萨怎么播种，
柏勒沃宁怎么干活。
他看到树木都长大了，
树苗长得那么结实，
只有俞玛拉的树，槲树，
还不曾扎根抽枝。 50

　　他让它听天由命，

---

① 山梨，在芬兰是一种神圣的树木。——英译者

让它享受它的自由,
他等了三个长夜,
又等了三个白昼。
过去了整整一星期,
他又来向周围巡视:
只有俞玛拉的树,槲树,
还不曾扎根抽枝。

他看见四五个姑娘,
新娘似的,从水中升起; 60
她们割下带露水的草,
她们在芟刈草地,
在云雾弥漫的海角上,
在安静的海岛尽头,
她们割着又耙着,
还堆起高高的草垛。

杜尔萨斯从大海中起来,
这英雄从波浪间出现,
他就焚烧着草垛,
升起了猛烈的火焰。 70
一下子都化为灰烬,
渐渐地熄灭了火星。

在这些灰垛之间,
在干燥的灰烬之中,
他将一粒槲实的嫩芽,
在这里轻轻地下种,
这美丽的植物萌动了,

树苗长得那么茂盛，
像草莓从泥土出来，
丫杈地向两旁挺生。　　　　　　80
　　树枝四散地伸张，
树叶稠密又葱茏，
树梢升到了天顶，
叶子遮住了苍空。①
它挡住了云朵的路，
阻碍了云朵的飞行，
它遮掩了太阳的灿烂，
也遮掩了月亮的光明。
　　年老的万奈摩宁，
深深地想念思索：　　　　　　　90
"有没有人来砍这大树，
将这堂皇的树铲除？
人的生活是如此可怜，
游水的鱼也觉得凄凉，
如果空中没有太阳，
也没有月亮的辉煌。"
　　可是找不到一位英雄，
找不到这样的勇士，
能砍掉这巨大的槲树，
连成百的丫杈一起。　　　　　　100
　　年老的万奈摩宁，

---

① 巨大的槲树常见于芬兰和爱沙尼亚的歌谣中。——英译者

说出了这样的言辞:
"你生了我,高贵的母亲!
你养了我,隆诺达尔!
让大海里的神明降临
——大海里的神明不少!
让他们来砍这棵槲树,
把这讨厌的树毁掉,
太阳就在头上辉煌,
也闪耀着可爱的月亮!" 110
　一位英雄从大海来了,
他来自大海的波涛,
他的身材说大不大,
他的身材说小不小,
像男子的拇指那么长,
像妇女的一拃那么宽。
　他的头上戴着铜盔,
脚上穿着铜的靴子,
臂上束着铜的臂铠,
手套上又垂着铜饰; 120
腰上围着铜的腰带,
一把铜斧系在腰带上;①
斧片像指甲一样宽,
斧柄像拇指一样长。

---

① 在芬兰和爱沙尼亚的故事中,水上英雄常常被描写为全身都由铜造成。——英译者

年老心直的万奈摩宁
深深地思索想念：
"他的模样像一位英雄，
他的外表像一个好汉，
可是只有拇指那样大，
还没有牛蹄那样大！"　　　　　　　130
　　他表达他的心情，
说出了这样的言辞：
"你是谁，我的小人儿，
你这微不足道的勇士！
你不比死人有力量，
一点也不漂亮堂皇！"
　　从大海来的小人儿，
波浪中的英雄说道：
"我正是水里的英雄，
不要看我这么矮小，　　　　　　　140
我要来砍这棵槲树，
我要把它剁碎、铲除。"
　　年老心直的万奈摩宁，
就这样地回答道：
"这真太不相称了，
你实在长得太矮小，
你砍不了这棵槲树，
这棵大树你无法铲除。"
　　当他的话刚一说完，
当他还向他定睛注视，　　　　　　150

这小人儿就渐渐变化，
变成了巨大的勇士。
他的脚踩着地面，
他的头升到云天，
他的胡须飘在膝盖上，
他的鬈发垂到靴刺边，
两眼的距离有一寻宽，
同样大的是他的裤脚，
膝盖周围还要大得多，
臀部周围有两倍大小。　　　　　160

　他动手磨他的斧头，
将斧头磨得那么锐利，
磨刀石他使了六块，
他使了七块磨刀石。

　这汉子轻捷地前行，
赶紧完成他的任务；
他的宽阔的裤子，
绕着他的腿飞舞，
他跨出了第一步，
就来到软软的沙岸，　　　　　　170
他跨出了第二步，
就进入褐色的地面，
他跨出了第三步，
就走近了那棵槲树。

　他挥着锐利的斧头，
使劲砍那棵槲树，

他砍了一次又两次,
第三次就把它铲除。
他的斧头喷着火焰,
火焰也从槲树喷出,　　　　　　　180
当他使劲地砍着,
砍断了那棵大树。

　他这样砍了三次,
槲树在他面前倒下,
这棵大树断了、碎了,
连它的成百的丫杈;
树干向东方伸着,
树梢却伸向西北方,
树叶向南方散布,
树枝又向北方铺张。　　　　　　　190

　谁折来一根树枝,
谁就有了终生幸福;
谁从树梢摘取一点,
谁就有了巨大法术;
谁采得带叶的枝子,
谁就永远有了爱恋。
一些剩余的木屑,
一些纷纷的碎片,
都撒在光明的水面,
都撒在茫茫的海上,　　　　　　　200
在微风中轻轻摇动,
在波浪中缓缓漂荡,

像是大海上的小船,
像是波浪中的大船。

　风将木屑吹向北方;
一个波赫亚的小姑娘,
站在海边洗她的头饰,
洗着、漂着她的衣裳,
就在海边的沙石上,
就在突出的海角上。　　　　　210
　她看见了水上的碎片,
就装入她的树皮囊,
她将树皮囊带回家,
在严密的院子里保藏,
准备做术士的箭矢,
准备做狩猎的武器。

　这棵槲树终于倒下,
这棵恶树终于铲平,
辉煌的太阳重新照耀,
可爱的月亮重新光明,　　　　220
彩虹架在天空中,
云朵任意地浮游,
在云沉沉的海角上面,
在雾茫茫的海岛尽头。

　荒原披上了新绿,
森林又茂盛地生长;
树长叶子,地长草,
鸟儿在树丛歌唱,

画眉愉快地啭鸣,
树梢上是杜鹃的歌声。 230

　大地上长出了莓果,
金黄的花在草原散布,
有形形色色的花草,
有多种多样的树木;
只有大麦并不长成,
贵重的种子并不滋生。

　年老的万奈摩宁,
走去走来,沉思默想;
在蓝蓝的海的沙地上,
在茫茫的海的海岸上; 240
他找到了六粒种子,
他找到了种子七粒,
在这蓝蓝的海岸,
在这丰收的沙地。
从夏松鼠的腿里取出,
他搁在貂鼠①的皮里。

　他就开辟了荒地,
把种子撒在地上,
在奥斯摩的原野里,
在卡勒瓦的水泉旁。 250

　山雀在树上叫唤:
"如果田地没有人耕种,

---

① 夏貂鼠,指鼬,在北方的冬天它的毛转变为白色。松鼠在北方到冬天也转变为灰色。——英译者

如果森林没有人清除,
如果没有大火烧一通,
奥斯摩的大麦长不了,
卡勒瓦的燕麦长不好。"
　年老心直的万奈摩宁,
把斧头磨得很锐利,
他就动手采伐森林,
勤劳地开垦田地。　　　　　　　260
可爱的树都砍掉,
只剩下一棵白桦,
让鸟儿可以停一下,
让杜鹃可以叫喳喳。
　一只老鹰在天上飞,
最伟大的空中的鸟儿,
他飞来向四周眺望:
"你为什么半途而废?
白桦为什么没有倒下,
还留着美丽的白桦?"　　　　　　270
　年老的万奈摩宁说道:
"我没有砍掉白桦,
为了让鸟儿休息,
让空中的鸟儿停下。"
　空中的鸟儿老鹰说道:
"这事你干得很聪明,
留下了可爱的白桦,
没有把它一起铲平,

让鸟儿在那里休息,
我也可以停在那里。"　　　　　　　　280
　这老鹰就放出火来;
北风吹动着森林,
东北风猛烈地刮着,
火焰熊熊地上升。
树木都烧成了灰烬,
火星渐渐地消隐。
　年老的万奈摩宁,
从袋中取出六粒种子,
他取出了种子七粒,
取自貂鼠的皮里,　　　　　　　　　290
从夏松鼠的腿里,
从夏貂鼠的腿里。
　他就在地上播种,
把种子撒在四处,
他又这样地说道:
"我弯着腰把种子撒布,
就像是全能者的手,
创造主的手指在挥动,
让田地肥沃、增产,
让大麦生长、繁荣。　　　　　　　300
　"低地的守护女神,
原野的老神,地母!
让嫩叶高高地长起,
让大地扶持、爱护。

只要这土地存在,
地力就给我们收成,
赐予者是多么慈悲,
创造的女儿一定施恩。
"土地!从睡眠中醒来,
起来,从创造者的田地! 310
让叶子抽起,茂盛,
让秆子伸高、挺直,
让穗子成千地生长,
还要百倍地丰收,
我又耕田又播种,
赐给我工作的报酬。
"乌戈!在天上的父,
你至高无上的大神!
你是云朵的统治者,
你大力支配着浮云, 320
我求你将云朵召集,
对它们说明你的意见,
让云朵从东方飘来,
让云朵从西北追赶,
让云朵从西方到达,
让云朵从南方驱驰,
再从天空撒下微雨,
让云朵蒸馏出蜜汁,
大麦就茁壮地滋生,
麦秆也波动着不停。" 330

乌戈,在天上的父,
至高无上的大神,
他马上召集了云朵,
将他的意见说明:
让云朵从东方飘来,
让云朵从西北追赶,
让云朵从西方到达,
让云朵从南方驱驰,
又将它们合成一片,
紧紧地连在一起, 340
再从天空撒下微雨,
云朵就蒸馏出蜜汁,
让大麦茁壮地滋生,
麦秆也波动着不息。
由于万奈摩宁的劳动,
从麦田的软软的泥里,
麦苗就得到了滋养,
麦秆尽向天空生长。
　后来又过去了两天,
过去了两夜又三夜, 350
他来看生长得怎样,
已经过了整整一星期,
年老心直的万奈摩宁,
他播的种,他耕的田,
他劳动的结果怎样。
他看到大麦很饱满,

穗子是六角的穗子,
秆子是三节的秆子。
　年老的万奈摩宁,
徘徊着向四周注视,　　　　　　360
来了春天之鸟杜鹃,
看到了白桦依然矗立:
"为什么留着这白桦,
这苗条的树没有砍下?"
　年老的万奈摩宁说道:
"我没有把这棵树砍下,
杜鹃!为了让你休息,
我留着这棵白桦;
让杜鹃的歌声响应。
让你浅褐的喉咙歌唱,　　　　　370
你的银的声音多清脆,
你的锡的声音多响亮,
你早也唱来晚也唱,
半夜里你也一样唱,
使我的原野更快乐,
使我的森林更欢畅,
使我的海岸更繁茂,
使我的地方更富饶。"①

---

① 杜鹃,被视为预告吉兆的鸟。——英译者。

第三篇 万奈摩宁和尤卡海宁

一、万奈摩宁智慧日增,编写歌曲。(第1—20行。)

二、尤卡海宁同他斗智来了;尤卡海宁不能取胜,又要求同他决斗;万奈摩宁大怒,就唱着神秘的歌,使他陷进沼泽。(第21—340行。)

三、尤卡海宁困苦不堪,最后提议将自己的妹妹爱诺许给万奈摩宁,万奈摩宁接受了,就将他解放。(第341—476行。)

四、尤卡海宁狼狈地回到家中,将他遭到的厄运告诉母亲。(第477—524行。)

五、尤卡海宁的母亲对这次订婚十分高兴,但女儿却伤心地哭哭啼啼。(第525—580行。)

  年老心直的万奈摩宁
  一天天过着日子,
  在万诺拉的草地,
  在卡勒瓦拉的荒地:
  他唱出甜美的歌声,
  他显示着他的聪明。

    一天天唱个不停,

一夜夜讲个不息,
过去的时代的歌曲,
古代的智慧的秘密;　　　　　　　　10
孩子们不唱这些歌,
成人们也不能了解,
当人类临近了末日,
这是不幸的时代。

　处处传布着一个消息,
远远流传着一件新闻;
万奈摩宁聪明盖世,
这老英雄歌声动人,
在南方散播着这新闻,
波赫尤拉也有了传闻。　　　　　　20

　那里住着尤卡海宁,
瘦瘦的拉伯兰青年;
当他来到了村子里,
听到了有奇事流传,
远远在万诺拉的草地,
在卡勒瓦拉的荒地,
那里有一个歌手,
唱着动人的歌曲;
比他自己唱的更美,
比父亲教他的更美。　　　　　　　30

　他听到了很不高兴,
充满了嫉妒的心情:
万奈摩宁唱的歌曲,

竟比他自己的还行。
他就去找他的母亲；
找到了那位老太太，
他说他要去旅行，
他的心急不可待，
到远远的万诺拉去，
要同万诺去比赛。 40
　他的父亲马上反对，
他的父亲，还有母亲，
不让他到万诺拉去，
不让他同万诺竞争：
"他一定要同你对歌，
同你对歌，向你反攻，
把你的手卷进风里，
头和嘴都陷进雪中：
唱得你的手脚都僵硬，
连一动也不能动。" 50
　年轻的尤卡海宁说道：
"父亲的指教很好，
母亲的指教更好，
我自己的意见却最好。
我一定要去抵抗他，
我一定要向他挑战，
我要给他唱我的歌，
把我的歌念了又念；
唱到这最好的歌手，

终于变成最坏的一个。　　　　　　60
我给他预备木头裤,
我给他预备石头鞋;
石担搁在他的胸上,
石块压在他的肩上;
石手套戴在他的手上,
石军盔戴在他的头上。"

　他不顾一切地走了,
他牵来了他的骟马,
马嘴里喷吐着火焰,
马脚下飞迸着火花。　　　　　　70
他给骏马装配了马具,
就将它驾在金车上,
他又跨上了车子,
稳稳地坐在车座上,
他就向那匹骏马,
挥一下珠饰的马鞭,
马就从地上蹦起,
轻捷地一直向前。

　他像雷轰似的赶去,
赶了一天又两天,　　　　　　　80
第三天依然赶着,
就在最后的第三天,
来到万诺拉的草地,
来到卡勒瓦拉的荒地。

　看那位最老的法师,

年老心直的万奈摩宁，
他也刚巧在赶路，
平稳地乘车前行，
经过万诺拉的草地，
经过卡勒瓦拉的荒地。 90
　年轻的尤卡海宁，
在路上向他猛冲，
车辕夹住了车辕，
缰绳缠住了缰绳，
扣环套住了扣环，
滑板碰击着滑板。
　他们的车停下了，
停下来想而又想；
热气从车辕上升，
汗都流在滑板上。 100
　年老的万奈摩宁问道：
"你是谁，你的家世怎样，
你这么胡乱冲来，
什么也不想一想？
马的扣环都弄断，
碰破了车上的滑板，
你撞碎了我的雪橇，
我还要乘着它向前。"
　年轻的尤卡海宁，
他就这样回答说： 110
"我是年轻的尤卡海宁；

37

可是你也得告诉我,
你的种族,你的家世,
你是什么人的后裔?"
　年老心直的万奈摩宁,
并不隐瞒他的姓名,
他又这样地说道:
"如果你是尤卡海宁,
小伙子,你就得让路,
你比我年轻,你得记住。"　　　　　120
　年轻的尤卡海宁,
他就这样回答道:
"我们现在不谈年纪,
管什么年轻或年老;
谁有最高的知识,
谁有极大的聪明,
就让谁占住大道,
那个就绕道而行。
如果你是老万奈摩宁,
那位年老的歌手,　　　　　　　　130
就让我们念一念名言,
就让我们比一比歌喉,
究竟是谁教训谁,
究竟是谁超过谁。"
　年老心直的万奈摩宁,
他就这样地回答:
"要说聪明人和歌手,

我其实算得了什么?
我过着安静的生活,
就在这些沼泽中间,　　　　140
在我的家乡的边境,
我听着杜鹃的叫唤。
我们先不谈这个,
我只请你告诉我,
你的极大的聪明,
最高的知识是什么?"

　　年轻的尤卡海宁说道:
"我可知道许多许多,
我知道得十分清楚,
我的见识告诉了我,　　　　150
烟囱一定在屋顶上,
炉石旁一定有火光。

　　"海豹有欢乐的生活,
海狗①游戏于水波中,
鲑鱼是它的食物,
鲱鱼在它周围游泳。

　　"鲱鱼爱平静的水波,
鲑鱼爱平静的海面;
梭子鱼在霜天产卵,
鳗鱼又产卵于冬天。　　　　160
懒懒的驼背的鲈鱼,

---

① 海狗,也许是海豹的别称。——英译者

它游于深海,在秋天,
在干燥的夏天产卵,
又缓缓地游到海边。

"如果这你还不满意,
还有别的重大事件,
我也知道,我告诉你。
北方用驯鹿①耕田,
南方用的是母马,
远远的拉伯兰用麋鹿。　　　　170
我知道比萨山的树木,
霍尔纳岩上的枞树,
比萨山的高高的树木,
霍尔纳岩上的枞树。

"我知道三处大瀑布,
我也知道三处高山,
我还知道三处大湖,
在高天的穹隆下面。
海莱彪拉在海麦,
卡达戈斯基在卡列拉,　　　　180
两者都比不上沃格息,
那里奔腾着伊玛德拉。"

年老的万奈摩宁说道:
"这不过是妇孺的见识,
对有胡子的却不相应,

---

① 驯鹿,在这里也指麋或牛。——英译者

对结了婚的也不合适。
再说些深奥的名言,
再说些永久的事件。"
　　年轻的尤卡海宁,
他就这样回答道: 190
"我知道山雀从哪里来,
山雀就是一种小鸟,
咝咝的蝮蛇就是蛇,
鲷鱼是水里的鱼儿。
我知道硬的是铁,
苦的是黑色的泥。
沸水烫人有多么痛苦,
烈火又给人多大灾祸。

　"瀑布的泡沫是妙药,
清水是古老的药剂, 200
创造主就是一位法师,
俞玛拉是伟大的术士。

　"水从岩石中喷流,
火从天上送到人间,
铁,我们采自铁矿,
铜,我们采自铜山。

　"最古老的是沼泽地,
第一棵树木是柳树。
最早的锅是石锅,
松树根是最古的房屋。" 210
　　年老心直的万奈摩宁,

他就这样地回答：
"你的胡扯完了没有，
是不是还有什么话？"
　年轻的尤卡海宁说道：
"我还知道许多小事情，
那时我记得很清楚，
那时我将海洋犁耕，
掘出了深深的海底，
凿出了鱼儿的洞窟，　　　　　　　　220
是我开成了深渊，
是我挖成了大湖，
我一气堆叠小山，
造成了高高的大山。
　"我同六位英雄在一起，
我是其中的第七位，
最初创造着大地，
大气把大地包围；
是我竖起了天柱，
是我撑起了天弧①，　　　　　　　　230
给月亮规定他的行程，
帮太阳走上他的道路，②
给大熊星指出了住处，
又把星星在天空撒布。"

① 天弧，在本书中指虹。——英译者
② 在芬兰文中，太阳和月亮都是阳性的。——英译者

年老的万奈摩宁说道:
"这真是无耻的扯谎!
你一定没有在场,
当最初犁耕着海洋,
掘出了深深的海底,
凿出了鱼儿的洞窟, 240
最初开成了深渊,
最初挖成了大湖,
一起堆叠着小山,
造成了高高的大山。

"从来没有人看见你,
也从来没有人听到你,
当最初创造着大地,
大地上笼罩着大气,
在那里竖起了天柱,
撑起了高高的天弧, 250
给月亮指示行程,
教太阳走上大路,
给大熊星规定了住处,
又把星星在天空撒布。"

年轻的尤卡海宁,
回答了这样的言辞:
"如果我在智力上失败,
我要在剑锋上胜利。
你年老的万奈摩宁,
你这阔嘴的歌手! 260

让我们用剑较量,
让我们用剑决斗。"
　年老的万奈摩宁说道:
"我一点也不用焦急,
无论你的剑和聪明,
无论你的剑锋和智力。
我们且不谈这个,
我不会拔出剑来对付:
你这样卑鄙的家伙,
你这样可怜的懦夫。"　　　　　270
　年轻的尤卡海宁,
他撇一撇嘴,又把头摇,
摆动着黑色的鬈发①,
他又这样地说道:
"谁不敢试一试剑锋,
谁不敢用剑对付,
我要唱得他变成猪,
变成拱鼻子的猪。
我就这样打败英雄们,
让他们东奔西跑,　　　　　　280
把他们抛在粪堆上,
在牛圈的角落哼叫。"
　万奈摩宁勃然大怒,

---

① 在本书中,大多数的男子,除了古勒沃,都是黑发的;大多数的女子,除了伊尔玛利宁之妻,都是金发的。——英译者

充满了愤恨和嫌厌,
他就唱起了他的歌,
孩子们一点也唱不了,   290
少年们唱不了一半,
情人们唱不了三分一,
在黑暗的不幸的时代,
当生活临近了末日。

　年老的万奈摩宁唱着,
湖波汹涌,大地摇晃,
高高的铜山尽在哆嗦,
巨大的石窟发出回响,
大山破碎了,四分五裂,
岸上的石子颤抖不歇。   300

　他又向尤卡海宁歌唱,
将他的滑板唱成树秧,
将他的扣环唱成柳树,
将他的缰绳唱成赤杨,
将镀金的雪车唱成湖,
有灯芯草长满周围,
将他的珠饰的马鞭,
唱成了水上的芦苇,
将他的白额的马匹,
唱成了急流旁的岩石。   310

　他将他的金柄的剑,
唱成了闪电在天空,
他将他的华丽的弩弓,

唱成了水上的彩虹，
他又将他的羽箭，
唱成翱翔着的鹰鹫，
戴着翻上的嘴套的狗，
也唱成泥土下的石头。

　他将他头上的帽子，
唱成了头顶的云霞，　　　　　　　　320
他将他手上的手套，
唱成了水中的莲花，
他将他的蓝蓝的外衣，
唱成浮在天上的白云，
他将他的美丽的腰带，
唱成撒在空中的星星。

　他唱着，尤卡海宁陷着，
在沼泽里陷到了腰胯，
在泥泞里陷到了臀部，
在浮沙里陷到了腋下。　　　　　　330

　年轻的尤卡海宁，
这时候他才了解，
他的路途到了尽头，
他的行程已经完结，
年老的万奈摩宁，
唱得他永远不能翻身。

　他只想伸一伸脚，
却再也举不起来；
又想伸一伸另一只，

却像是钉上了石块。 340
　年轻的尤卡海宁，
感到了非常的苦恼，
充满了沉重的忧伤，
他就这样地说道：
"你聪明的万奈摩宁，
你这最老的法师，
解脱你的神秘的咒语，
收回你的神秘的歌词，
消除我的这样的灾害，
让我离开恐怖的地方， 350
我要付你一大笔赎金，
我要给你最高的报偿。"
　年老的万奈摩宁说道：
"你打算把什么给我，
如果我将歌词收回，
如果我将咒语解脱，
消除你的这样的灾害，
从这恐怖的地方离开？"
　年轻的尤卡海宁说道：
"我有两把弩可以给你， 360
一对多出色的弩呀，
这把射得那么迅疾，
那把又射必中的，
你可以任选其一。"
　年老的万奈摩宁说道：

47

"你的那些弩我不要,
什么弩我都不欢喜,
我自己就有不少;
不但装满了我的墙,
也挂满了我的钩子, 370
森林狩猎中用来射击,
英雄们不必费什么力。"
歌唱着万奈摩宁,
尤卡海宁愈陷愈深。

　年轻的尤卡海宁说道:
"我有两只船可以给你;
多出色的船呀,我保证,
赛船用轻的这只,
载重用重的那只,
你可以任选其一。" 380

　年老的万奈摩宁说道:
"你的那些船我不要,
也不要任选其一,
我自己就有不少。
船桩上排得满满,
港湾里也很拥挤,
乘风破浪地航行,
逆风而上地行驶。"
歌唱着万奈摩宁,
尤卡海宁愈陷愈深。 390

　年轻的尤卡海宁说道:

"我有两匹马可以给你；
一对多漂亮的公马呀，
这匹它举步如飞，
那匹装配得多华丽，
你可以任选其一。"
　　年老的万奈摩宁说道：
"你的那些马我不要，
我不要你的白脚马，
我自己就有不少。　　　　　400
马棚里无地可容，
马房里满坑满谷，
马背像是闪耀的水，
马臀像是脂肪的湖。"
歌唱着万奈摩宁，
尤卡海宁愈陷愈深。

　　年轻的尤卡海宁说道：
"你年老的万奈摩宁！
解脱你的神秘的咒语，
收回你的神秘的歌声。　　　410
我要给你一顶金盔，
头盔里装满了白银，①
是我父亲作战时得来，
这正是他的战利品。"
　　年老的万奈摩宁说道：

---

① 在芬兰和爱沙尼亚的故事中，这是一种很普遍的赎金方式。——英译者

"你的白银我不要,
我也很讨厌黄金,
我自己就有不少。
箱笼里塞得满又满,
堆房里只见宝和珍,　　　　　　　420
月亮一样古老的黄金,
太阳一样古老的白银。"
歌唱着万奈摩宁,
尤卡海宁愈陷愈深。

　年轻的尤卡海宁说道:
"你年老的万奈摩宁!
消除我的这样的灾害,
脱离这恐怖的处境。
我要给你我的谷堆,
也要给你我的田庄,　　　　　　　430
如果你饶恕了我,
请你接受我的报偿。"

　年老的万奈摩宁说道:
"你的谷仓我不要,
你的田庄我不稀罕,
我自己就有不少。
到处都是我的田庄,
五谷在休耕地堆积,
我有的是最好的谷堆,
自己的田庄我更欢喜。"　　　　　　440
歌唱着万奈摩宁,

尤卡海宁愈陷愈深。
　年轻的尤卡海宁，
感到了极大的痛苦，
他已经陷到下巴，
他的胡子沾满了泥污，
他的嘴沉入苔藓里，
牙齿和树根在一起。
　年轻的尤卡海宁说道：
"你聪明的万奈摩宁，　　　　　　　450
你这最老的法师！
再唱一唱神秘的歌声，
饶恕我这个可怜人，
让我走出我的牢笼。
沙子刺痛了我的眼，
我的脚已经淹在溪中。
　"把神秘的咒语收回，
把咒我的法术解脱！
我要给你我母亲的女儿，
我给你我的妹妹爱诺。　　　　　　460
让她收拾你的房间，
让她把地板扫除，
让她整理你的奶罐，
让她洗净你的衣服。
为你烘蜂蜜的糕饼，
为你制贵重的织品。"
　年老的万奈摩宁，

听到了满心喜欢：
尤卡海宁的亲妹妹，
要来侍候他的老年。 470
　他坐上了快乐之石，
他坐上了歌唱之石，
唱了一次，又唱一次，
他再唱了第三次：
就把神秘的歌词收回，
全然解脱了魔魅。
　年轻的尤卡海宁，
从泥污中抬起下巴，
他梳理了他的胡子，
从岩石中引来骏马， 480
雪车从树丛外拉来，
马鞭从芦苇中解开。
　他就跨上了雪车，
他就登上了车座，
抱着悲伤忧郁的心，
阴郁地、匆忙地赶路，
向着亲爱的母亲的家，
向着那位老太太的家。
　他轰轰地向前赶去，
赶到了家，心慌意乱， 490
雪车撞得四分五裂，
车辕也在门边折断。
　嘈杂声惊动了母亲，

父亲走来了对他开言:
"是不是故意撞破雪车,
又故意把车辕折断?
你为什么这么鲁莽,
回家来有这么慌张?"
　年轻的尤卡海宁,
禁不住泪下涟涟, 500
他忧伤地低下了头,
他的帽子侧在一边,
鼻子垂在嘴上面,
嘴唇是又硬又干。
　母亲走来了就问他,
为什么这样悲伤:
"我的儿子! 为什么啼哭,
我亲爱的! 为什么慌张,
鼻子垂在嘴上面,
嘴唇是又硬又干?" 510
　年轻的尤卡海宁说道:
"我的生身的母亲!
遭到了这样的事,
那个术士已经取胜。
我有啼哭的理由,
那个术士使我伤心。
我只能永远啼哭,
过我的悲哀的一生。
我已经把妹妹爱诺,

亲爱的母亲的女儿, 520
许给了万奈摩宁,
做那个歌手的妻子,
永远地将他侍候,
永远扶持着他行走。"
　　他的母亲拊掌大乐,
他的母亲拍手大笑,
她就这样地说道:
"儿子,你何必哀号?
你的眼泪并不需要,
我们用不着忧伤, 530
我早已但愿如此,
这是我一生的希望,
但愿这高贵的英雄,
能和我们沾亲带故,①
我希望歌手万奈摩宁
能做我女儿的丈夫。"
　　尤卡海宁的妹妹,
一听到却啼啼哭哭,
哭了一天又两天,
在门槛边泪眼模糊, 540
她凄凉地哭了又哭,
说不尽心头的痛苦。

----

① 英译者说:"在许多故事中,说到万奈摩宁和伊尔玛利宁的来历,常常把他俩当成兄弟。"这是与第一篇中所说的故事相矛盾的。

她的母亲就安慰她：
"小爱诺，你何必啼哭？
你有了英勇的丈夫，
你有了高贵的家族，
从窗口望望外面，
坐在凳子上聊天。"
女儿听了就回答道：
"我的生身的母亲，　　　　　550
我有的是啼哭的理由，
我的头发柔软光润，
装饰着我的年轻的头，
现在却要将它藏起，
我要为我的发辫啼哭，
我还这么年轻美丽。

"我的一生只有忧伤，
为了太阳的辉煌，
为了月亮的晶莹，
为了天上的一切荣光，　　　　560
我必须将这些放弃，
当我还是个小姑娘，
我得跨过父亲的窗户，
我得离开哥哥的工场。"
母亲就对女儿说道，
老太婆就回答姑娘：
"停止这无谓的啼哭，
抛开这愚蠢的忧伤，

你没有忧伤的理由，
你毫无悲哀的必要。　　　　　　570
在世界上别的地方，
辉煌的太阳同样照耀，
除了父亲、哥哥的窗户，
别的窗户也闪着光辉；
哪里的山上都有莓果，
哪里的草原都长草莓，
你都能在忧伤中采摘，
无论你到什么地方，
不单是在父亲的田里，
不单是在哥哥的地上。"　　　　580

第四篇　爱诺的命运

一、万奈摩宁在森林里遇见爱诺,向她招呼。(第1—30行。)

二、爱诺哭着逃回家去,通知了母亲。(第31—116行。)

三、爱诺的母亲叫她不要哭,而且告诉她,应该欢喜,要打扮得漂亮些。(第117—188行。)

四、爱诺依然哭着,又说她决不要老头子做她的丈夫。(第189—266行。)

五、爱诺忧愁地流浪到荒林中,来到一个奇异的陌生的湖边,她在湖中沐浴,终于在水里不见了。(第267—370行。)

六、野兽们派兔子将爱诺死了的消息带到她家里去;她的母亲为了她日夜哭泣。(第371—518行。)

　　尤卡海宁的妹妹,
　　年轻的姑娘爱诺,
　　她来到绿绿的树林,
　　采金雀花枝做浴帚①;

---

① 浴帚,用来促进血液循环的。"叶子依然留在树枝上。冬天所用的浴帚,早在夏天树叶最柔软的时候就做成了。当然后来干燥了,在使用之前,再浸于热水中,一直到变软了,又散发出香气来。"(A. M.)——英译者

一把给她的爸爸,
一把给她的妈妈,
给年富力强的哥哥,
她又扎了第三把。
　她转身走回家去,
穿过了赤杨树丛,　　　　　　　10
来了年老的万奈摩宁,
他看见她在林中,
在花草间那么漂亮,
他就对她这样说:
"姑娘!不要为别人打扮,
不为别人只为我,
脖子上围一圈项链,
胸前挂一个十字架。
为我编美丽的发辫,
用丝带扎你的头发。"　　　　　20
　年轻的姑娘回答道:
"我不为你也不为他,
胸前挂着十字架,
用丝带扎我的头发。
我不稀罕小麦面包,
也不爱海上的服装。
我要吃家乡的面包皮,
我要穿本地的衣裳,
同亲爱的父亲同住,
同亲爱的母亲一处。"　　　　　30

她从胸前取下十字架,
她从手指上脱下指环,
她从头上扯下红丝带,
她从颈上除下珠项链。
她将这些扔在地下,
她将这些撒在树丛间;
急急忙忙赶回家去,
哭哭啼啼长吁短叹。
　她的父亲坐在窗边,
正在雕一个斧柄:　　　　　　40
"为什么哭,我的女儿!
年纪轻轻就这么伤心?"
　"我很有理由啼哭,
有理由啼哭和悲叹。
我哭了,亲爱的父亲!
我只觉得十分凄惨。
腰带上落下了扣子,
胸前失去了十字架,
在我腰间的铜腰带,
在我胸前的银十字架。"　　　50
　她的哥哥坐在门口,
正在做雪车的滑板:
"为什么哭,我的妹妹!
年纪轻轻就这么凄惨?"
　"我很有理由啼哭,
有理由啼哭和悲叹,

我哭了,可怜的哥哥!
　　我只觉得十分凄惨。
　　手指上失去了指环,
　　脖子上落下了项链,
　　我的指环是金指环,
　　我的项链是银项链。"
　　　她的嫂嫂坐在窗边,
　　正在织金线的腰带:
　　"为什么哭,可怜的妹妹!
　　年纪轻轻就这么悲哀?"
　　　"我很有理由啼哭,
　　有理由啼哭和悲叹,
　　我哭了,可怜的嫂嫂!
　　我只觉得十分凄惨。
　　我落下了额上的黄金,
　　我失去了发上的白银,
　　我扯下鬓角的蓝丝带,
　　我拉下头上的红头绳。"
　　　她在堆房①的门槛上,
　　看见母亲在制干酪:
　　"为什么哭,我的女儿!
　　年纪轻轻就这么烦恼?"
　　　"我的妈妈!你生了我,

---

① "堆房是农家姑娘藏衣饰的房间,有的很精美,夏天姑娘们就常常住在那里。还有储藏食物的堆房。"(A.M.)——英译者

我的妈妈！你养了我，　　　　80
我很有理由伤心，
有理由让痛苦折磨。
我哭了,可怜的妈妈！
我只觉得十分忧愁，
我刚才到树林里去，
采金雀花枝做浴帚；
一把给我的爸爸，
一把给我的妈妈，
给年富力强的哥哥，
我又扎了第三把。　　　　　90
我转身走回家来，
轻捷地穿过荒原，
奥斯摩宁在山谷里叫，
卡勒万宁在田野里喊：
'姑娘！你只要为我，
却不要为别人打扮，
胸前挂一个十字架，
脖子上围一圈项链。
为我编美丽的发辫，
用丝带扎你的发辫。'　　　100
"我除下脖子上的项链，
我摘去胸前的十字架，
我把鬓角的蓝带扯去，
我把头上的红绳拉下，
我把这些撒在树丛间，

我把这些扔在地下,
我又这样地回答:
'我不为你也不为他,
我胸前挂着十字架,
丝带扎在头发上。　　　　　　　　110
我不稀罕小麦面包,
也不爱海上的服装。
我要吃家乡的面包皮,
我要穿本地的衣服,
同亲爱的父亲同住,
同亲爱的母亲一处。'"
　她的母亲就这样说道,
老太婆就回答姑娘:
"不要哭,亲爱的女儿!
年纪轻轻不要悲伤;　　　　　　　120
先吃一年新鲜的奶油,
让你长得更丰满;
第二年又吃一年猪肉,
让你长得更娇艳;
第三年再吃一年奶饼,
让你更讨人喜欢。
你到山上的堆房去,
打开最美丽的房间。
那里箱笼上堆着箱笼,
那里柜子上叠着柜子,　　　　　　130
把最好的箱笼打开,

把描花的箱盖举起,
那里有六根金的腰带,
七件精致的蓝的长衣,
是月亮的女儿织成,
是太阳的女儿裁制。

"当我年轻的时候,
当我还是年轻的女儿,
我在树林里找草莓,
我在山上采覆盆子; 140
听到月亮的女儿在织,
听到太阳的女儿在纺,
就在绿林的边缘,
草木繁茂的岛旁。

"我轻轻地走近她们,
我站在她们身边,
我就轻轻地问道,
我就这样地开言:
'给我黄金,古达尔!
给我白银,白韦达尔! 150
给这没有嫁妆的姑娘,
给这恳求你们的孩子!'

"古达尔就给我黄金,
白韦达尔也给我白银。
我用白银装饰头发,
我用黄金装饰双鬓,
急急地回到父亲的家,

快乐得像一朵鲜花。
　"我戴了一天又两天,
后来就在第三天上,　　　　　　160
我取下白银,从我头上,
我取下黄金,从我鬓旁,
我就带往山上的堆房,
收藏在柜子里面,
一直收藏到今天,
从来没有去看一看。
　"把丝带扎在你额上,
把金饰戴在你鬓边,
脖子上围着项链,
十字架挂在胸前。　　　　　　170
穿一件精美的纱衫,
是最细的麻纱织成,
披一件羊毛的长衣,
用丝腰带束着腰身,
再穿上最好的丝袜,
再穿上最好的鞋,
把头发编成辫子,
扎着漂亮的丝带,
金指环套在手指上,
金手镯佩在手腕上。　　　　　180
　"在你去过堆房之后,
你就这样地回来,
成了你亲戚的欢乐,

成了你一族的光彩,
就像是路旁的小花,
就像是山上的草莓,
以前没有这么可爱,
从来没有这么娇美。"
　　母亲这样劝告着,
这样劝告她的女儿,　　　　　　　　190
对于母亲的意见,
女儿却置之不理。
她哭着离开了屋子,
离了家忧郁地走去,
她表达她的心情,
说出了这样的言辞:
　　"怎样才是快乐的人,
快乐的感觉和思想?
这样才是快乐的人,
快乐的感觉和思想:　　　　　　　　200
就像是大水的跳舞,
在波浪上轻轻地高涨。
悲哀的思想像什么?
长尾鸭①在怎么思量?
悲哀的思想像这样,
长尾鸭在这么思量,
就像水在冰雪之下,

---

① 长尾鸭,学名"fuligula glacialis"。——英译者

在深深的井底埋葬。

"我的生命笼罩着乌云,
我的童年也如此忧愁, 210
我的思想像是枯草,
当我在树丛中行走,
经过了茂密的草地,
穿过了纠缠的丛林,
我的心情暗似煤烟,
我的思想黑如沥青。

"我一定比现在幸福,
如果我交上了好运,
如果我没有生下来,
如果没有长大成人, 220
看到这痛苦的日子,
遭到这悲哀的时光,
如果我只活了六夜,
如果在第八夜死亡。
那时候我不需要什么,
只要一拃长的尸衣,
只要一小角的土地,
母亲流着不多的眼泪,
父亲的眼泪更少流,
哥哥连一滴也没有。" 230

她哭了一天又两天
她的母亲向她问道:
"为什么哭,可怜的姑娘!

你为什么悲叹、烦恼？"
"我哭着，不幸的姑娘，
我只能永远哭哭啼啼，
是你自己将我许配，
是你答应嫁你的女儿，
当作老头子的慰藉，
去安慰一个老头子， 240
永远地将他服侍，
走路也要我扶持。
你还不如送走我，
送到深深的水底，
去做鱼儿的伙伴，
去做鲱鱼的姊妹。
如果去安慰老头子，
走路也要我扶持，
要我做他的拐杖，
还要修补他的袜子； 250
这一定不如在湖中，
寄居深深的水底，
去做鱼儿的伙伴，
去做鲱鱼的姊妹。"
她就到山上的堆房，
走进里面的房间里；
把最好的箱笼打开，
把描花的箱盖举起，
她找到六根金的腰带，

七件精致的蓝的长衣, 260
　她就穿得十分华丽,
打扮得整整齐齐。
她用白银装饰头发,
她用黄金装饰两鬓,
额上系着天蓝的丝带,
头上扎着大红的头绳。
　她就离开了堆房,
流浪着跨过田园,
经过沼泽和草地,
穿过阴暗的林间。 270
　她一边流浪一边说,
她一边飞跑一边唱:
"我的心充满了忧愁,
像一块石头压在头上。
这忧愁不会使我烦恼,
这压迫更算不得沉重,
只要我这不幸的姑娘,
结束了痛苦的生命,
在我的沉重的忧愁中,
在我的伤心的痛苦中。 280
　"我的时间快临近了,
离开这讨厌的世界。
我要赶到多讷拉,
赶到玛纳的世界,
我的父亲不会悲悼,

我的母亲不会忧愁,
嫂嫂的两颊不会湿,
哥哥的眼泪不会流,
如果我沉到水下,
沉到鱼儿的乐园,   290
一直到深深的水底,
一直到稀烂的泥间。"
  她走了一天又两天,
她走到了第三天,
她来到宽阔的岸上,
长满灯芯草的湖①边。
到达的时候已是黑夜
她就在黑暗中停歇。
  这姑娘在晚上啼哭,
这姑娘在夜间悲叹,   300
在围着湖水的岩石上,
前面是广阔的海湾。
就在清清的早上,
她向海角外面望去,
她望见了三个姑娘,
她们都在水中沐浴,
第四个是姑娘爱诺,
第五个是纤柔的小树。②

---

① 克隆教授认为这里指的不是湖,而是海。——英译者
② 这节不易理解。"我听到,有人以为也许是爱诺取了一根白桦树枝,用来作为浴帚。"(A.M.)——英译者

她将衬衣抛上柳树,
她将长衣抛上白杨, 310
她将袜子扔在空地,
她将鞋扔在圆石上,
她将珠子撒于沙地,
她将金环撒入沙砾。

波浪中有一座岩石,
闪耀着灿烂的金光;
她努力向它游去,
当作她避难的地方。

她终于站在它上面,
她要在它的顶端休息, 320
这五光十色的石头,
这灿烂光滑的岩石,
却在她下面下沉,
一直沉到了水底。
爱诺姑娘也沉下,
伴着这岩石一起。

这鸽子永远地消失,
不幸的姑娘永远毁灭,
临死前她这样说道,
在她觉得下沉的时刻: 330
我去沐浴,到湖中,
我去游泳,在水上,
却鸽子似的消失,
却小鸟似的死亡。

我的亲爱的父亲,
在他活着的时光,
在这茫茫的水中,
决不会来撒他的网。
"我去洗濯,到岸边,
我去沐浴,在湖上, 340
却鸽子似的消失,
却小鸟似的死亡。
我的亲爱的母亲,
在她活着的时间,
决不会来取水去和面,
从这住宅附近的海湾。
"我去洗濯,到岸边,
我去沐浴,在湖上,
却鸽子似的消失,
却小鸟似的死亡。 350
我的亲爱的哥哥,
在他活着的时期,
决不会骑着他的马,
在这宽阔的湖岸驰驱。
"我去洗濯,到岸边,
我去沐浴,在湖上,
却鸽子似的消失,
却小鸟似的死亡。
我的亲爱的嫂嫂,
在她活着的时候, 360

决不会来洗她的眉毛,
在这住宅附近的桥头。
这湖水就是我的血,
从我的血管里流出;
在水中游着的小鱼
就是我身上割下的肉;
在岸边的这些矮树,
是不幸的我的肋骨;
在岸边的这些野草,
是我的发辫,蓬松泥污。" 370
　年轻的姑娘就此死去,
可爱的鸽子就此消失。
　现在有谁去报信,
去说这悲哀的故事,
到这姑娘的屋子,
到这美人的家里?
　先是熊要去报信,
去说这悲哀的故事;
可是熊却报不了信,
它会在牛群中迷失。 380
　现在有谁去报信,
去说这悲哀的故事,
到这姑娘的屋子,
到这美人的家里?
　接着是狼要去报信,

去说这悲哀的故事；
可是狼却报不了信，
它会在羊群中迷失。
　现在有谁去报信，
去说这悲哀的故事，　　　　　　390
到这姑娘的屋子，
到这美人的家里？
　后来是狐狸要去报信，
去说这悲哀的故事；
可是狐狸却报不了信，
它会在鹅群中迷失。
　现在有谁去报信，
去说这悲哀的故事，
到这姑娘的屋子，
到这美人的家里？　　　　　　400
　现在是兔子去报信，
去说这悲哀的故事；
兔子认真地回答道：
"这消息我决不忘记。"
　长耳朵迅速地跳去，
兔子去说悲哀的故事，
咧着十字嘴向前跑，
迈着弯腿向前飞，
到这姑娘的屋子，
到这美人的家里。　　　　　　410

它这样赶到了浴室①,
它就蹲在浴室门口;
浴室里有许多姑娘,
她们手里拿着浴帚:
"小兔子,来让我们烤,
大眼睛,来让我们煎,
可以给主人当晚饭,
或者给主妇做早餐,
不是给女儿当午饭,
就是给儿子吃一餐。"　　　　　420
　　兔子这样地回答,
圆眼睛大胆地说道:
"只有楞波才到这里来,
让你们在锅子里烧烤!
我是来给你们报信,
给你们把消息带来,
那美人已经死去,
戴锡饰的已经不在,
同银纽扣一起沉下,
同铜腰带一起淹死,　　　　　430
淹死在深深的水中,
沉下于泥污的水底,
她伴着鱼儿一起,

---

① "浴室通常是与正屋隔开的一间房,芬兰人就在那里洗很热的澡。"(A. M.)也用来作为分娩的地方。——英译者

做了鲱鱼的姊妹。"
　她母亲就哭了起来,
痛苦的眼泪簌簌流下,
她又大声地叹息,
伤心地说着这样的话:
"你们不幸的母亲!
在你们的一生里,　　　　　　440
不要催你们的女儿,
不要逼你们的孩子,
去嫁她不愿嫁的人,
像我一样地白费力,
我就这样催我的女儿,
逼我自己抚养的鸽子。"
　母亲啼哭又叹息,
痛苦的眼泪簌簌流下,
悲哀地从她的蓝眼睛,
流到了苍白的两颊。　　　　　450
　一滴接着又一滴,
痛苦的眼泪簌簌流来,
从她的苍白的两颊,
流到了起伏着的胸怀。
　一滴接着又一滴,
痛苦的眼泪簌簌流来,
从她的起伏着的胸怀,
流到了长衣的下摆。
　一滴接着又一滴,

痛苦的眼泪簌簌流下，　　　　　　　460
从她的长衣的下摆，
流到了大红的长袜。
　一滴接着又一滴，
痛苦的眼泪簌簌流来，
从她的大红的长袜，
流到了金绣的花鞋。
　一滴接着又一滴，
簌簌流下痛苦的眼泪，
从她的金绣的花鞋，
流到她站着的大地。　　　　　　　　470
眼泪流湿了大地，
眼泪流成了小溪。
　小溪在地上奔流，
汇成了大河的源头；
就涌出了三道大河，
是悲哀的泪水的长流，
从啼哭的母亲的眼睑，
无尽地流着，永远永远。
　从每一道河水里，
涌出了三道瀑布，　　　　　　　　　480
从每一道瀑布中，
有三座岩礁涌出，
在每一座岩礁上，
矗立着一座金山
有三棵美丽的白桦，

在每一座金山的山巅,
在每一棵白桦的梢头,
有三只金杜鹃停留。
它们突然地鸣叫,
第一只叫"情人,情人!" 490
第二只叫"爱人,爱人!"
第三只叫"高兴,高兴!"
　叫着"情人,情人!"的那只,
歌唱了三个月的时间,
为那年轻、可怜的姑娘,
这时已经在水底长眠。
　叫着"爱人,爱人!"的那只,
歌唱了六个月的时光,
为那不幸的求婚者,
他的一生寂寞凄凉。 500
　叫着"高兴,高兴!"的那只,
继续歌唱了一生;
为那不幸的母亲,
她一天天啼哭不停。
　母亲听着杜鹃的歌声,
她就这样地说道:
"但愿不幸的母亲,
不再听到杜鹃鸣叫!
我一听到杜鹃声,
心就沉重地跳荡, 510
眼睛就流下眼泪,

滚滚地在我的颊上,
豌豆似的泪滴涌着,
比最大的大豆还大。
我的生命要短五尺,
我的年纪要老一拃,
从我听到了杜鹃声,
我已经筋疲力尽。"

第五篇　万奈摩宁垂钓

一、万奈摩宁想从湖里钓起尤卡海宁的妹妹来，他将变成鱼了的她拉到船上。（第 1—72 行。）

二、当万奈摩宁动手去剖这鱼的时候，尤卡海宁的妹妹又从他手中滑下，重新到了湖里，还告诉他她是谁。（第 73—133 行。）

三、万奈摩宁劝她回来，又用钓竿钓着，然而毫无用处。（第 134—191 行。）

四、万奈摩宁闷闷不乐地回到家中，他的死去的母亲劝他向波赫亚的姑娘去求婚。（第 192—241 行。）

　　这消息到处流传，
　　这新闻散播四方，
　　年轻的姑娘怎么去世，
　　美丽的女郎怎么死亡。

　　年老心直的万奈摩宁，
　　哀悼这伤心的消息，
　　他早也哭来晚也哭，
　　漫长的夜里也哭泣，
　　美丽的女郎已经长眠，

79

年轻的姑娘已经去世,　　　　　10
沉没于泥泞的湖中,
波浪下深深的水底。
　他叹息着向前走去,
心头充满了苦恼,
到了蓝蓝的湖的岸边,
他又这样地说道:
"告诉我,睡神温达摩!
把你的梦全告诉我,
哪里是韦拉摩的姑娘,
哪里是阿赫多的海国?"　　　　20
　睡神温达摩这样回答,
将他的梦细细诉说:
"那里是韦拉摩的姑娘,
那里是阿赫多的海国,
傍着云沉沉的海角,
靠近雾茫茫的岛边,
波浪下深深的水底,
在水底漆黑的泥间。
　"那里是韦拉摩的姑娘,
那里是阿赫多的海国,　　　　　30
居住于小小的房间,
生活于狭窄的住所,
周围是斑驳的云石墙,
在水底,在海角近旁。"
　年老的万奈摩宁,

立刻跑向他的小舟,
检查一下他的滑车,
察看一下他的钓钩;
他将滑车放进口袋,
他将钓钩放进衣兜。   40
向那突出的海角,
他划着船冲过浪头,
向着云沉沉的海角,
向着雾茫茫的海岛。
　他动手钓他的鱼,
他察看一下渔具,
他准备了他的渔网,
把钓钩投入水去,
他钓着试他的运气,
铜钓竿颤动着不停,   50
银白的线飒飒地响,
金黄的钓丝发出咝声。
　终于来到了一天,
就在清清的早上,
钓到了一条鲑鱼,
它挂在他的钩子上,
他立刻拉进船里,
将它在船板上放置。
　他反复地看了又看,
他又这样地开言: 60
"这当然是一条鱼,

同样的却太少见，
它比鳟鱼更加黄，
它比鲱鱼更加滑腻，
它比梭子鱼更加灰黑，
比雌鱼它又太少鳍，
比雄鱼它又太少鳞，
它没有腰带，不像仙女，
它没有发辫，不像姑娘，
它没有耳朵，不像鸽子，　　　　70
它却最像一条鲑鱼，
或者深水里的鲈鱼。"

　　在万奈摩宁的腰带上，
挂着一把银柄的短刀，
他拔着锐利的刀，
银柄的刀出了鞘，
他要将这鲑鱼剖开，
他要将它细切碎斩，
他要将它当做早饭，
或者当做一份便餐，　　　　　　80
不是当做他的午饭，
就是当做他的晚餐。

　　他正要将鲑鱼剖开，
正要将它细切碎斩，
鲑鱼却向水中跳去，
美丽的鱼跳到旁边，
从万奈摩宁的小船，

从他的红船的船板。

她就抬起她的头来,
从水中升起了肩膀, 90
在第五层波浪的山上,
从第六层奔腾的波浪,
她的手举在空中,
她的左脚也出现,
涌起了波浪第七层,
在第九层波浪的顶端。

鱼儿就向他招呼,
对他提出了抗议:
"你年老的万奈摩宁!
我来到了你这里, 100
并不是来让你杀死,
来让你细切碎斩,
来做你的一顿早饭,
或者做你的便餐,
我不来做你的午饭,
也不来做你的晚餐。"

年老的万奈摩宁说:
"你来了为的是什么?"

"为的是我在寻找你,
像鸽子停在你胸前, 110
像妻子坐在你膝上,
永远地坐在你身边;
我为你把被子铺好,

我为你把枕头垫平，
把你的房间收拾整齐，
把你的地板打扫干净，
我要给你的房间生火，
扇起了熊熊的火焰，
为你烘很大的面包，
为你制蜂蜜的饼干，   120
把你的啤酒壶斟满，
把你的饭食准备齐全。

"我不是水里的鲑鱼，
也不是深水的鲈鱼，
我是尤卡海宁的妹妹，
那年轻可爱的少女，
是你渴望了一生，
恋恋不舍的那人。

"你可怜的老头子，
万奈摩宁！太没有机智，   130
你太笨了，逮不住我，
我是阿赫多的宠儿，
韦拉摩的水中的少女！"

年老的万奈摩宁说道，
垂着头，充满了悲哀：
"你尤卡海宁的妹妹！
我求你快快地回来。"

她却从此不再来了，
永不回到他的身边；

她转过身沉入水中,　　　　　　140
就从水面消失、不见,
在赤褐的洞窟里面,
在斑驳的礁石之间。

　年老心直的万奈摩宁,
深深地沉思默想:
干什么又怎么干。
他立刻编一个丝网,
他向前面、向四面拉着,
拉到了又向前拉去,
拉着它经过平静的水,　　　　　150
鲑鱼所喜爱的水底。
经过万诺拉的深水,
卡勒瓦拉的海角旁,
经过幽深黑暗的水穴,
经过渺渺茫茫的水上,
从尤戈拉的大河经过,
从拉伯兰的海湾跨过。

　别的鱼他捕了不少,
在水里的一切的鱼,
可是他却没有捕到,　　　　　　160
永远想望的那条鱼,
那个阿赫多的宠儿,
韦拉摩的美丽的少女。

　年老的万奈摩宁,
垂着头,深深地哀悼,

把帽子拉到一边,
他又这样地说道:
"我真笨得太厉害,
我的智慧实在不行,
以前我还有一点见识, 170
也还算有一点聪明,
我的心也光明正直,
这可是以前的情形。
日子一天天过去,
我也遭到了不幸,
我的气力一天天衰弱,
我的聪明一天天退步,
我的见识都消失了,
我的判断也都错误。

"我等她等了多年, 180
我想她想了半世,
韦拉摩的水中的少女,
波浪的最年轻的女儿,
我要她做永远的朋友,
我要她做永久的妻子,
她来吞了我的钓饵,
顺从地跳进我的船里;
我不知道怎么逮住她,
不能带她到我的家里,
她一冲又冲到水中, 190
沉入最深最深的水底。"

他又徘徊了一会儿，
他走着，短叹长吁，
他一边这样地说道，
一边向他的家走去：
"以前有小鸟歌唱，
我的杜鹃向我欢呼，
在早晨又在黄昏，
同样地也在中午。
这妙音为什么静下， 200
这歌声为什么沉默？
忧愁使妙音静下，
悲哀使歌声沉默，
它们就不再歌唱了，
无论夕阳西下的时光，
无论在早晨、在晚上，
都不再为我歌唱。

"我已经无法考虑，
有什么行动的方针，
怎么在大地上居住， 210
怎么在世界上旅行。
如果我母亲还在世，
我的老母依然苏醒，
她会老实告诉我，
怎么支撑我的不幸，
忧愁就不会将我压倒，
悲哀就不会将我毁灭，

在这潦倒失意的日子,
在这垂头丧气的时节。"
　　他的母亲从坟中苏醒,① 220
就在波浪下面回答:
"你的老母已经醒来,
她活了,听到你的话,
她可以明白告诉你,
怎么支撑你的不幸,
忧愁就不会将你压倒,
悲哀就不会将你毁损,
在这潦倒失意的时光,
在这垂头丧气的日子。
你去找波赫亚的姑娘, 230
那里的女儿更美丽,
那些姑娘两倍地可爱,
又五倍六倍地伶俐,
不像尤戈的懒姑娘,
不像拉伯兰的笨女儿。
　　"在波赫亚的美女中间,
儿啊!那里有你的妻子,
拣一个漂亮的姑娘,
容貌身材都那么美丽,

---

① 到父母的坟头去求教和求助,在斯堪的纳维亚地区和爱沙尼亚的文学作品中极为常见。——英译者

她的脚又那么轻捷, 240
她的行动又那么敏捷。"

第六篇　尤卡海宁的弩弓

一、尤卡海宁对万奈摩宁怀恨在心，在万奈摩宁去波赫尤拉途中暗地里等候着。（第 1—78 行。）

二、尤卡海宁看到万奈摩宁骑了马过去，就向他射箭，却只射死了他的马。（第 79—182 行。）

三、万奈摩宁翻身落水，大风吹他到海里，尤卡海宁非常高兴，以为自己终于打倒了万奈摩宁。（第 183—234 行。）

　　　年老心直的万奈摩宁，
　　他下了决心旅行，
　　到阴暗的波赫亚，
　　那寒冷寂寞的国境。
　　　他牵来他的草色马，
　　毛色像豌豆茎一样，
　　整一整金黄的嚼子，
　　笼头套在银白的头上，
　　他就跨上了马背，
　　开始了他的旅程，　　　　　10
　　马蹄嘚嘚地迈进，

自由自在地前行，
他骑在草色马上，
毛色像豌豆茎一样。

　他这样经过万诺拉，
经过卡勒瓦拉的荒原，
马儿迅速地前进，
路越近了家越远，
他又经过了大海，
跨过浩荡的波涛，　　　　　　　　20
马蹄并没有打湿，
也没有淹没他的脚。

　年轻的尤卡海宁，
这拉伯兰的小子，
他那么久久地怨恨，
又那么久久地妒忌，
年老的万奈摩宁，
这永远驰名的歌人。

　他做成了一把弩弓，
一把十分出色的弓，　　　　　　　30
他做的是一把铁弓，
弓背上又包着铜，
弓上又镶嵌着黄金，
弓上又装饰着白银。

　他从哪里得到弓弦，
哪里来的合适的线？
是希息的大麋的筋，

是楞波来的麻线。

弓的工程终于圆满,
弓臂也全部完成,　　　　　　　40
看起来多么漂亮,
质量又与形式相称。
弓背上雕着站立的马,
弓臂上是飞跑的马驹,
弓把上是蹲着的白兔,
弓弯上是睡着的美女。

他用木头做成箭杆,
装上了三重的箭翎,
箭杆用的是槲树,
箭头是松木做成;　　　　　　　50
他的箭就这样完工,
箭翎也这样装好,
用的是麻雀的尾巴,
用的是燕子的羽毛。

他又削尖他的箭头,
把箭镞浸渍着毒液,
用的是毒蛇的黑血,
用的是蝮蛇的毒血。

他的箭准备完毕,
他只等把弓拉开,　　　　　　　60
他守望着万奈摩宁,
苏万多莱宁的到来,
清早、黄昏他都等候,

在中午也一样等候。
　他守望着万奈摩宁，
耐心地等候了很久，
不是在窗边守望，
就是在楼头等候，
有时在小路边藏躲，
有时在草地上守望，　　　　　70
臂下夹着他的弩弓，
又背着满满的箭囊。
　他一直等候又等候，
埋伏在别的屋子附近，
在尖尖突出的海角，
这海角弯曲地向前伸，
在喷涌的瀑布边，
经过神圣的河岸。
　那一天终于到来，
在一个清清的早上，　　　　　80
他转眼向西方望去，
他又回头向着东方，
他看到水面有一点黑，
他看到海上有一点蓝，
还是东方升起的云，
还是黎明的光线？
　东方没有云升起，
也不是光辉的黎明。
是年老的万奈摩宁，

那永远驰名的歌人,　　　　　　　　　90
他向波赫尤拉赶去,
他到比孟多拉旅行,
骑着一匹草色马,
毛色像是豌豆茎。
　年轻的尤卡海宁,
这拉伯兰的瘦小子,
急忙挽紧他的弩弓,
举起这漂亮的武器,
向万奈摩宁的头瞄准,
他要射死苏万多莱宁。　　　　　　100
　他的母亲走来问他,
这老年人向他发问:
"你为什么挽着铁弩,
为什么把武器拉紧?"
　年轻的尤卡海宁,
这样回答他的母亲:
"我挽着我的铁弩,
我把这武器拉紧,
为的射万奈摩宁的头,
为的杀死苏万多莱宁,　　　　　　110
我要射老万奈摩宁,
射这永远驰名的歌人,
我要射穿他的心和肝,
我要射他的两肩之间。"
　他的母亲不让他射击,

她拦着他,又这样说明:
"你不要射万奈摩宁,
你不要杀卡勒瓦莱宁,
万诺出身于名门,
他就是我的姨甥。① 　　　　　　　120
"如果射中万奈摩宁,
如果杀死卡勒瓦莱宁,
世界就失去欢乐,
大地也没有歌声。
世间的欢乐更喜滋滋,
大地的歌声更笑哈哈,
比在阴沉的玛纳拉,
比在黑暗的多讷拉。"
年轻的尤卡海宁,
他不禁迟疑了片时, 　　　　　　　130
他反复地想了又想,
他的两手准备射击,
一只要射,一只拦着他,
强壮的指头又逼着他。
最后他表示了决心,
他就这样地开言:
"那有什么,纵使那欢乐,
有两次离开世间?

---

① 这里说的又是与万奈摩宁为伊尔玛达尔之子的传说相矛盾的。——英译者

一切歌声也永远不见,
我也要射,什么都不管!"   140
　　他挽一下他的弩弓,
他拉紧了他的铜弓,
他靠在左膝上挽着,
他握着弓,屹然不动,
他从箭囊中取出箭来,
选一支三羽的利箭,
取了最坚强的一支,
选了一支最好的箭,
他将箭扣在凹槽上,
顶在大麻的弓弦上。   150
　　他就举起他的大弓,
靠近了他的肩膀,
他要射万奈摩宁,
他已经准备停当,
他又这样地说道:
"射吧,桦木的利箭!
松木啊,你做后盾!
响着,大麻的弓弦!
如果我的手太低了,
就让箭射得高一点,   160
如果我的手太高了,
就让箭射得低一点!"
　　他迅速地扳着弩机,
射出了第一支利箭,

箭杆飞得太高了,
飞向他头上的高天,
飒飒地穿过浮云,
在云朵之中游行。

他又鲁莽地射去,
射出了第二支利箭,　　　　　170
这一次飞得太低了,
沉下到地母的心间。
大地直向玛纳下沉,
裂开了沙石的丘陵。

他又射了第三次,
飞去了第三支利箭,
射进了青麋的脾脏,
在老万奈摩宁下面。
射中了他的草色马,
豌豆茎似的毛色;　　　　　180
穿过肩胛下的肌肉,
深深地射通了左胁。

年老的万奈摩宁,
他的手指伸入水波,
他用两手划开海水,
想把汹涌的浪花抓住,
从他青麋的背上滚下,
从那豌豆茎色的骏马。

刮来了一阵狂风,
大海上涌起了波浪,　　　　　190

它带着老万奈摩宁，
离开了大陆漂荡，
在渺渺茫茫的水上，
向无边无际的海洋。

年轻的尤卡海宁，
自鸣得意地夸口道：
"老头子万奈摩宁！
当金黄的月亮照耀，
在你活着的时间，
再也不能任意盘桓，　　　　　　　200
在万诺拉的草地，
在卡勒瓦拉的荒原。

"你要流那么六年，
你要漂那么七年，
你要滚那么八年，
在渺渺茫茫的海面，
在无边无际的水上，
松树似的流那么六年，
枞树似的漂那么七年，
树桩似的滚那么八年！"　　　　　210

他就走进了屋子，
他的母亲向他发问：
"有没有射中万奈摩宁，
杀死卡勒瓦的后人？"

年轻的尤卡海宁，
他就这样回答道：

"万奈摩宁已经射中,
卡勒瓦莱宁已经打倒,
我让他漂在水面,
我把他扔在海上, 220
在永不静止的水中,
汹涌着滚滚的波浪,
那老头把他的指头,
把他的手掌伸入水中,
他侧着身子滚下,
又转身躺下,面向天空,
就在波浪之上漂荡,
向着奔腾的海洋。"
　他的母亲回答说:
"你的行为太凶狠, 230
射中了万奈摩宁,
打倒了卡勒瓦莱宁,
这苏万多拉的英雄,
卡勒瓦拉驰名的英雄。"

第七篇　万奈摩宁和娄希

一、万奈摩宁在大海上漂流了几天。（第1—42行。）

二、那只老鹰因为万奈摩宁在砍树时为它留下一棵白桦树可以休息而很感激他,将他背在翅膀上,飞到波赫尤拉的边境。（第43—132行。）

三、波赫尤拉的女主带他到家里,殷勤地招待他。（第133—274行。）

四、万奈摩宁想回故国,波赫尤拉的女主答应他走,又允许将女儿嫁给他,只要他在波赫尤拉给她打造三宝。（第275—322行。）

五、万奈摩宁答应了到家以后就送铁匠伊尔玛利宁来打造三宝;波赫尤拉的女主就给他马和雪车,送他回去。（第323—368行。）

　　　　年老心直的万奈摩宁,
　　　　在大海上漂来漂去,
　　　　像一棵倒下的松树,
　　　　像一棵枞树的枯株,
　　　　经过了夏季的六天,
　　　　又继续了六个夜晚,

前面是渺茫的大海,
上面是澄澈的苍天。
　他又漂流了两个夜晚,
两个又长又倦的白天,　　　　　10
第九个黑夜在他周围,
过去了第八个白天,
他突然感到了痛苦,
他的痛苦越来越剧烈;
脚趾的趾甲掉下了,
手指也脱离了关节。
　年老的万奈摩宁,
就说着这样的话:
"哎呀,我这可怜人,
遭到了不幸的重压!　　　　　　20
我离开了我的故国,
我抛弃了我的老家。
太阳和月亮照着我,
永远在广漠的天空下,
永远随着风儿摇摆,
永远跟着波浪漂荡,
在渺渺茫茫的水上,
向无边无际的海洋,
我成了冷冷的生物,
痛苦地东滚西翻,　　　　　　　30
老跟着波浪颠簸,
在这茫茫的水面。

"我自己也不知道，
怎么度这痛苦的一生，
在这一切飞逝的年代，
对这无止无休的不幸。
难道我能在风中盖屋，
难道我能在水上落户？

"如果我在风中盖屋，
风一定要将它吹去； 40
如果我在水上造房，
水一定要将它漂去。"

有鸟儿从拉伯兰飞来，
从东北飞来了老鹰，
它不是最大的老鹰，
也不是最小的老鹰，
一只翅膀扫着水，
一只翅膀掠着天；
它的尾巴停在海上，
它的嘴啄着巉岩。 50

它缓缓地前后飞翔，
又转身眺望着四方，
它望见了老万奈摩宁，
就在青青的波浪上：
"英雄啊！你为什么来，
这样地漂流于大海？"

年老心直的万奈摩宁，
他就这样回答道：

"汉子为什么来到海上,
英雄为什么冲进波涛;   60
我来寻波赫亚的女郎,
我要比孟多拉的姑娘。

"就在这大海的水面,
我急急忙忙地趱行,
过去了许多早晨,
来到一天的黎明,
靠近尤戈拉的急流,
在罗多拉海湾里,
一支利箭向我飞来,
射中我身下的坐骑。   70

"我就掉进了水中,
我的手指伸入波浪,
风儿将我向前推送,
波浪将我向前漂荡。

"西北方刮起了狂风,
暴风又从东方吹来,
大风赶着我向前,
远远地从大陆漂开,
经过许多天的漂流,
经过许多天的簸荡,   80
在渺渺茫茫的水上,
向无边无际的海洋。
现在我还不能推测,
不能猜度也不敢想,

我究竟要怎样毁灭,
要遭到怎样的死亡,
我到底还是饿死,
还是葬身于水底?"
　　空中的鸟儿老鹰说道:
"你的心且不要悲伤, 90
你爬到我背上坐下,
站在我的翅膀尖上,
我要带你离开大海,
到你想望着的地方。
我还记得那一天,
记得更快乐的时光,
将卡勒瓦的绿林采伐,
将奥斯摩拉的岛开垦,
你却保护了那棵白桦,
让那棵美丽的树留存, 100
鸟儿可以停在那里,
我也可以在那里安息。"
　　年老的万奈摩宁,
就从水中伸出头来,
这汉子就跳出波浪,
这英雄就冲出大海,
他就跨上老鹰的翅膀,
坐在老鹰的翅膀尖上。
　　这空中的鸟儿老鹰,
背起了老万奈摩宁, 110

穿过风的路径飞去，
顺着东风的路径，
到了波赫亚的边境，
到了多雾的萨辽拉，
它放下了万奈摩宁，
就飞向天空，离开了他。

万奈摩宁站在那里，
在那里啼哭又悲伤，
在这海洋的边界，
在这陌生的地方，   120
受到了成百的创伤，
遭到了成千的打击，
他的胡须蓬松纷乱，
他的头发纠缠一起。

他啼哭了两夜三夜，
又啼哭了两天三天，
什么地方，他不知道，
什么路，他不能发见，
哪条路通到他的家，
回到他自己的故国，   130
回到他熟识的地方，
他以前在那里过活。

一个波赫亚的小姑娘，
那家的美发的闺女，
她已经和太阳订约，
太阳和月亮都允许，

他们永远一同起来,
他们永远一同苏醒。
她却在他们之前起来,
太阳、月亮还没有上升, 140
公鸡还不曾喔喔长啼,
小鸡也不曾啾啾唧唧。

　她剪了五只绵羊的毛,
她又剪了六只小羊,
就搁在她的织机上,
又梳理得停停当当,
这时还没有到黎明,
这时太阳还没有上升。

　后来她擦洗着桌子,
用两把扫帚扫地, 150
第一把扫帚只有树枝,
第二把扫帚带着叶子,
她把扫拢了的垃圾,
都搬入铜的畚箕;
她把垃圾拿到门外,
拿到庄院外的田里,
一直拿到田野尽头,
矮篱上有一个豁子。
她就站在垃圾堆上,
向周围听个仔细, 160
她听到了湖边的哭声,
河的那岸传来了哀鸣。

她急急地赶回家去，
立刻走进了大厅里。
她带来这样的消息，
说出了这样的言辞：
"我听到了湖边的哭声，
河的那岸传来了哀鸣。"
　　波赫尤拉的女主娄希，
缺齿的波赫亚老太太，　　　　　170
她急急地走过庄院，
向矮篱边的豁子赶来，
她侧着耳朵倾听，
她又这样地说道：
"这不像孩子的啼哭，
也不像妇女的悲悼，
是一位老英雄的哀叫，
有胡子的才这样号啕。"
　　她用三块板造一只船，
又立刻推进水中，　　　　　　　180
就自己用力划去，
划着划着尽向前冲，
到了万奈摩宁那里，
这英雄还在哭泣。
　　万奈摩宁在哭泣，
求婚的乌万多在叹息，
傍着阴森的柳树丛，
傍着纠缠的稠李树篱。

嘴在动，胡子在摇摆，
嘴唇却没有张开。　　　　　　　　　190
　　波赫尤拉的老女主，
她就这样向他招呼：
"你这不幸的老年人，
你已经来到了异国！"
　　年老心直的万奈摩宁，
他抬起他的头来，
他就这样地回答：
"是呀，这我很明白，
我已经来到了异国，
这非常陌生的国家；　　　　　　　　200
在自己国中，我更幸福，
在自己家里，我更伟大。"
　　波赫尤拉的女主娄希，
她就这样回答说：
"原谅我这样问你，
首先请你告诉我，
你的种族和你的家世，
是怎样的英雄的后裔？"
　　年老心直的万奈摩宁，
他就这样回答说：　　　　　　　　　210
"以前我很有名望，
以前大家都知道我，
山谷之间永远是歌唱，
黄昏时候永远是狂欢，

在万诺拉的草地,
在卡勒瓦拉的荒原;
现在却是沉重的烦恼,
连我自己也莫名其妙。"
　　波赫尤拉的女主娄希,
她就这样回答说: 220
"汉子!快从沼地里出来,
英雄!去找一条别的路;
把你的不幸对我说,
把你的冒险告诉我。"
　　她使他停止了哭泣,
她使他停止了叹息,
她带他到她的船里,
她让他坐在船尾,
她又自己拿起桨,
她又自己把船划, 230
向波赫尤拉,跨过水,
她带他到自己的家。
　　她喂饱了饥饿的生客,
她晾干了滴水的衣服,
给他擦僵硬的四肢,
给他理发又让他烤火,
她让他恢复精力,
这英雄终于复原。
后来她又向他发问,
她就这样地开言: 240

"为什么叹息,万奈摩宁!
为什么哭,乌万多莱宁!
在这可怜的地方,
在这小湖的湖滨?"
　年老心直的万奈摩宁,
他就这样回答说:
"我有我啼哭的理由,
我有我叹息的缘故,
我在海上漂流了好久,
尽在波浪中间簸荡,　　　　　　250
在渺渺茫茫的水上,
向无边无际的海洋。

　"我的一生只有叹息,
我的一世只能啼哭,
我这样漂流到国外,
离开了熟悉的故国,
我来到陌生的篱边,
我来到陌生的门旁,
周围的树使我痛苦,
松枝似乎要把我刺伤,　　　　　260
赤杨似乎要将我损害,
白桦似乎要将我打击,
只有太阳依然照着我,
只有风儿依然很亲密,
在这不熟悉的国里,
在这陌生的大门里。"

波赫尤拉的女主娄希,
她就这样回答说:
"万奈摩宁!你不要叹息,
乌万多莱宁!你不要哭, 270
这是你的很好的家,
你可以舒适地过活。
你顿顿能吃到鲑鱼,
鲑鱼之外还有猪肉。"
年老的万奈摩宁,
他却这样地回答:
"我不喜欢异国的饮食,
我也不爱陌生人的家;
在自己国中,人更幸福,
在自己家里,人更伟大。 280
你慈悲的创造主!
答应我,仁爱的俞玛拉!
回到我自己的故国,
回到我常住的地方!
木屐①下踩着的清水,
只要在自己的家乡,
也比在陌生的国家,
金杯里的蜜酒更佳。"
波赫尤拉的女主娄希,
她就这样回答说: 290

---

① "木屐是用白桦树皮制成的鞋。"(A.M.)——英译者

"你打算给我什么,
如果我送你回国,
送你到你的麦田里,
到你的住所的浴室?"
　　年老的万奈摩宁说道:
"你要我给什么东西,
如果你送我回国,
送我到我的麦田里,
去听我的杜鹃歌唱,
去听我的鸟儿啭鸣。　　　　　　300
还是满满一铁盔黄金,
还是满满一帽子白银?"
　　波赫尤拉的女主娄希,
她就这样地说明:
"最聪明的万奈摩宁!
你这最年老的圣人!
我不要黄金的礼品,
我也不要你的白银。
黄金是小孩的玩具,
马儿才悬挂着银铃;　　　　　　310
我只要你打造三宝,
再配上彩色的盖子,
用天鹅的白的翅尖,
用小母牛的乳汁,
用母羊的羊毛一丝,
用大麦的麦子一粒;

我就给你我的女儿，
把我的姑娘报答你，
我也要送你回国，
去听啭鸣着的鸟儿，　　　　　　320
去听歌唱着的杜鹃，
在你自己的麦田里。"
　年老心直的万奈摩宁，
回答了这样的言辞：
"我不会打造三宝，
也不会做彩色的盖子。
只要你送我回国，
伊尔玛利宁就到这里，
他来给你打造三宝，
再配上彩色的盖子。　　　　　　330
他也许还使姑娘高兴，
能获得你女儿的爱情。

　"他是独一无二的铁匠，
挥动铁锤，谁也不能比，
是他打造了天堂，
打造了大气的基址，
却找不出铁锤的踪迹，
却看不出铁钳的痕迹。"
　波赫尤拉的女主娄希，
她就这样地回答：　　　　　　　340
"我一定让女儿出嫁，
把我的孩子许给他：

只要他能打造三宝，
再配上彩色的盖子，
用天鹅的白的翅尖，
用小母牛的乳汁，
用母羊的羊毛一丝，
用大麦的麦子一粒。"
　她就驾起她的马驹，
在栗色马前面上轭，　　　　　　350
她让年老的万奈摩宁，
坐上公马后面的雪车。
后来她又向他招呼，
她就这样地开言：
"你不要高高地抬头，
也不要向四面观看，
那么一直到黄昏，
这骏马也不会疲倦。
如果你抬起头来，
你又向四面观看，　　　　　　360
那就会遭遇灾难，
遭到不幸的一天。"
　年老的万奈摩宁，
挥鞭赶着马前进，
这白鬣毛的骏马，
嘈杂地向前趱行，
远离黑暗的波赫尤拉，
远离多雾的萨辽拉。

第八篇　万奈摩宁受伤

一、万奈摩宁在途中遇见了华装盛饰的波赫亚姑娘,就向她赶上去。(第1—50行。)

二、波赫亚姑娘终于答应了万奈摩宁的要求,只要他用她的纺锤的碎片给她造一艘船,又能让它自动下水。(第51—132行。)

三、万奈摩宁就动手工作,但斧子却狠狠地砍伤了他的膝,血怎么也止不住。(第133—204行。)

四、万奈摩宁去寻找神秘的治疗,找到了一位老者,老者答应给他止血。(第205—282行。)

　　波赫亚姑娘真可爱,
　　陆上驰名,水上无双,
　　高高地坐在天弧上,
　　在彩虹上闪着光芒,
　　穿着光彩夺目的袍子,
　　穿着辉煌洁白的长衣,
　　她编织着黄金的织物,
　　交织着雪白的银丝,
　　她使着黄金的梭子,

她使着白银的梳子, 10
纺车在她的手中转,
梭子在她的手中飞,
叮当地响着铜车轴,
窸窣地响着银梳子,
这姑娘编织着织物,
交织着雪白的银丝。

　年老心直的万奈摩宁,
车声轰隆,马蹄踢踏,
离开阴暗的波赫亚,
离开多雾的萨辽拉。 20
他只赶了不远的路途,
他只走了短短的行程,
他就听到了梳子响,
高高地在他的头顶。

　他抬起他的头来,
高高地向天空仰望,
他看见了辉煌的彩虹,
天弧上坐着一个姑娘,
她将黄金的织物编织,
窸窣地响着银梳子。 30

　年老心直的万奈摩宁,
立刻勒住了他的马,
又提高他的声音,
说出了这样的话:
"到我的车里来,姑娘!

在车里坐在我身旁。"
　　这姑娘就回答他,
说出了这样的话:
"为什么姑娘要接近你,
在车里,靠着你坐下?"　　　　　40
　　年老心直的万奈摩宁,
听到她的话就回答:
"我要姑娘接近我,
在车里靠着我坐下;
给我酿最好的啤酒,
给我烘蜂蜜的面包,
在凳子上愉快地歌唱,
在窗户边欢乐地谈笑,
当我居住在万诺拉,
在卡勒瓦拉的我的家。"　　　　50
　　这姑娘就回答他:
说出了这样的话:
"在昨天黄昏时候,
太阳正缓缓地落下,
我在砧草丛中经过,
徘徊于黄黄的草地上,
有鸟儿在树丛啭鸣,
我听到画眉的歌唱,
歌唱着姑娘的心情,
歌唱着新娘的心情。　　　　　60
　　"鸟儿对我那样说,

117

我对它这样发问：
'告诉我，小小的画眉！
唱吧，我的耳朵在听，
姑娘在哪里更幸福，
你听说哪里更幸福，
还是和她的父亲一起，
还是伴着她的丈夫？'
　"鸟儿就这样回答，
画眉就这样啭鸣：　　　　　　　70
'光明的是夏天的日子，
新娘的命运却更光明。
冷的是冰雪天的铁，
新娘的命运却更冷。
姑娘在父亲的家里，
就像草莓在花园之中，
新娘在丈夫的屋里，
就像锁住了的看家狗。
奴隶只有很少的快乐，
妻子却一点也没有。'"　　　　　80
　年老心直的万奈摩宁，
他就这样回答道：
"鸟儿的歌唱只是唠叨，
画眉的啭鸣不过乱叫；
女儿在家里只是孩子，
做姑娘的一定要出嫁。
姑娘！到我的车里来，

在车里靠着我坐下。
我不是无名的人物，
也不比别的英雄懒惰。" 90
　姑娘狡猾地回答，
她就这样地开言：
"我就承认你是英雄，
我就尊敬你是好汉，
只要你剖开一根马毛，
用又钝又团的刀片，
再把蛋结成结子，
又什么结子也看不见。"
　年老心直的万奈摩宁，
把一根马毛剖成两半， 100
用一把又钝又团的刀，
完全没有刀尖的刀片，
再结起来扭住一个蛋，
又什么结子也看不见。
他又一次要求姑娘，
到车里坐在他身边。
　姑娘狡猾地回答：
"我也许会和你接近，
只要你剥这石头的皮，
再给我剁碎这堆冰， 110
不让一点碎屑落下，
不让一点粉末飞撒。"
　年老心直的万奈摩宁，

觉得这工作并不艰辛。
他剥下了石头的皮,
他又剁碎了一堆冰,
一点碎屑也不落下,
一点粉末也不飞撒。
他又一次要求姑娘,
到车里靠着他坐下。　　　　　120
　姑娘狡猾地回答,
她就这样地开言:
"我还是不能跟你去,
你得先给我造一艘船,
用我的纺锤的末屑,
用我的梭子的碎片,
到了下水的那一天,
要把这船送上水面,
不能用你的膝盖去推,
不能用你的手去挡,　　　　　130
不能用你的臂膊去碰,
不能用你的肩膀去撞。"
　年老心直的万奈摩宁,
他就这样地回答:
"无论谁去哪个国家,
无论谁在天空之下,
都比不上我会造船,
都比不上我能干。"
　他取了纺锤的末屑,

他取了纺车的碎片，　　　　　　140
就动手造他的船，
排列了一百块木板，
他在钢山之上造船，
他在铁岩之上造船。

他热心从事他的工作，
劳苦地、不息地造船，
工作了一天又两天，
又是同样的第三天，
斧子还没有碰到铁岩，
斧子还没有碰到钢山。　　　　　150

终于在第三天上，
希息将斧柄挪移，
楞波将斧口转动，
来了一下不祥的砍劈。
斧子在铁岩上闪烁，
斧子在钢山上玎玲，
斧子又从铁岩跳回，
钢铁就向肉中钻进，
钻入这受难者的脚膝，
钻入万奈摩宁的脚趾，　　　　　160
是楞波赶它到肌肉中，
是希息引它到血管里，
血从他的伤口迸流，
汩汩地无尽无休。

年老心直的万奈摩宁，

这最年老的法师,
他表达他的心情,
说出了这样的言辞:
"你这残忍的斧子!
你的斧口多么锐利, 170
你原来要劈下树干,
你要把松树打击,
你要同枞树为敌,
你要把白桦铲除,
你却割断了我的血管,
你却砍伤了我的筋肉。"

 他要念他的咒语,
他准备立刻开言,
治病的起源的神咒①,
能使他的伤口复原。 180
他却一点也想不起,
那铁的起源的神咒,
它可以被除邪恶,
它可以治疗伤口,
这巨大的铁器的创伤,
铁青的斧子砍在脚上。
 血却汩汩地迸流,
就像是河水的汹涌,

---

① 在芬兰的传说中,如果某种恶物的来历被人知道,而且被吟诵出来,那么它的作恶的能力就从此消失。——英译者

淹没了长草莓的树林,
淹没了遮地面的草丛。 190
完完全全都淹没了,
所有的小山和土丘,
那泛滥着的血河,
汩汩不息地奔流,
从这可敬的人的脚膝,
从万奈摩宁的脚趾。

年老心直的万奈摩宁,
从岩石取来了地衣,
从沼地取来了苔藓,
又从小山取来了泥。 200
他希望把血止住,
从伤口奔流着的血,
却一点也止不住,
血依然是奔流不绝。

他感到难受的痛苦,
他感到莫大的悲伤。
年老心直的万奈摩宁,
痛哭得那么凄凉。
他就驾起了他的马,
栗色马系在雪车上, 210
他又跨进了雪车,
坐在他的位子上。

他用鞭子赶着马,
挥动着珠饰的马鞭,

他的马迅速地向前。
雪车摇摆着,路越短,
很快地到了一个村落,
横在前面的是三岔路。①

年老心直的万奈摩宁,
向最低的那条路前进,　　　　　220
又向着最低的那家,
他就在门槛边发问:
"这屋子里有没有人,
能把铁器的伤治疗,
谁能治疗英雄的伤,
能把他的痛苦除掉?"

有个孩子在地上玩,
有个儿童坐在炉旁,
他就这样地回答:
"没有人治疗铁器的伤,　　　　230
屋子里没有一个人,
能把英雄的伤治疗,
能把它移到岩石上,
能把他的痛苦除掉。
别处也许有这样的人,
你到别家去问一问。"

年老心直的万奈摩宁,
又挥一挥他的马鞭,

---

① 芬兰的村子有时是建在山脚的。——英译者

雪车辚辚地前进。
它走了没有多远, 240
在正中的那条路上,
又向着正中的那住所,
他就在门槛边发问,
就在窗户边这样说:
"这屋子里有没有人,
能治疗铁器的伤,
能把迸流着的血止住,
能把汹涌的血流阻挡?"

被窝下躺着个老太婆,
火炉旁坐着个碎嘴子, 250
她清清楚楚地回答,
咬紧她的三颗牙齿:
"屋子里没有一个人,
能把铁器的伤治疗,
没有人会念止血咒,
能把你的痛苦除掉。
别处也许有这样的人,
你到别家去问一问。"

年老心直的万奈摩宁,
又挥一挥他的马鞭, 260
雪车辚辚地前进。
它走了没有多远,
在最高的那条路上,
又向着最高的那房屋,

125

他就在门槛边发问,
就靠着门柱这样说:
"这屋子里有没有人,
能治疗铁器的伤,
能把汹涌的血流止住,
能把红黑的血河阻挡?" 270
　有个老头子在炉边,
有个花白胡子在炕上,
老头子在炉边嘀咕,
花白胡子回答得很响:
"拦阻过更大的洪水,
堵塞过更大的急流,
只用创造主的三句话,
原始的伟大的神咒。
大江流下成了瀑布,
溪水河水都停止, 280
海湾变了崎岖的海岬,
海角也并合在一起。"

第九篇 铁的起源

一、万奈摩宁将铁之起源的传说念给老者听。(第1—266行。)
二、老者就大骂铁,又念着止血的咒语,血止住了。(第267—418行。)
三、老者吩咐他的儿子去准备药膏,包扎伤口。(第419—546行。)
四、万奈摩宁的伤治好了,他感谢慈悲的俞玛拉。(第547—586行。)

  年老的万奈摩宁,
立刻在雪车中站起,
他使劲跳出了雪车,
雄赳赳地站得笔直。
迅速地走向那屋子,
急急地走进屋子里。

  他们拿来了一只银杯,
又拿来了一只金碗,
这些都太小太小,
只能装下一点点,

年老的万奈摩宁的血,
英雄脚上流着的血。

　　老头子在炉边嘀咕,
花白胡子看见他就说:
"你是怎样的英雄,
你是怎样的人物?
漂流了七艘大船,
泛滥了八只大桶,
从你的不幸的膝盖,
地板上血流汹涌。　　　　　　　　　　20
别的咒文我记得清楚,
古老的却已经忘掉,
铁在最初怎么形成,
这矿物原来怎么创造。"

　　年老的万奈摩宁,
他就这样地说明:
"我知道铁怎么创造,
钢在最初怎么产生。
大气是原始的母亲,
水是最大的长兄,　　　　　　　　　　30
铁是最小的幼弟,
火是他们中间的一名。

　　"天上的大神乌戈,
最伟大的创造主,
他分开了大气和水,
他分开了水和大陆,

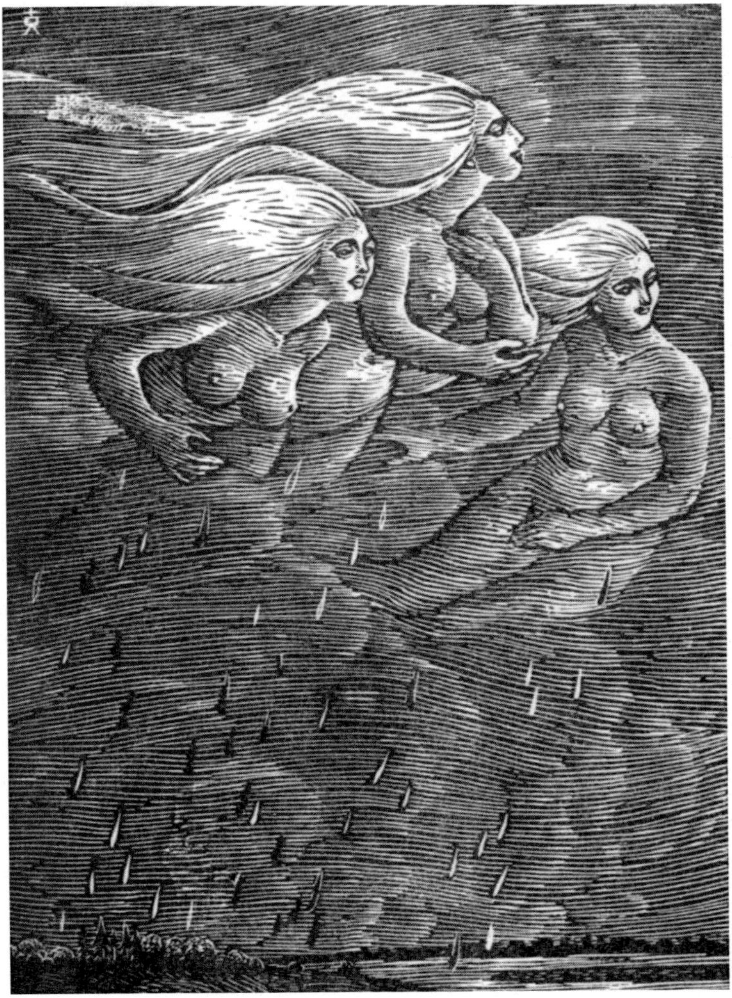

不祥的铁还未产生,
还未创造,还未形成。

"至高无上的大神乌戈,
他的两手就一起摩擦, 40
摩擦着他的两只大手,
又在他的左膝上按捺,
创造的女儿①突然产生,
是三个很美丽的女郎,
她们是铁锈的母亲,
是蓝嘴的钢的亲娘。

"姑娘们在云朵边徘徊,
跨着游移不定的脚步,
她们的乳房过于膨胀,
她们的乳头十分痛楚。 50
她们的乳汁流到大地,
从她们的膨胀的乳房,
乳汁流到地面和沼泽,
乳汁流到平静的水上。

"流下了黑色的乳汁,
从那最大的姑娘,
流下了白色的乳汁,
从那第二个姑娘,
流下了红色的乳汁,

---

① 创造的女儿,隆诺达尔,也用以称伊尔玛达尔,因此万奈摩宁也可以说是铁的弟兄。——英译者

从那最小的姑娘。 60

"黑色的乳汁落到哪里,
哪里就有最软的熟铁,
白色的乳汁流到哪里,
哪里就有最硬的钢铁,
红色的乳汁流到哪里,
哪里就有未炼的生铁。

"只过去了不多的时间,
铁就打算去拜访火,
它要去结识一下,
它的亲爱的二哥。 70

"火却狂怒地升起,
熊熊的火那么炽烈,
它要烧毁它的牺牲,
不管是可怜的弟弟铁。

"铁就寻找着避难所,
要获得平安和保佑,
逃脱灼热的火的手,
逃脱狂怒的火的口。

"铁就从那里逃开,
寻找着平安和保佑, 80
逃到抖动着的沼地,
那里是泉水的源头,
在平坦宽广的大泽,
在荒芜寂寞的高山,
那里有下蛋的天鹅,

那里有喂雏的大雁。
"铁躲在沼泽中间，
铁躺在洼地下面，
它躲了一年又两年，
它又躲到了第三年， 90
躲在两棵树桩中间，
躲在三棵白桦根下面，
逃不脱凶猛的火的手，
它依然找不到平安，
它又第二次流浪，
流浪到火的屋边，
让它铸成了武器，
让它铸成了刀剑。

"草原上，熊成群结队，
沼泽中，狼跑去跑来， 100
草原在熊爪下颤动，
沼泽在狼脚下摇摆，
这样就发现了铁矿，
这样就看到了钢块，
熊爪尽在那里踏，
狼脚尽在那里踩。

"铁匠伊尔玛利宁，
就这样诞生，这样抚养，
诞生于木炭的小山上，
抚养于木炭的平原上。 110
一把铜斧在他的手里，

还有一把小小的钳子。

"伊尔玛利宁生于夜间,
白天他造他的工场,
他寻找工场的基地,
在那里建立他的风箱。
他找到狭长的高地,
就在那些沼泽中间,
他到那小小的地上,
仔细地向四面察看,　　　　　　120
他把他的风箱建成,
他又竖起他的铁砧。

"顺着狼的路向前赶,
顺着熊的路向前迈,
他看见了那里的铁矿,
他找到了那里的钢块,
在狼的巨大的脚印里;
那里,熊爪也留了痕迹。

"他就这样地说道:
'不幸的铁啊!你真倒霉,　　　　130
住着这么坏的房屋,
落在这样低的地位,
在沼泽里狼的脚印下,
在沼泽里熊的爪痕下。'

"他深深地沉思默想:
'结果会变成怎样,
如果我把它丢进火中,

133

又把它搁在铁砧上?'

"不幸的铁就着了慌,
它不禁非常害怕,   140
一听见他说起了火,
说起了凶猛的火的话。

"铁匠伊尔玛利宁说道:
'这一点也没有关系;
火不会损害它的朋友,
又不会毁伤它的亲戚。
如果你看到火的红屋,
是那样的辉煌灿烂,
你就获得非常的美丽,
你就增加十分的威严,   150
做成男子的锐利的剑,
做成妇女的腰带的环。'

"等到白天过去了,
他就把铁从沼泽挖起,
从一切洼地取出,
带回他的工场里。

"他就把它丢进炉里,
他就把它搁上铁砧,
他扇起一阵两阵风,
他又扇起了风三阵,   160
铁终于完全熔化,
这矿物终于十分柔软,
像小麦的面团一样,

像黑面包的面团,
在工场的铁炉里,
傍着烈火的威力。
　"不幸的铁就喊道:
'铁匠伊尔玛利宁!
快把我取出炉来,
红红的火焰太凶狠。'　　　　　170
　"铁匠伊尔玛利宁说道:
'我如果把你取出熔炉,
你也许要胡作非为,
你就要发泄你的愤怒。
你也许要将哥哥攻击,
伤害你母亲的儿子。'
　"不幸的铁就立誓,
发出最庄严的誓言,
傍着铁砧和铁锤,
靠近了熔铁炉边,　　　　　　180
它表达它的心情,
说出了这样的言辞:
'给我树木,让我咬啮,
给我岩石,让我打击,
我决不攻击我的哥哥,
伤害我母亲的儿子。
如果我住在伙伴中间,
作为工匠们的用具,
不再伤害我的亲戚,

不再污辱亲戚的名誉, 190
我的存在就更有利益,
我的生命就更有意义。'

"铁匠伊尔玛利宁,
这伟大的原始的工匠,
就从火中取出铁来,
又将它搁在铁砧上,
捶打得筋疲力倦,
造出了锐利的武器,
造出了铁枪和铁斧,
造出了种种的工具。 200

"还缺少一点什么,
熟铁却依然缺少,
钢的嘴还没有完成,
铁的舌头还没有叫,
铁并不怎么坚固,
还没有在水里淬过。

"铁匠伊尔玛利宁,
考虑着还需要什么,
他搁上了一些灰,
又用了碱水调和, 210
为了把青钢锻炼,
为了把铁淬一遍。

"他就舔一舔这汁水,
试一试能用不能,
他就这样地说道:

'我看这还是不行,
为了把青钢锻炼,
为了把铁淬一遍。'

"一只蓝翅膀的蜜蜂,
从青青的小山飞来, 220
它飞向前又飞向后,
尽在工场四周徘徊。

"铁匠这样地说道:
'蜜蜂啊,机灵的小东西!
用你的翅膀和舌头,
给我采森林里的蜜,
从六朵花的顶上,
从七枝草的茎尖,
为了把青钢锻炼,
为了把铁淬一遍。' 230

"这希息的鸟儿黄蜂,
倾听着向四周观看,
从屋顶的栋梁近旁,
从白桦的树皮下面,
看着把铁淬一遍,
看着把青钢锻炼。

"它呼呼地扑翅飞来,
撒布着希息的恐怖,
带来了嘶嘶的蛇声,
带来了黑黑的蛇毒, 240
带来了蟾蜍的蟾酥,

137

带来了蚂蚁的蚁酸，
为了把钢浸渍毒汁，
为了把铁淬一遍。

"铁匠伊尔玛利宁，
这最伟大的工人，
受骗了的他这样猜想，
蜜蜂已经完成了使命，
需要的蜜已经带来，
带来了他需要的蜜， 250
他就这样地说道：
'这才使我称心如意，
为了把青钢锻炼，
为了把铁淬一遍。'

"他于是将钢举起，
将不幸的铁放入，
当他从铁砧取下，
当他从炉火取出。

"钢那时候勃然大怒，
铁那时候怒气冲冲。 260
这家伙就食言背约，
像狗一样玷污了光荣，
它就猛啮它的哥哥，
它就痛击它的亲戚，
血就汩汩地喷涌，
从伤口奔流不息。"

老头子在炉边嘀咕，

他抖着胡子又将头点：
"我知道铁从哪里来，
我知道钢的恶习惯。 270

"你这最不幸的铁，
可怜的铁，无用的铁渣，
你从不祥的魔法出来，
一点也没有飞黄腾达，
却用你巨大的力量，
回到了不祥的路上。

"以前你一点不伟大，
你不伟大，也不渺小，
你没有特殊的丑恶，
也没有出色的美好， 280
当你像乳汁似的产生，
甜蜜的乳汁向上喷流，
从姑娘的饱满的胸脯，
从年轻的姑娘的乳头，
在云朵之国的边缘，
在广阔的天空下面。

"那时你一点不伟大，
你不伟大，也不渺小，
当你在喷涌的水下，
当你休息于泥淖， 290
在岩石嶙峋的山脚，
布满低洼的沼泽上，
你在松松的土中，

一变就变成了铁矿。

"你依然并不伟大,
你不伟大,也不渺小,
当驯鹿在沼地中往来,
当大麋在你上面奔跑,
踩着你的还有狼脚,
踏着你的还有熊爪。　　　　　　　　300

"你依然并不伟大,
你不伟大,也不渺小,
当你从地下发掘出来,
小心翼翼地采自泥沼,
从那里带到了工场,
伊尔玛利宁的炉旁。

"你依然并不伟大,
你不伟大,也不渺小,
当你投入沸水里,
像矿物一样嘶叫,　　　　　　　　310
当你在炽烈的炉中,
发出庄严的誓言,
傍着铁砧和铁锤,
靠近了熔铁炉边,
那里站立着铁匠,
就在工场的地上。

"你那时候才伟大,
你又不觉怒气冲冲,
你就违背庄严的誓言,

像狗一样玷污了光荣, 320
你就伤害你的亲戚,
就张口咬你的亲戚。

"是谁惹你这样发怒,
惹你这样行凶作恶?
还是你父亲或母亲,
还是你最大的哥哥,
还是你最小的妹妹,
还是别的什么亲戚?

"不是你父亲或母亲,
不是你最大的哥哥, 330
不是你最小的妹妹,
不是别的亲戚什么。
是你自己干了坏事,
是你自己发泄怒气。

"你来看一看这损害,
怎么来补救这灾祸,
我还没有告诉你母亲,
还没有向你父母说,
你的母亲会很烦恼,
你的父母会很伤心, 340
儿子干了这样的坏事,
儿子干得这样地愚蠢。

"血啊!你不要再滴了,
血河啊!你不要再奔流,
不要滴下到我的胸脯,

不要流上到我的头。
血啊！墙壁一样包围，
血河啊！篱笆一样拦住，
像是苔藓地上的芦苇，
像是小湖里的菖蒲，　　　　　　　　350
像是麦田周围的土堤，
像是狂流中央的礁石。

"让你的理性教导你，
你应该平静地流行。
你应该在肌肉中活动，
你的行程就平平静静。
在身体中间更可爱，
在皮肤下面更安宁，
在血管里走你的路，
你的行程就更平静，　　　　　　　　360
无须在大地上冲下，
无须在灰土中滴答。

"乳汁啊！不要流到地上，
血啊，你人类的冠冕！
血啊，你英雄的黄金！
不要玷污草原和小山。
让心脏做你的住宅，
在肺脏的幽暗的密室，
迅速地向那里退去，
就立刻退到那里。　　　　　　　　　370
不要像河一样奔流，

不要像池一样泛滥,
不要从沼泽中滴出,
不要像漏水的破船。

"亲爱的!不要向下流,
红血啊!不要往下泻,
自然而然地心甘情愿。
第尔亚瀑布也曾干竭,
多讷拉的大河也这样,
湖也干来天也干, 380
就像在大旱的夏天,
就像在放野火的时间。

"我还有别的方法,
如果你不听从我,
我要用新的法术:
我拿来希息的大锅,
我要把流下来的血,
都搁在大锅里烹煮,
连一滴也不留下,
红血就这样地停住, 390
血就不向大地流下,
血就不再流到地下。

"如果我没有威力,
这乌戈之子并非英雄,
不能阻止这样的洪水,
不能拦住主流的汹涌。
你统治云朵的俞玛拉!

我们的父在天堂！
你正是伟大的英雄，
你才有伟大的力量，　　　　　　　　　400
你能把血的大门封住，
你能把血的狂流拦阻。
　"你伟大的创造主乌戈！
高高在天堂的俞玛拉！
我们要你从天空来临，
我们求你从天空降下，
按下你的伟大的手，
按下你的伟大的拇指，
痛苦的伤口就合上，
恶事的大门就紧闭，　　　　　　　　　410
用花瓣铺在伤口上，
金莲花的柔软的花瓣，
这就将流血的路挡住，
这就将血的狂流阻拦，
不再喷上我的胡子，
不再滴上我的破衣。"
　他合上了流血的伤口，
他把滚滚的血流封闭。
他差他的儿子去工场，
去将治伤的药膏炮制，　　　　　　　　420
要用千头的蓍草，
要用仙草的叶子，
要用流着的山蜜，

一点一滴的甜蜜。

孩子就向工场走去,
去炮制治伤的药膏,
他在途中经过槲树,
就停下向槲树问道:
"你的树枝上有没有蜜?
树皮下面有没有甜蜜?" 430

槲树就这样回答:
"昨天整整一个夜晚,
蜜①在我的树枝上滴沥,
蜜在我的树顶上飞溅,
蜜从云朵之中落下,
蜜从浮云之间滴答。"

他攀下槲树的柔枝,
他折下大树的枝条,
他取了最好的草叶,
他采集了种种野草, 440
这些草儿很稀罕,
这在本国很少见。

他将这些搁上炉子,
都合在一处煎熬,
槲树上剥下的树皮,
还有最好的野草。

罐子猛烈地沸腾,

---

① 这里所指的当系树蜜(树皮的分泌物)。——英译者

继续了三夜的煎熬,
过去了春天的三日,
他专心注视着药膏, 450
看药膏是不是合用,
看妙药有没有完工。

　药膏还没有炮制成功,
妙药还没有炮制完毕;
他加上一些野草,
形形色色的草儿,
这些都从别处折来,
在一百条小径上采集,
采摘的有九位法师,
发现的有八位先知。 460

　他继续煎熬了三夜,
又继续了九夜的煎熬;
他从炉子上拿开罐子,
仔细地望一望药膏,
看药膏是不是合用,
看妙药有没有完工。

　有一棵丫杈的白杨,
生长于麦田的边缘,
他将白杨砍为两半,
这棵树就完全砍断, 470
他就给涂上了药膏,
小心地将药膏试验,
他就这样地说道:

"我把这受伤的树冠,
涂遍了神妙的药膏,
不再让它留下创伤,
让白杨依旧挺立,
像以前挺立着一样。"
　　白杨果然立即治愈,
像以前挺立着一样,　　　　　　　　　480
上面的树冠更可爱,
下面的树身又健壮。
　　后来他又拿了药膏,
还要将药膏试一试,
他在碎石子上试验,
他涂擦破裂的岩石,
石子和石子紧紧相连,
碎屑和碎屑粘成一片。
　　孩子就从工场回家,
药膏已经完全合用,　　　　　　　　　490
已经完工的妙药,
就搁在老人手中:
"我带来很好的药膏,
这妙药十分完善,
许多山丘粘在一起,
就合成了一座大山。"
　　老人用舌头舔一舔,
他用嘴尝一尝药汁,
药膏有很好的味道,

药膏有最大的效力。 500
　他就给万奈摩宁敷药,
他用这来治他的伤;
他向上摩来向下擦,
他又摩擦了中央,
他表达他的心情,
说出了这样的言辞:
"是创造主帮助了我,
出力的并非我自己,
这是全能者的力量,
不是我自己的劳作。 510
对你说的是俞玛拉,
不是我的嘴在对你说;
如果我的话很甜蜜,
俞玛拉的话就更甜蜜。
如果我的手很可爱,
创造主的手就更美丽。"

　当药膏一擦他的伤口,
治伤的药膏一碰到他,
他就痛得几乎晕去,
万奈摩宁翻腾又挣扎。 520
他翻到这边,翻到那边,
哪边也找不到平安。

　老头子咒诅着磨难,
他又将苦恼驱遣,
驱遣到痛苦的主峰,

驱遣到磨难的山巅,①
让痛苦将石头装满,
让岩块受尽了磨难。
　他取出一方绸子,
迅速地将它割开; 530
又撕成了一条条,
立刻制成了绷带;
他就拿起这丝绷带,
小心翼翼地裹伤,
灵巧地裹着他的膝盖,
又裹在他的脚趾上。
　他表达他的心情,
说出了这样的言辞:
"我用天神的丝绷带,
我用创造主的大衣, 540
裹病人的巨大的膝盖,
裹最尊贵的人的脚趾。
愿伟大的创造主保佑,
愿慈悲的俞玛拉护持,
不让我们再受苦难,
不让我们再遭忧患。"
　年老的万奈摩宁,
觉得恢复了元气,

---

① 想象中的山,术士们说是可以将痛苦和疾病咒逐到那里去的。——英译者

他已经完全治愈，
肌肉又重新结实，　　　　　550
肌肉下面那么健康，
身中没有痛苦的感觉，
他的两胁全然没有伤，
上面的伤痕也都消灭，
他觉得比以前健康，
他觉得比往年美好。
他已经能用脚走路，
他也能弯膝跺脚；
他一点不觉得疼痛，
痛苦已经无影无踪。　　　　　560
　年老的万奈摩宁，
他抬眼向着高天，
望着慈悲的天神，
又举头向着高天，
他表达他的心情，
说出了这样的言辞：
"那里有一切的恩惠，
那里有莫大的助力，
从覆盖着我们的天庭，
从全能的创造大神。　　　　　570
　"赞美慈悲的俞玛拉！
赞美伟大的创造主！
你给了我你的帮助，
给了我大力的保护，

当锐利的铁器击中我,
受到了莫大的痛苦。"
　年老的万奈摩宁,
又说出了这样的警告:
"人民啊,以后要记住,
现在的幸福并不可靠,　　　　580
不要夸口造什么船,
不要太依赖船骨。
只有天神预知未来,
只有创造主统治万物;
英雄的先见却不行,
伟人的力量也不成。"

第十篇 熔铸三宝

一、万奈摩宁回到家中。（第1—58行。）

二、万奈摩宁怂恿伊尔玛利宁向波赫亚的姑娘求婚，因为他是能打造三宝的。（第59—100行。）

三、伊尔玛利宁不愿去波赫尤拉，但万奈摩宁没有得到他的同意就用计将他送到那里。（第101—174行。）

四、伊尔玛利宁到了波赫尤拉，受到很好的招待，他就答应打造三宝。（第175—280行。）

五、伊尔玛利宁打造了三宝，波赫尤拉的女主就将它藏在石山里。（第281—432行。）

六、伊尔玛利宁要波赫亚的姑娘嫁他，作为给他的报酬，但她却借口还不愿离家。（第433—462行。）

七、伊尔玛利宁得到了一艘船，重返故乡；他通知万奈摩宁已经在波赫尤拉打造了三宝。（第463—510行。）

年老心直的万奈摩宁，
将他的栗色马牵来，
在车辕之间上轭，
栗色马拉起了雪车，
他就跨进雪车里，

坐上了他的位子。

　他迅速地挥起鞭子,
噼啪响着珠饰的马鞭,
他急急地赶马向前,
雪车摇摆着,路越短,　　　　　　10
白桦木的滑板尽嘎嗒,
山梨木的刹车尽叽喳。

　他飞快地向前冲去,
穿过了沼泽和荒原,
在一望无边的草地,
他赶了一天又两天,
终于在第三天上,
到达了长桥的终点,
是卡勒瓦拉的荒地,
在奥斯摩的田边。　　　　　　　20

　他就这样地说道,
表达了他的心情:
"狼啊!吞下那做梦的,
病啊!逮住那拉伯兰人,
他说过,在这一生,
我永远回不了家园,
他说在我的一生中,
只要月亮闪耀于高天,
我到不了万诺拉草地,
到不了卡勒瓦拉荒地。"　　　　30

　年老的万奈摩宁,

高声唱着神秘的歌，
忽然升起开花的白桦，
顶上开着金黄的花朵，
树顶矗立到高天，
一直上升于云中，
树枝在空中伸展，
密密地布满苍穹。

　他又唱着神秘的歌，
他唱着光明的月亮，　　　　　　　　40
在金黄的松树顶照耀，
大熊星在树枝间辉煌。

　向着他的可爱的家，
他一直飞快地向前，
他低着头，千愁万虑，
他的帽子侧在一边，
他想起了伊尔玛利宁，
那伟大的原始的工人，
他答应了将他抵押，
才挽救了自己的性命，　　　　　　50
从黑暗的波赫尤拉，
从多雾的萨辽拉。

　不久他就勒住马，
在奥斯摩新辟的田野，
年老的万奈摩宁，
在雪车里抬起头来，
他听到工场里的嘈杂，

他听到煤棚里的喧哗。
　　年老心直的万奈摩宁,
他就走进了工场, 60
他看到了伊尔玛利宁,
他的大锤在叮当。
铁匠伊尔玛利宁说道:
"你年老的万奈摩宁!
这么久你在哪里生活,
这么久你在哪里安身?"
　　年老心直的万奈摩宁,
他就这样地说明:
"这么久我在那里生活,
这么久我在那里安身, 70
在阴暗的波赫亚,
在多雾的萨辽拉。
穿了拉伯兰雪鞋流浪,
伴着驰名的魔术家。"
　　铁匠伊尔玛利宁,
说出了这样的言辞:
"年老的万奈摩宁,
你伟大的原始的法师!
告诉我你前去的路程,
告诉我你回来的路程。" 80
　　年老的万奈摩宁说道:
"我有许多话告诉你:
波赫尤拉有个姑娘,

住在寒冷的村子里，
她拒绝一切求婚者，
连最好的她也看不起。
简直有半个波赫亚，
都称赞她非常美丽。
月亮从她的鬓角照耀，
太阳从她的胸脯辉煌，   90
大熊星从她肩头闪烁，
七星①从她背上发光。

"铁匠伊尔玛利宁，
你伟大的原始的工人！
去看她的光辉的发辫，
去向那姑娘求婚。
只要你打造了三宝，
再配上彩色的盖子，
你就得到了那姑娘，
那美人就成了你的妻。"   100

铁匠伊尔玛利宁说道：
"你年老的万奈摩宁！
也许在阴暗的波赫亚，
为了挽救自己的性命，
为了获得自己的自由，
你已经抵押了我。
可是在我的一生中，

---

① 七星，指七姊妹星团，即昴宿。

只要黄金的月亮闪烁,
我决不去波赫尤拉,
不住萨辽拉的黑屋子,　　　　110
那是人吃人的地方,
还要把英雄们淹死。"
　年老的万奈摩宁,
他就这样地回答:
"那里的奇迹连绵不断,
松树顶上开着鲜花,
花的树顶,金黄的叶子,
就在奥斯摩的田边,
月亮照耀在树梢上,
大熊星安息在树枝间。"　　　　120
　铁匠伊尔玛利宁说道:
"这我实在不相信,
除非我去看一看,
用自己的眼睛证明。"
　年老的万奈摩宁说道:
"这你如果不相信,
那就让我们去看,
到底是假还是真。"
　他们就一同去看,
去看开花的松树顶,　　　　130
万奈摩宁在前面走,
伊尔玛利宁在后面跟。
他们来到了那地方,

在奥斯摩的麦田边,
铁匠就停下了脚步,
惊奇地向松树观看,
树枝间看见了大熊星,
看见了月亮在树顶。
　年老的万奈摩宁,
就说着这样的话: 140
"铁匠啊,亲爱的兄弟!
你爬上去把月亮拿下,
也拿下闪烁的大熊星,
在松树的金黄的树顶。"
　铁匠伊尔玛利宁,
就高高地爬到松树上,
他爬上白日光中,
去拿那上面的月亮,
还有闪烁的大熊星,
在松树的金黄的树顶。 150
　金黄的松树顶说道,
枝丫四布的松树开言:
"你这最愚蠢的大人,
你这最轻率的好汉!
呆子!你爬进我的树枝,
像孩子一样爬到树顶,
你要抓月亮的反光,
你要看虚幻的星星!"
　年老的万奈摩宁,

唱出了响亮的歌声。　　　　　　　160
他唱着,大风来了,
刮起了狂暴的大风,
他就这样地说道,
表达了他的心情:
"大风啊!让他上你的船,
风啊!让他上你的小艇,
带他到辽远的地方去,
到阴暗的波赫亚地区。"

　大风突然地起来,
刮起了狂暴的大风,　　　　　　　170
带走了伊尔玛利宁,
向辽远的地方飞行,
向着阴暗的波赫亚,
向着多雾的萨辽拉。

　铁匠伊尔玛利宁,
急急地向前趱行,
他在狂风上面飘浮,
顺着大风的路径,
在月亮上,在太阳下,
在大熊星的肩膀上,　　　　　　　180
来到波赫亚的大宅,
阴暗的萨辽拉的浴房。
狗没有跑来向他吠,
狮毛狗一声也不吠。

　波赫尤拉的女主娄希,

缺齿的波赫亚老太婆,
她站在屋子里倾听,
终于对他这样说:
"你究竟是怎样的人,
你是英雄榜上的谁? 190
你顺着大风的路径走,
你顺着风的车道飞,
狗没有跑来向你吠,
狮毛狗一声也不吠。"

铁匠伊尔玛利宁说道:
"我赶到这地方来,
不是来让乡下狗吠叫,
不是来让狮毛狗伤害,
在这外国的大门后面,
在这陌生的篱笆后面。" 200

波赫尤拉的老女主,
就对这新来者开言:
"你在你的旅途中,
可曾听到或者遇见,
铁匠伊尔玛利宁,
那位最熟练的工人?
我们早已在等待他,
早已盼望他的来临,
到黑暗的波赫尤拉国,
为我们打造三宝磨。" 210

铁匠伊尔玛利宁,

他就这样地开言:
"我这次在我的途中,
同伊尔玛利宁遇见;
我就是伊尔玛利宁,
一个最熟练的工人。"

波赫尤拉的女主娄希,
缺齿的波赫亚老太婆,
赶回她的房间里,
她又立刻这样说: 220
"你快来,我的女儿,
最年轻、美丽的孩子!
穿起最精致的衣裳,
穿起最鲜艳的长衣,
穿起最漂亮的服装,
明珠佩在你的胸前,
明珠围在你的脖子上,
明珠闪耀在你的鬓边。
你看脸颊像不像玫瑰,
你看容貌是不是动人。 230
来了铁匠伊尔玛利宁,
那伟大的原始的工人,
来为我们打造三宝,
也把鲜艳的盖子配好。"

可爱的波赫亚姑娘,
陆上驰名,水上无双,
就穿她的鲜艳的长衣,

就穿她的精致的衣裳,
最后选定了第五件。
她又整一整首饰,   240
系上了她的铜腰带,
金黄的腰带多美丽。
　她从堆房回来了,
跳着舞走进院中,
她的眼睛闪着光,
动一下,耳环就叮咚,
她的容貌那么动人,
她的脸颊像是玫瑰。
黄金在胸前那么灿烂,
白银在头上那么光辉。   250
　波赫尤拉的老女主,
就领着伊尔玛利宁,
向波赫尤拉的大宅,
向萨辽拉的房间前进。
她给他预备了美酒,
她给他预备了佳肴,
十分丰盛地招待着,
后来就这样地说道:
"铁匠伊尔玛利宁,
你伟大的原始的工匠!   260
只要你打造了三宝,
再把彩色的盖子配上,
用天鹅的白的翅尖,

用小母牛的乳汁,
用夏天的绵羊的毛,
用大麦的麦子一粒,
你就占有我的女儿,
让可爱的姑娘报答你。"
　铁匠伊尔玛利宁,
说出了这样的言辞:　　　　　　　270
"我就去打造三宝,
再配上彩色的盖子,
用天鹅的白的翅尖,
用小母牛的乳汁,
用夏天的绵羊的毛,
用大麦的麦子一粒;
是我打造了天堂,
是我锤击大气的穹窿,
就在大气形成之前,
那时什么都无影无踪。"　　　　　280
　他就去打造三宝,
连同彩色的盖子,
他需要工作的用具,
他需要工场的基地;
工场的基地却找不到,
建立不了工场和风箱,
安放不下熔炉和铁砧,
也没有搁铁锤的地方。
　铁匠伊尔玛利宁说道,

他的声音那么响亮: 290
"只有饭桶才半途而废,
只有老太婆才绝望;
最弱的男子也不这样,
最懒的英雄也不这样!"

他寻找工场的基地,
寻找安放风箱的地点,
在波赫亚的郊外,
在他周围的乡间。

他寻找了一天又两天,
终于找到了,在第三天, 300
一块斑驳的大石,
旁边是峻峭的山岩。
铁匠就不再寻找,
铁匠就准备工场,
第一天安放了风箱,
第二天将熔炉安放。

铁匠伊尔玛利宁,
这伟大的原始的工匠,
他就在熔炉下面,
将柴薪堆在烈火上, 310
他要仆役们拉着风箱,
用他们的一半力量。

仆役们拉着风箱,
用他们的一半力量。
经过夏天的三个白天,

经过夏天的三个晚上。
脚跟下都是石子,
脚趾上都是圆石。

 在他们工作的第一天,
铁匠伊尔玛利宁,
弯了腰仔细察看,
察看熔炉的底层,
会不会在烈火中间,
有什么灿烂的发现。

 一把弓从火中升起,
金弓在熔炉里出现,
金的弓配着银头,
又是闪耀的铜箭。

 弓的外形十分美好,
性情却非常凶恶,
它每天要杀一个人,
逢节日还要杀两个。

 铁匠伊尔玛利宁,
对它却不很满意,
他就打碎了这把弓,
将它扔回熔炉里;
又要仆役们拉着风箱,
用他们的一半力量。

 于是到了第二天,
铁匠伊尔玛利宁,
弯了腰仔细察看,

察看熔炉的底层，
一艘船从熔炉里升起，
红船在灼热中出现，
船头闪耀着金光，
铜的桨架十分灿烂。

　船有美好的外形，
却又有凶恶的性情；
它爱毫无必要的战斗，
它爱师出无名的战争。　　　　350

　铁匠伊尔玛利宁，
对它一点也不满意，
他就打碎了这艘船，
将它扔回熔炉里；
又要仆役们拉着风箱，
用他们的一半力量。

　同样地到了第三天，
铁匠伊尔玛利宁，
弯了腰仔细察看，
察看熔炉的底层，　　　　　　360
一头小母牛升起了，
它的角闪耀着金光，
它的额上是大熊星，
头上是圆圆的太阳。

　母牛有美好的外形，
却又有凶恶的脾气；
它老在森林里睡觉，

将它的乳汁洒在大地。

　　铁匠伊尔玛利宁,
对它一点也不满意, 370
他就割碎了这头牛,
将它扔回熔炉里。
又要仆役们拉着风箱,
用他们的一半力量。

　　于是到了第四天,
铁匠伊尔玛利宁,
弯了腰仔细察看,
察看熔炉的底层,
一把犁从熔炉里升起,
犁头闪耀着金光, 380
金的犁头,铜的犁架,
白银又镶在犁柄上。

　　犁头有美好的外形,
却又有凶恶的脾气,
它犁光了村里的麦田,
它犁光了空旷的草地。

　　铁匠伊尔玛利宁,
对它一点也不满意,
他就打碎了这把犁,
将它扔回熔炉里, 390
他就召风来拉风箱,
用它们的全部力量。

　　猛烈地刮起了大风,

刮着东风,刮着西风,
南风刮得更狂暴,
呜呜的北风怒气冲冲。
刮了一天又两天,
同样地刮了第三天。
烈火从窗口晃耀,
火星从门边飞闪,　　　　　　　　400
灰土一直升到天际,
烟和云混合在一起。

　　就在第三天黄昏,
铁匠伊尔玛利宁,
弯了腰仔细察看,
察看熔炉的底层,
看到了三宝的形体,
连同彩色的盖子。

　　铁匠伊尔玛利宁,
这伟大的原始的工人,　　　　　　410
他就锻炼又锤击,
迅速地打击不停,
巧妙地打造了三宝:
这面的磨是麦磨,
那面的磨是盐磨,
第三面的磨是钱磨。

　　碾磨着新的三宝,
转动着彩色的盖子,
一箱箱地磨到晚上,

第一箱为了粮食, 420
第二箱为了交易,
第三箱为了存积。

波赫亚老太婆很高兴,
就将庞大的三宝搬移,
搬到波赫亚的山中,
将它搬进了铜山里,
又用九把锁锁住。
它在周围扎下三条根,
深深地有九寻深,
第一条靠着大地母亲, 430
第二条伸在湖岸里,
第三条在最近的山里。

铁匠伊尔玛利宁,
他要姑娘做他的妻子,
他就这样地说道:
"你得给我你的女儿,
三宝已经打造完毕,
连同美丽的盖子。"

可爱的波赫亚姑娘,
她就这样地开言: 440
"有谁在以后的年月,
在接连的三个夏天,
有谁来听杜鹃叫,
有谁来听鸟儿啼,
如果我到了外国,

像一颗莓果在外地？
"如果鸽子这样离开，
如果姑娘这样流浪，
飘零着母亲的爱女，
像蔓越橘一样消亡， 450
杜鹃也一起不见，
夜莺也一样迁徙，
从这大山的山巅，
从这高高的山地。

"我现在还不能放弃，
我的愉快的处女生活，
还有在炎热的夏天，
我的天真的玩乐。
有谁去采山上的莓果，
有谁去湖边歌唱， 460
有谁去森林游戏，
有谁去草地徜徉？"

铁匠伊尔玛利宁，
这伟大的原始的工匠，
他忧愁地垂下了头，
他的帽子侧在一旁，
他久久地想了又想，
在头脑里考虑估量，
他怎么重返他的故国，
他怎么回到他的家乡， 470
从阴暗的波赫亚，

从多雾的萨辽拉。

波赫亚的老女主说道:
"铁匠伊尔玛利宁,
为什么帽子侧在一旁,
你为什么这样愁闷?
你是不是正在思量,
怎么回到你的家乡?"

铁匠伊尔玛利宁说道:
"我在想念我的故乡,   480
我要死在我的家里,
安息在熟悉的地方。"

波赫尤拉的老女主,
将酒和肉给他摆上,
又让他坐在船尾,
在那里划着铜桨。
她又吩咐刮来大风,
北风就猛烈地吹动。

铁匠伊尔玛利宁,
这伟大的原始的工人,   490
在蓝蓝的海水上,
向他的故国趱行,
他走了一天又两天,
终于在第三天上,
他平安地回到了家,
回到他生长的地方。

见到了伊尔玛利宁,

年老的万奈摩宁就问:
"伊尔玛利宁!我的兄弟,
你伟大的原始的工人! 500
新三宝可曾打造完毕,
连同彩色的盖子?"

　伊尔玛利宁就回答,
回答了合适的言辞:
"新三宝磨出了粮食,
转动着彩色的盖子,
到晚上磨了许多箱,
第一箱为了粮食,
第二箱为了交易,
第三箱为了存积。" 510

第十一篇　勒明盖宁和吉里基

一、勒明盖宁到萨利的高贵的姑娘们那里去求婚。(第1—110行。)

二、姑娘们先都嘲笑他,后来却同他很要好了。(第111—156行。)

三、然而吉利基,他是为了她而来的,却不听他,最后他使用武力将她拖到雪车里带走。(第157—222行。)

四、吉利基哭着,尤其不满意勒明盖宁好战,他就答应她不去打仗,只要吉利基也答应不去参加乡间的跳舞;他们二人都立誓遵守。(第223—314行。)

五、勒明盖宁回到家中,他的母亲很喜欢年轻的媳妇。(第315—402行。)

  现在来说说阿赫第,
  谈谈那愉快的小伙子。
  他居住在海岛上,
  楞比的淘气的儿子,
  他生养在高贵的家,
  深得他母亲的喜爱,
  那里海角远远地突出,

那里海湾宽宽地展开。

高戈靠吃鱼度日,
阿赫第以鲈鱼为生, 10
他长成了美男子,
很健康又很英武,
他的身材那么漂亮,
他的容貌那么美好,
可是他有他的缺点:
道德上却鲁莽轻佻,
他永远陪伴着妇女,
在夜间久久地流连,
同了披发的姑娘,
跳舞着作乐寻欢。 20

萨利的美女吉里,
萨利的姑娘,萨利的花,
她生养在高贵的家,
她的姿态那么优雅,
住在她父亲的家里,
占着光荣的位子。

她长高了,到处驰名,
远方来了求婚的人们,
来到这美人的住宅,
来到这姑娘的家庭。 30

太阳为他的儿子求婚,
她却不愿去太阳国,
那里太阳永远照耀,

经受着夏天的焦灼。

　月亮为他的儿子求婚,
她却不愿去月亮国,
那里月亮永远照耀,
在大气的领域奔波。

　星星为他的儿子求婚,
她也不愿去星星国, 40
那里在严冬的天空下,
星星整夜地闪烁。

　许多求婚者来自维洛,
又许多来自印格尔兰;
姑娘却谁也不喜欢,
她就这样地开言:
"你们不要浪费黄金,
你们不要胡花白银。
无论是现在或将来,
去维洛却一定不行, 50
我不到维洛去划船,
也不从萨利划船去,
我不喝维洛的鱼汤,
也不吃维洛的鱼。

　"我也不去印格尔兰,
去访问它的山坡、水滨。
除了饥饿它没有什么,
没有树木,没有森林,
没有水也没有麦田,

连黑面包也看不见。" 60
　漂亮的高戈蔑里,
愉快的勒明盖宁,
他决意作一次旅行,
去向萨利之花求婚;
到那无双的美人的家,
向披着美发的她。
　他的母亲向他警告,
这老太太将他拦阻:
"我的亲爱的儿子!
不要去仰攀高门望族。 70
伟大的萨利族人,
谁也看不起你的出身。"
　愉快的勒明盖宁开言,
漂亮的高戈蔑里说道:
"如果我的氏族不大,
如果我的门第不高,
我的身材他们会看中,
我的丰姿他们会器重。"
　他的母亲依然反对,
反对勒明盖宁旅行, 80
去求萨利的大族,
去攀豪富的高门:
"姑娘们都要讽刺你,
妇女们都要嘲笑你。"
　勒明盖宁毫不介意,

他就这样回答道：
"我会制止妇女的嘲弄，
她们的女儿的讥笑。
我要让她们怀着孩子，
我要让她们抱着小儿； 90
这就制止她们的戏谑，
再也不敢将我轻视。"

他的母亲又回答道：
"我的一生真太凄凉；
如果你到萨利去，
侮辱了妇女和姑娘，
这就给自己找麻烦，
接着是可怕的战争。
有整百的熟练的剑客，
高贵的萨利青年们， 100
一齐向不幸的你作战，
你独自陷在他们中间。"

勒明盖宁毫不介意，
不管母亲警告他的话，
他挑选了最好的坐骑，
立刻驾起他的骏马，
他嘚嘚地向前骑去，
到萨利的著名的乡村，
向萨利之花求婚，
萨利的无双的美人。 110

嘲笑他的有妇女，

讽刺他的有姑娘。
他生疏地赶进小径,
他生疏地赶到田庄,
雪车不觉上下倒翻,
他的雪车倒在门边。
　愉快的勒明盖宁,
撅着嘴,头又垂下,
他捻着他的黑胡子,
大声说着这样的话: 120
"我不曾见过,不曾听过,
从来没有这样的经历,
妇女们都对我嘲笑,
姑娘们都对我讽刺。"
　勒明盖宁并不烦恼,
他又这样地说道:
"难道没有结实的土地,
在这萨利的海岛,
让你看我怎么玩乐,
怎么跳舞,在草地上, 130
同了快乐的萨利姑娘,
披着美发的女郎?"
　萨利的姑娘们回答,
海角的姑娘们说道:
"有的是结实的土地,
在这萨利的海岛,
让我们看你怎么玩乐,

怎么跳舞,在草地上,
为了跳舞着的牧童,
为了挤牛奶的姑娘;   140
萨利的孩子们很瘦,
小马却肥胖又滑溜。"

 勒明盖宁并不烦恼,
他去投靠当一个牧人,
白天在草地上度过,
夜晚就陪伴姑娘们,
同可爱的姑娘们玩耍,
抚摸着她们的美发。

 愉快的勒明盖宁,
漂亮的高戈蔑里,   150
他制止了妇女的嘲笑,
他结束了姑娘的讽刺。
无论是怎样的女儿,
纵使最娴静的姑娘,
他都将她抱在怀里,
暂时地留在她身旁。

 唯一的有一个姑娘,
萨利的高门望族,
她对谁也不倾心,
无论最伟大的人物;   160
最美的姑娘吉里基,
最可爱的花在萨利。

 愉快的勒明盖宁,

漂亮的高戈蒇里，
他划破了船一百艘；
他划断了桨一百支，
为了追求吉里基，
为了获得那美女。

　可爱的姑娘吉里基，
就对他这样地开言： 170
"懦夫啊！你为什么来？
麻鹬似的跪在我身边，
老是追求着姑娘，
傍着她的锡腰带。
我却不会注意你，
除非把石头磨成粉屑，
除非把石杵舂成碎粒，
除非把石臼捣成末子。

　"我不注意这种脓包，
这种脓包和骗子， 180
我要一个庄重的丈夫，
我自己就是如此；
我要一个美好的丈夫，
我自己就是这样；
我要一个漂亮的丈夫，
我自己也很漂亮。"

　过去了没有多久，
几乎还不到半个月，
遇到了这样的事，

就如在平常的一夜： 190
美丽的姑娘们在跳舞，
女郎们在作乐寻欢，
在田野附近的树林，
在可爱的空旷的草原。
领头的就是吉里基，
最驰名的花在萨利。

　愉快的勒明盖宁赶来，
那健壮的无赖到达，
他骑着最好的马，
他选了匹最好的马， 200
美丽的姑娘们在跳舞，
他闯进了青青的场地。
立刻抱起了吉里基，
又将她推进雪车里，
让她在熊皮上坐下，
让她在雪车里躺下。

　他用鞭子挥着马，
噼啪地响着马鞭，
他就开始他的旅程，
一边赶着一边喊： 210
"姑娘们！在你们一生，
千万不要把秘密泄露，
不要说我赶到这里，
不要说我把姑娘带走。

　"如果你们不听我的话，

你们就会遭到不幸；
我唱得青年都在刀下，
你们的爱人都去战争，
你们就不再见到他们，
不再听到他们的消息， 220
无论在街道上行走，
无论在田野里驰驱。"

吉里基不断地呜咽，
萨利之花十分悲哀：
"让我平安地离开这里，
让这孩子平安地离开，
你快快放我回家，
去安慰啼哭的妈妈。

"如果现在你不放我，
如果你不放我回去； 230
我有五个强壮的兄弟，
我还有七个堂兄弟，
他们一定会来救我，
跑得像兔子一样迅速。"

她终于得不到自由，
就哀哀地哭个不停，
她又这样地说道：
"可怜我为什么出生，
为什么出生又养育，
我的一生有什么意思， 240

落在这样的人手里,
这毫无价值的汉子,
他永远准备着战争,
一个粗暴凶恶的武人。"

　愉快的勒明盖宁回答,
漂亮的高戈蔑里开言:
"吉里基!最甜的小莓果,
我的最亲爱的心肝!
你不要这样烦恼,
你不要这么哀戚。　　　　　250
吃喝时我怜惜你,
旅途中我抚爱你,
无论你坐下、站起,
我总永远挨着你。

　"你为什么还要悲叹,
你为什么还要难受?
你是不是为此不安,
你是不是为此发愁,
只怕没有面包和牛,
又怕我们的粮食不够?　　　260

　"你不要那么忧愁,
我的母牛多的是,
也给我很多的牛奶,
慕利基们在沼泽里,
曼息卡们在小山边,

波卢卡们在开垦地。①
没有人照料也那么美,
没有人饲养也那么肥。
黄昏无须把它们绑住,
清晨②无须把它们释放,　　　　　270
谁也不用给它们草料,
也不用给盐,在早上。

"也许你这么悲哀,
这么痛苦地叹息,
是为了我出身低下,
并没有尊贵的门第?

"如果我出身低下,
并没有尊贵的门第,
可是我有一柄利剑,
在战争中光华熠熠。　　　　　280
这就是高贵的出身,
这就是尊贵的门第,
是希息把它打造,
是俞玛拉把它磨砺,
我就这样出身高贵,
有了最尊贵的门第,
我举着这柄利剑,
在战争中光华熠熠。"

～～～～～～

① "我以为勒明盖宁的意思是说,他没有牛,而将这些莓果叫做他的牛。"
（A.M.）——英译者
② "清晨"英译误作"黄昏",今依原文改正。

姑娘就这样回答,
叹息着,那么凄凉: 290
"阿赫第,楞比的儿子!
如果你爱惜你的姑娘,
那就永远挨在她身边,
鸽子一样地抱在胸前,
你起誓,永不变心,
无论如何不再去作战,
不管是为了黄金,
不管是为了白银。"

愉快的勒明盖宁,
他就这样地开言: 300
"我起誓,永不变心,
无论如何不再去作战,
不管是为了黄金,
不管是为了白银。
可是你也得起誓,
决不在村里闲行,①
不管是为了跳舞,
不管是为了散步。"

他们就互相起誓,
用永久的誓言保证, 310
愿高高在上的俞玛拉,

---

① 勒明盖宁似乎害怕,如果他的妻子到外面去,也许就有人将她抢走。(克隆教授说,尤其是害怕温达摩。)——英译者

愿全能者为此降临：
阿赫第不再去打仗，
吉里也不到村里游荡。

　　愉快的勒明盖宁，
挥着鞭赶马向前，
抖着缰绳催马走，
他又这样地开言：
"再见了，萨利的草原！
再见了，松树根，枞树干！　　　　320
我流浪了一个夏天，
我溜达了一个冬天，
我在阴暗的夜晚藏躲，
我避开了狂风和暴雨，
我等待我的亲爱的人，
我要把心爱的人带去。"

　　他赶着飞驰的马，
终于望见了他的家，
姑娘就对他问道，
说出了这样的话：　　　　　　　　330
"我看见了前面的草屋，
像是一块饥饿的荒地，
告诉我那是谁的茅舍，
谁住着这样破的房子？"

　　愉快的勒明盖宁，
他就这样回答说：
"不要为了茅舍发愁，

不要悲叹面前的草屋。
我们要盖造别的房子,
把更好的住宅修建, 340
用的是最好的木料,
铺的是最好的木板。"

愉快的勒明盖宁,
又平安地回到家庭,
看到了亲爱的母亲,
他的心爱的老母亲。

他的母亲对他说道,
表达了她的心情:
"儿子!你在外过了很久,
很久地在异乡旅行。" 350

愉快的勒明盖宁,
就说着这样的话:
"我侮辱了那些妇女,
也和文雅的姑娘玩耍,
我报复了她们的讥讽,
她们加给我的笑骂。
我把最好的带上雪车,
让她在毯子上坐下,
我把她放在滑板中间,
我把她藏在毯子下面; 360
我报复了妇女的嘲笑,
我报复了姑娘的轻慢。

"母亲啊!你生了我,

母亲啊!你养了我,
我追求的人已经找到,
我想望的人已经获得。
要准备最好的枕头,
要准备最软的被褥,
同年轻可爱的姑娘,
在我的故乡安住。"   370

他的母亲表达了心情,
对他说着这样的话:
"让我们赞美创造主!
赞美伟大的俞玛拉!
你送来了我的儿媳;
她把火焰扇得多高,
她纺纱纺得多匀,
她织布织得多巧,
她洗衣洗得多清洁,
她漂衣又漂得多白。   380

"感谢他给了你这幸运,
幸福降临到我们家里,
这是创造主的旨意,
慈悲的他把幸福赐予。
雪上的雪鸫很美丽,
她傍着你却更美丽;
水上的浪花很白皙,
这贵妇人却更白皙;
湖面的鸭子很可爱,

更可爱的是你的爱人；　　　　　390
天上的星星很辉煌，
更辉煌的是你的爱人。
　"让我们把地板铺宽，
让我们把窗户开大，
让我们筑起新的墙，
把这住宅装修一下，
铺一根新的门槛，
门槛上配上新的门，
为了你身边的姑娘，
为了这最美丽的人，　　　　　400
她是最美好的姑娘，
她是最尊贵的姑娘。"

第十二篇 勒明盖宁赴波赫尤拉

一、吉里基忘了誓约,到村里去了,勒明盖宁于是大怒,决意立刻将她离弃,向波赫亚的姑娘去求婚。(第1—128行。)

二、勒明盖宁的母亲竭力劝他,说他可能在那里遇害。正在梳头发的勒明盖宁怒气冲冲地扔去梳子,说如果他遭到杀害,梳子就会流血。(第129—212行。)

三、勒明盖宁准备停当,就动身来到了波赫尤拉。(第213—442行。)

四、勒明盖宁唱了起来,使所有的人都离开了波赫尤拉的家宅;但他忽略了一个凶恶的敌人,没有使他中魔。(第443—504行。)

  阿赫第·勒明盖宁,
漂亮的高戈蔑里,
同他娶来的新娘,
过了一会安静的光阴,
他没有再去打仗,
她也没有到村里游荡。
  终于来到了一天,

就在很早的早上，
阿赫第·勒明盖宁去了，
到了鱼儿下子的地方，　　　　　10
到黄昏他没有回来，
到晚上他没有归家。
吉里基就到村里，
同姑娘们跳舞、玩耍。

　是谁给他带信去，
是谁带去这消息？
阿赫第的妹妹爱尼基，
是她带去了这消息，
送信去的就是她：
"亲爱的哥哥阿赫第！　　　　　20
吉里基到村里去了，
跨进陌生人的门里，
同村里的姑娘玩耍，
跳着舞，披着头发。"

　永远孩子气的①阿赫第，
活泼的勒明盖宁，
他又伤心又生气，
久久地愤愤不平，
他就这样地说道：
"我的母亲，老太太！　　　　　30

---

① "永远孩子气的"，意思不很明了。玛尔姆堡（Malmberg）女士以为应直译为"唯一的孩子"。注释者则解为"漂亮的青年"。——英译者

快快洗我的衬衣,
用黑蛇的致命的毒液,
要快快把它晾干,
让我立刻去作战,
同波赫亚的青年斗争,
打倒拉伯兰的青年。
吉里基到村里去了,
跨进陌生人的门里,
跳着舞,披着头发,
同姑娘们一起游戏。" 40

吉里基立刻回答,
他心爱的新娘开言:
"阿赫第,亲爱的丈夫!
你不要动身去作战!
我在睡觉的时候看见,
那时我沉沉地酣睡,
看见火焰从炉中飞出,
闪烁着耀眼的光辉,
它从窗户下跳起,
一直到远远的墙边, 50
屋子里充满了火光,
就像是洪水的泛滥,
在地板上面流过,
从窗户流到窗户。"

活泼的勒明盖宁,
回答了这样的言辞:

"我不信女人的梦,
我不听女人的见识,
母亲啊!你生了我,
快快给我我的战衣, 60
快快给我我的铠甲,
我的心引我去那里,
去喝作战的啤酒,
去尝斗争的蜜酒。"

他的母亲回答道:
"亲爱的儿子阿赫第!
你不用出去打仗,
在家里啤酒多的是,
在赤杨木的酒桶之中,
在槲木的桶塞之后。 70
你可以开怀畅饮,
整天逞你的歌喉。"

活泼的勒明盖宁说道:
"我不喜欢家酿的酒,
我宁愿喝河里的水,
从漆黑的船舵那头,
胜过家里的啤酒,
这一种饮料更甜蜜,
快快给我我的铠甲,
快快给我我的战衣。 80
找到波赫亚的家里,
打倒拉伯兰青年们,

我向他们要黄金,
我向他们要白银。"
　勒明盖宁的母亲说道:
"亲爱的儿子阿赫第!
我们有很多的黄金,
堆房里白银多得是。
就在昨天的早上,
很早很早的时间,　　　　　　　　　90
我们的仆人耕着蛇田,
只见毒蛇屈曲蜿蜒,
犁头掘开了箱盖,
金钱满满的一箱,
成百的钱挤在一起,
成千的钱一起储藏,
箱子抬进了堆房,
稳稳地搁在阁楼上。"
　活泼的勒明盖宁说道:
"家藏的宝库我不喜欢。　　　　　　100
我爱在战争中出名,
在战争中获得的金钱,
胜过黄金在堆房里,
胜过白银从地下掘起。
快快给我我的铠甲,
快快给我我的战衣,
我要去波赫亚战斗,
杀死拉伯兰的子孙。

"我的心引我去那里,
我的智力又赶着我,　　　　　110
我的耳朵会向我通知,
我的眼睛会对我诉说,
波赫尤拉有没有少女,
比孟多拉有没有姑娘,
她需要一个情人,
渴望着最好的儿郎。"

勒明盖宁的母亲说道:
"亲爱的儿子阿赫第!
有吉里基和你一起,
她是最美好的妻子。　　　　　120
如果床上一夫两妻,
看起来就使人诧异。"

活泼的勒明盖宁说道:
"吉里基到村里去过,
让她在别的屋子睡,
让她尽量去跳舞,
同村里的姑娘玩耍,
跳着舞,披着头发。"

他的母亲向他警告,
这老太太将他阻拦:　　　　　130
"我的儿子!你得注意,
你毫无法术和经验,
你不要冒失地闯进,
波赫尤拉的可怕的家,

去和波赫尤拉人打仗,
去和拉伯兰人厮杀!
拉伯兰人会用嘴唱,
杜尔亚人会用手推,
让你头碰泥,嘴啃炭,
胳膊伸进火焰里,　　　　　　　　　140
手又搁到死火中央,
在烧红了的炉石上。"

　勒明盖宁听了就说道:
"以前来了几个法师,
术士行法,毒蛇咒我,
三个拉伯兰人还尝试,
在夏天的一个夜晚,
光着身子站在岩石上,
不穿衣服也不系腰带;
连一片破布也不缠上,　　　　　　150
我却给以狠狠的还击,
像一条可怜的鳕鱼,
像砍了石块的斧头,
像钻了岩石的钻子,
像木屐在光滑的冰上,
像空屋里的死亡。

　"他们实在威胁了我,
也许会遇到别的事,
他们说要打倒我,
把我在沼泽里淹死,　　　　　　　160

当我行走着的时候,
把我沉在泥潭里,
让我的下巴陷在泥中,
让我的胡子贴着脏地。
他们明白了我是好汉,
一点也不使我恐怖,
我唱出了我的咒文,
我使出了我的法术,
这些拿着箭的巫师,
这些拿着弓的术士,　　　　　　170
这些拿着铁刀的法师,
这些拿着利刃的先知,
都没入多尼的大瀑布,
那里的波涛奔腾汹涌,
在最急骤的瀑布之下,
在最激烈的漩涡之中。
让法师们在那里睡眠,
在他们的毯子下安息,
一直到草儿抽出芽来,
通过他们的头和帽子,　　　　　　180
通过他们的胳肢窝,
穿过他们肩上的肌肉,
术士们睡得那么沉,
受不到什么保护。"
　他的母亲还要阻拦,
不让勒明盖宁旅行,

老太太又劝儿子,
劝英雄不要动身:
"你不要去,不要冒险,
到波赫亚阴暗的地方, 190
到阴冷可怕的村子,
等待着你的只有死亡,
灾祸和毁灭等着你,
活泼的勒明盖宁!
纵使你有一百张嘴说,
他们谁都不会相信,
你的神秘的歌声,
拉伯兰的子孙也不怕,
你不懂杜尔亚的语言,
你不懂拉伯兰的话。" 200
　活泼的勒明盖宁,
漂亮的高戈蔑里,
他刚巧在梳理头发,
梳理得那么整齐。
他就将梳子向墙扔去,
它飞到了炉子后面,
他又回答他的母亲,
说出了这样的语言:
"勒明盖宁就遭灾,
不幸的他就毁灭, 210
如果这梳子喷着血,
如果这梳子流着血。"

活泼的勒明盖宁去了,
到波赫亚阴暗的地方,
不管他母亲的警告,
不管老太太的阻挡。

他先把自己武装起来,
他披上了他的铠甲,
他围上了他的钢腰带,
又说出了这样的话: 220
"武装的人就更强,
披上最好的铁衣,
围上神奇的钢腰带,
像抵抗术士们的巫师,
他什么警告都不用怕,
什么灾祸也吓不了他。"

他握住他的忠实的剑,
剑身闪耀着,光华熠熠,
是希息将它打造,
是俞玛拉将它磨砺。   230
挂上了英雄的腰,
插入革制的剑鞘。

现在这汉子怎么躲避,
伟大的英雄怎么隐匿?①
他只躲避了一会,
他只隐匿了一刻,

~~~~~~~~~~~~

① 勒明盖宁似乎要躲藏起来,不再听到母亲和妻子的劝告。——英译者

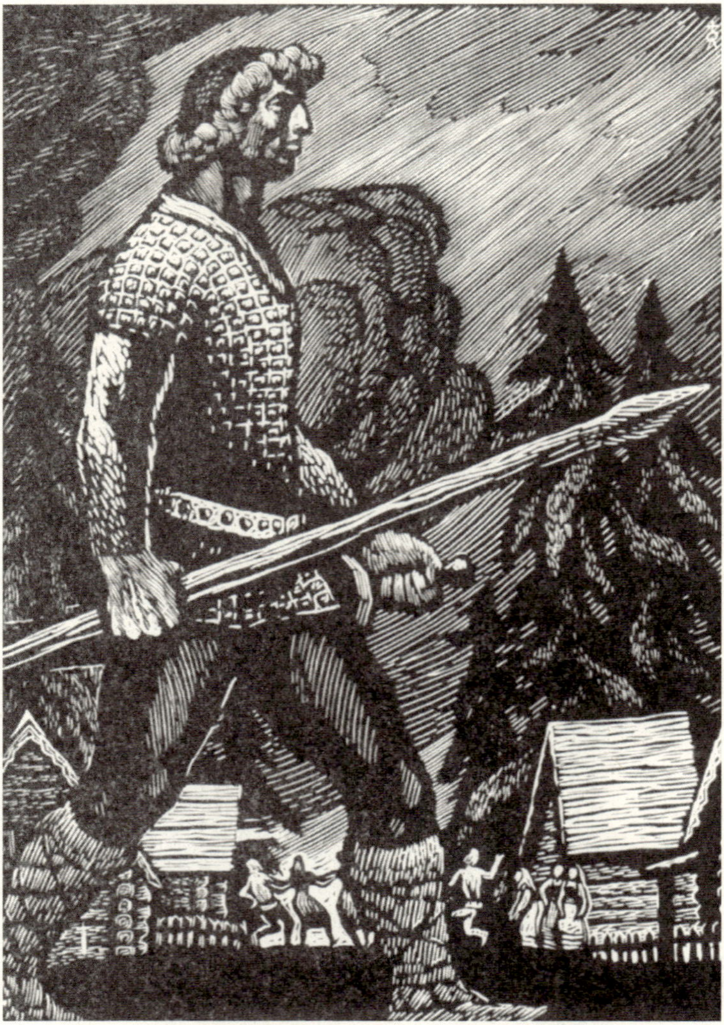

在门口上面的梁下,
在房间的门柱旁边,
在干草棚旁的院子里,
在最远的大门前面。 240
　英雄就这样隐匿,
避开一切妇女的眼睛,
这样的法术却还不够,
这样的警惕却还不行,
他还需要保卫自己,
抵挡这族的英雄,
那里有两条岔路,
一条在青翠的高峰,
一条在抖动的沼地,
那里波浪奔腾汹涌, 250
瀑布在那里冲击,
在急流的漩涡之中。
　活泼的勒明盖宁,
发出了这样的声音:
"剑客们,快从地下升起,
大地的原始的英雄们!
战士们,快从井中起来!
弓手们,快从河里上升!
树林,同你的矮子来到!
森林,同你的部下降临! 260
山老者,同了你的大军!
水希息,同了你的暴徒!

水父亲,同了你的斥候!
水夫人,同了你的队伍!
所有山谷里来的姑娘,
华装盛饰在沼泽中间!
你们来保护一个英雄,
保护这最著名的青年,
挡住术士的宝剑,
挡住法师的箭矢,　　　　　　　　　270
挡住妖人的大刀,
挡住弓手的武器。

"如果这样还是不行,
我还有别的手段对付,
向至高无上的大神,
我祈求在天上的乌戈,
他是一切云朵的主人,
他统率着四散的浮云。

"你在天堂的老父,
你最高的大神乌戈!　　　　　　　280
你在云朵之间呼吸,
你在大气之中诉说,
赐给我烈火的宝剑,
包裹着烈火的剑鞘,
让我将不幸抵挡,
让我从毁灭脱逃,
推翻凶恶的暴力,
打倒水里的法师,

在我前面的仇敌，
在我后面的仇敌，   290
在上面、在旁边的仇敌，
都要承认我的威力。
粉碎持箭矢的法师，
粉碎持大刀的术士，
粉碎持宝剑的巫师，
粉碎持武器的汉子。"

　　活泼的勒明盖宁，
漂亮的高戈蔑里，
唤着他的金鬃毛的马，
从树丛中，从草丛里，   300
他驾起了他的马，
烈马驾在车辕之间，
他就坐上了雪车，
雪车吱嘎地向前。
他挥着他的鞭子，
噼啪地催马前进，
在路上迅速地飞驰，
雪车摇摆着，路越近，
银白的沙子到处飞散，
金黄的矮树响成一片。   310

　　他赶了一天又两天，
同样地赶到第三天，
就在这第三天上，
英雄来到了村边。

活泼的勒明盖宁,
赶着吱嘎的雪车,
顺着最远的那条路,
到了最远的那住宅,
他在门槛上发问,
他在窗户后说话: 320
"屋子里有没有人,
能替我把马具解下,
能替我放下车辕,
再松下马的护肩?"
　孩子在地板上说道,
儿童在门边回答:
"门槛里面没有人,
能把你的马具解下,
能放下你的车辕,
能松下马的护肩。" 330
　勒明盖宁觉得不安,
他又挥着他的马鞭,
用珠饰的马鞭鞭马,
雪车吱嘎地向前,
走上正中的那条路,
到了正中的那间房,
他在门槛上发问,
他在屋檐下大嚷:
"屋子里有没有人,
能替我把缰绳拉一下, 340

能替我解开马的胸带,
让喷沫的马休息一下?"

老太婆在火炉边说道,
碎嘴子在炉凳上回答:
"屋子里有的是人,
能把缰绳拉一下,
能放下你的车辕,
能解开马的胸带。
也许十个人就够了,
你要一百就有一百,　　　　　350
他们要对你举起棍子,
还要给你一头牲口,
就把你这无赖拉回家,
就把你这家伙赶走,
赶到你父亲的家里,
赶到你母亲的房间,
赶到你弟弟的大门口,
赶到你妹妹的门槛边,
在这一天完了之前,
当太阳还没有下山。"　　　　　360

勒明盖宁毫不介意,
说出了这样的话:
"让他们射死这老太婆,
让他们打死这尖下巴!"
他又急急忙忙前进,
雪车轰隆地直响,

走上最高的那条路，
到了最高的那间房。

　　活泼的勒明盖宁，
终于到达了那屋子，　　　　　　　　　370
他表达他的心情，
说出了这样的言辞：
"希息啊！把狗的嘴塞住，
楞波啊！把狗的牙按紧，
给它严严地套上口套，
紧闭的牙害不了人，
有人经过它的身旁，
它也就没有一点声响。"

　　他走进了院子里，
用鞭头绳抽一抽地面，　　　　　　　380
当场升起了一朵云，
一个矮子在云中出现，
他立刻把胸带解下，
接着又把车辕放下。

　　活泼的勒明盖宁，
他的耳朵注意倾听，
谁也没有见到他，
也就谁也没有知情。
他在门外听到了歌唱，
通过沼泽传来了语声，　　　　　　　390
通过墙壁传来了音乐，
通过窗户传来了歌音。

他就向屋子里观看，
暗暗向房间里凝视，
房间里坐满了巫师，
墙壁边坐满了乐师，
凳子上坐满了歌手。
大门口坐满了方士，
高凳上坐满了法师，
火炉边坐满了先知，　　　　　　400
一个拉伯兰人在唱歌，
嘎哑地唱着希息的歌。

　活泼的勒明盖宁就想，
最好是改变一下形状。
他变成了别的模样，
离开躲藏着的地方，
一直冲进了房间，
说出了这样的言辞：
"歌唱的尾声一定很美，
最短的诗句也最壮丽；　　　　　410
中途打断了的智慧，
还不如不说更可贵。"

　波赫尤拉的老女主，
站起了飞快地向前，
走到了房间的中央，
她就这样地开言：
"我们以前有一只狗，
蓬松的铁毛的小狗，

它舐着最新鲜的血,
它也吃肉也啃骨头。　　　　　420
你是什么样的人,
你是什么样的英雄,
胆敢走进我们的屋子,
向我们的房间直冲,
狗也没有听见你来临,
并没有向我们报警?"

　活泼的勒明盖宁说道:
"我从来不曾到过这里,
如果没有技术和知识,
如果没有聪明和气力,　　　　430
如果双亲不给我教训,
如果父亲不教我法术,
这些狗就会吞了我,
这些狗就会攻击我。

"是我的母亲将我洗沐,
那时候我小得可怜,
三次在夏天的夜晚,
九次在秋天的夜晚,
她教给我所有的路径,
所有的国家的知识,　　　　440
在家里唱神秘的歌,
在外国也是如此。"

　活泼的勒明盖宁,
漂亮的高戈蔑里,

立刻开始了歌唱，
唱起了神秘的歌曲，
皮大衣的边缘喷火了，
眼睛里也闪着火星，
他唱着神秘的咒语，
这勒明盖宁的歌声。 450

他将最好的乐师，
咒成了最坏的乐师，
给那最好的乐师，
给那最灵的术士，
把石头喂在他们嘴里，
又在他们身上堆岩石。

他后来又咒那些人，
咒到这边又咒到那边，
到永不开垦的土地，
到精光赤裸的平原； 460
到没有鱼儿的池塘，
没有一条鲈鱼游泳；
到可怕的鲁德亚瀑布，
在咆哮的漩涡之中，
在汹涌的大河下面；
到瀑布之下的岩礁，
像在烈火中间燃烧，
火花在他们周围飞绕。

活泼的勒明盖宁，
他又咒那些剑客。 470

他咒持武器的英雄,
他咒青年又咒老者,
中年人他也一样咒,
他只放过一个牧人,
这人年又老心又凶,
紧闭着瞎了的眼睛。

  牧人迈尔盖哈都,
他就这样地开言:
"你活泼的楞比的儿子!
你咒了老者和青年, 480
你也咒了中年人,
为什么不咒我一人?"

  活泼的勒明盖宁说道:
"我为什么把你放过?
就为了你讨厌、可怜,
犯不着使我的法术。
在你还年轻的时候,
你是最可恶的牧人,
你污辱了自己的妹妹,
你害死母亲的孩子们, 490
你弄瘸了所有的马匹,
你弄坏了所有的马驹,
在沼泽里,在石地上,
在泥浆中间拖曳。"

  牧人迈尔盖哈都,
他不禁怒气冲天,

立刻冲出开着的门，
从院子里冲到外面，
跑到多讷拉的大河，
在可怕的漩涡里，　　　　　　　500
在那里等候勒明盖宁，
在那里等候高戈蔑里，
等到他离开波赫亚，
取道回自己的老家。

第十三篇 希息的大麋

一、勒明盖宁要求波赫亚的老太太将女儿嫁给他,她就要他先穿着雪鞋去猎希息的大麋。(第1—30行。)
二、勒明盖宁很高兴地猎麋去了,可是大麋终于逃脱,而他却弄破了自己的雪鞋和长矛。(第31—270行。)

活泼的勒明盖宁,
对波赫尤拉的女主说:
"老太太!把你女儿带来,
把可爱的姑娘给我,
她是一个最好的姑娘,
一个长得最高的姑娘。"
波赫尤拉的老女主,
回答了这样的言辞:
"我不给你我的姑娘,
你不能娶我的女儿, 10
无论她是好是坏,
无论她是高是矮;
你已经娶了妻子,
家里早已有了太太。"

活泼的勒明盖宁说道:
"吉里一直在村里流连,
在村子前面的台阶上,
在陌生人进去的门边。
我要一个更好的妻子,
请你给我你的女儿, 20
可爱的她披着头发,
你的那最美的女儿。"
波赫尤拉的女主说道:
"我决不把我的女儿,
给一个无用的英雄,
给一个无聊的汉子。
你如果要娶我的姑娘,
驰名的戴花的少女,
你得穿雪鞋去猎大麋,
在辽远的希息的领域。" 30
活泼的勒明盖宁,
装上了标枪的枪尖,
用兽骨配他的箭镞,
用兽筋绷他的弓弦,
他又这样地说道:
"我装上标枪的枪尖,
配上了兽骨的箭镞,
绷上了兽筋的弓弦,
前面,左脚却没有雪鞋,
后面,右脚也没有雪鞋。" 40

活泼的勒明盖宁,
深深地沉思默想:
怎么能有一双雪鞋,
怎么能制最好的一双。
　　他就赶到高比的屋子,
赶到黎里基的工场里:
"你最聪明的沃雅莱宁,
漂亮的拉伯兰的高比!
你给我做一双雪鞋,
要用最上等的皮革,　　　　　50
我要去捕希息的大麋,
在辽远的希息的原野。"
　　黎里基就这样回答,
高比就这样说道:
"你要去捕希息的大麋,
勒明盖宁!这未免徒劳,
只有一块烂木头,
是你的工作的报酬。"
　　勒明盖宁觉得不安,
他却这样地说道:　　　　　　60
"做一只左脚的让我走,
做一只右脚的让我跑!
我要穿雪鞋去捕大麋,
在辽远的希息的草地。"
　　黎里基这雪鞋工匠,
高比这雪鞋工人,

秋天他把左脚的制就，
冬天他把右脚的雕成，
一天他把鞋架装上，
又一天他把轮子配上。 70
　左脚的一只可以跑，
右脚的穿起来很合适，
已经完成了鞋架，
已经配好了轮子。
衬鞋架的是水獭皮，
衬轮子的是红狐皮。
　他又给雪鞋搽油，
用驯鹿的脂肪涂抹，
　他深深地沉思默想，
又这样地对他说： 80
"难道你受得了这游戏，
你这毫无经验的英雄！
穿了左鞋向前溜，
穿了右鞋向前冲？"
　活泼的勒明盖宁回答，
这健壮的流氓说道：
"我毫无经验的英雄，
这游戏我受得了，
穿了左鞋溜向前，
穿了右鞋冲向前。" 90
　他把箭袋绑在背上，
他把新弓搁在肩头，

他紧紧握住了杆子,
穿上了左鞋向前溜,
穿上了右鞋向前冲,
他又说着这样的话:
"在神的世界,在森林里,
在高天的穹窿之下,
没有不能猎获的东西;
也没有一只四足兽,　　　　　　　　100
不能轻易地捕捉,
任什么都不能逃走,
只要我,卡勒瓦的儿郎,
勒明盖宁把雪鞋穿上。"

　希息听到了他吹牛,
俞达斯听到了他夸口,
希息造了一只大麋,
俞达斯造了一只驯鹿,
用烂木头做它的头,
用杨柳枝做两只角,　　　　　　　　110
洼地里的棍子做腿骨,
沼泽周围的绳子①做脚,
用篱笆桩做它的背脊,
用干燥的草梗做筋络,
用莲花做它的眼睛,
用荷叶做它的耳朵,

---

① 绳子,我以为指的是灯芯草。——英译者

用松树皮做它的皮肤,
用烂木头做它的肉。

　　希息教导这只大麋,
他指示这只驯鹿: 120
"去吧,你希息的大麋!
跑吧,你高贵的生物!
到驯鹿的繁殖地,
拉伯兰人的草原,
让穿雪鞋的人都流汗,
让勒明盖宁流大汗!"

　　希息的大麋向前冲去,
飞快的驯鹿急急向前,
冲过波赫亚的谷仓,
到拉伯兰人的草原, 130
踢翻了屋子里的水桶,
撞倒了火炉上的锅子,
把肉落到灰烬中,
把汤洒到灰土里。

　　发生了极大的骚乱,
在拉伯兰人的草原,
拉伯兰的狗一齐吠叫,
拉伯兰孩子一齐哭喊,
拉伯兰妇女喜笑开颜,
别的人们却口出怨言。 140

　　活泼的勒明盖宁,
穿了雪鞋追大麋,

溜过辽阔的荒野,
溜过陆地和沼地。
他的雪鞋爆着火星,
杆子的一端冒着烟,
他还是没有看见大麋,
没有看见也没有听见。

他溜过山丘和山谷,
溜过大海那面的陆地, 150
溜过希息的荒野,
溜过卡尔玛的草地,
在苏尔玛的大嘴之前,
在卡尔玛的屋子之后。
苏尔玛立刻张开嘴,
卡尔玛立刻垂下头,
为了将勒明盖宁抓住,
为了将这英雄吞下;
他的气力完全白费,
他依然够不到他。 160

他还不曾溜过全境,
不曾溜到沙漠极边,
到最偏僻的波赫亚,
到最辽远的拉伯兰,
他就继续地溜向前,
终于到了沙漠极边。

当他到达了这远方,
就听到极大的骚乱,

在最偏僻的波赫亚,
在拉伯兰人的草原。 170
他听到狗一齐吠叫,
拉伯兰孩子一齐哭喊,
拉伯兰妇女喜笑开颜,
别的拉伯兰人却抱怨。

　活泼的勒明盖宁,
就朝那方面溜向前,
他听到狗在那里吠叫,
在拉伯兰人的草原。

　他一到就这样发问,
他一到就这样说道: 180
"为什么妇女在欢笑,
妇女欢笑,孩子哭闹,
老年人又在哀悼,
灰色的狗又在吠叫?"

　"妇女是为了这欢笑,
妇女欢笑,孩子哭闹,
老年人又在哀悼,
灰色的狗又在吠叫:
希息的大麋横冲直撞,
它的分裂的光滑的蹄, 190
踢翻了屋子里的水桶,
撞倒了火炉上的锅子,
把锅里的肉汤倒翻,
一直洒到灰土中间。"

活泼的勒明盖宁，
这个健壮的流氓，
在积雪中打击着左鞋，
恰如蝮蛇在草地上，
推着松木杆子向前，
恰如活蛇在蜿蜒，　　　　　　　　　200
紧紧握住他的杆子，
他一边溜一边开言：
"让在拉伯兰的男人，
都来帮我捕大麋；
让拉伯兰的一切妇女，
都去把锅子洗一洗，
让拉伯兰的一切孩子，
都赶快去捡拾柴火；
让拉伯兰的一切锅子，
来把捕获的大麋烧煮。"　　　　　　210
　　他又站稳了身子，
努力地冲向前面，
第一次他向前冲去，
就在他们眼前不见；
第二次飞快地向前，
就听不见他的声息；
第三次又向前冲去，
就追上希息的大麋。
　　他拿一根枫木的杆子，
他做一个桦木的颈圈；　　　　　　220

就扣住了希息的大麋,
关进了槲木的畜栏:
"站着吧,希息的大麋!
机灵的驯鹿,留在这里!"
　他又摸摸它的背脊,
他又拍拍它的肚子:
"我可以逗留一下,
在这里睡眠、休息,
同年轻的姑娘一起,
傍着美丽的鸽子。" 230
　希息的大麋勃然大怒,
这驯鹿就乱踢乱撞,
它就这样地说道:
"楞波会找你来算账,
如果你傍着姑娘睡眠,
如果你同了女郎流连。"
　它就拼命地挣扎,
它把桦木颈圈撑裂,
它把枫木杆子折断,
它把槲木畜栏撞开, 240
大麋就急急地飞跑,
不顾一切地奔逐,
跨过了陆地和沼泽,
跨过满是树丛的山坡,
跑到眼睛看不见它,
跑到耳朵听不见它。

这个健壮的流氓，
不觉又担心又生气，
他很烦恼也很愤怒，
他要追希息的大麇，　　　　　　250
当他冲过去的时候，
在窟窿里坏了左鞋，
雪鞋就四分五裂，
在平地上坏了右鞋，
破碎了雪鞋的鞋尖，
鞋架的结缝都迸断，
希息的大麇依然冲去，
连它的头也看不见。

活泼的勒明盖宁，
就不禁垂头丧气，　　　　　　　260
凝视着破碎的雪鞋，
说出了这样的言辞：
"但愿没有别的猎人，
一生中竟这么大胆，
穿雪鞋捕希息的大麇，
敢到森林里来冒险！
看我来了，不幸的我，
最好的雪鞋已经毁坏，
漂亮的鞋架已经破碎，
我的枪尖也已经断裂。"　　　　270

第十四篇　勒明盖宁之死

一、勒明盖宁祈祷森林之神,终于将麋猎获,带到波赫尤拉。(第1—270行。)

二、勒明盖宁有了别的工作:给希息的喷火的马上笼头。他给它上了笼头,又带到波赫尤拉。(第271—372行。)

三、又给了勒明盖宁第三件工作:射击多讷拉河上的天鹅。勒明盖宁到了河边,那个被他轻视的牧人正在那里等候,就将他杀害,尸体丢入多尼的急流里。多尼的儿子又割碎了他的尸体。(第373—460行。)

　　活泼的勒明盖宁,
深深地思前想后:
还是顺着这条路去,
还是回头往哪里走;
还是立刻回老家去,
放弃了希息的大麋,
还是再做一次努力,
穿了雪鞋继续追击;
祈求森林女王的慈悲,

祈求森林仙女的恩惠？ 10
　他就这样地说道，
表达了他的心情：
"至高无上的大神乌戈，
在天堂的慈悲的父亲！
你为我做两只雪鞋，
可以滑雪的皮雪鞋，
让我迅速地滑行，
穿过陆地和沼泽，
跨过波赫亚的草原，
滑过希息的大地， 20
将希息的大麋捕捉，
将机灵的驯鹿追击。

　"没有旁的英雄帮我，
独自在林中流浪、苦干，
穿过达彪拉的大路，
在达彪的家宅旁边。
欢迎，多树的山坡、大山！
欢迎，沙沙响着的松林！
欢迎，灰色树梢的白杨！
向问候我的一切欢迎！ 30

　"保佑我，树木和丛林！
慈悲的达彪，给我支持！
把英雄带到岛①上，

～～～～～～～～～
　① 岛，这里当系沼泽中央的有树木的小山。——英译者

平安地领他到小山里,
让他到那里的石窟,
他会带回他的猎物。

"达彪的儿子尼利基,
伟大的红帽子的勇士!
你照亮田野上的路径,
也把木头的路标竖立;　　　　　40
顺着这条不祥的小径,
让我踏上正直的大路,
我去寻求指定的石窟,
我去寻求我的猎物。

"森林的女主蒁里基,
伟大的、美丽的母亲!
让你的黄金向前行,
让你的白银向前进,①
就在寻求者的前方,
在这寻求者的路上。　　　　　　50

"拿起了你的金钥匙,
钥匙圈就系在你身边,
打开达彪的堆房,
打开他的林中的宝殿,
在我打猎的季节,
当我在这里打猎。

"如果你不愿打扰自己,

---

① 蒁里基的黄金和白银就是追猎的战利品(猎物)。——英译者

就命令你的侍女们,
差你的侍女到我这里,
给你的女奴下命令！　　　　　　　　60
如果你不能照料我,
就不要将侍女们阻拦,
你有成百成千的侍女,
她们都听你使唤,
她们照顾你的牲畜,
她们看护你的猎物。

"你森林里的小姑娘,
达彪的蜜①嘴的女儿！
奏着你的蜜的横笛,
吹着你的蜜的笛子,　　　　　　　　70
让慈悲的森林女王,
让高贵的女主听清,
她一听到这音乐,
就会从睡眠中清醒,
现在她还没听见,
她就很难得清醒,
纵使我用黄金的舌头,
永远地祈祷不停！"

　　活泼的勒明盖宁前进,
猎物却依然不见,　　　　　　　　　80

---

① 蜜,在本书中常用以指甜蜜、可爱的一切,正如"黄金的"指美丽的一切。——英译者

他滑过平原和沼泽,
滑过没有人迹的林间,
只见俞玛拉的煤烟山,
只见希息的木炭荒原。

 他滑行了一天又两天,
终于滑行到第三天,
他到达了一座大山,
就攀上巍峨的高岩,
他转眼向西北眺望,
眺望跨过沼泽的北方,
他看见达彪的田庄,
门户都闪耀着金光,
向着跨过沼泽的北方,
在树丛间的山坡上。

 活泼的勒明盖宁,
迅速地走近那地方,
通过了一切障碍,
来到达彪的窗户旁。
他弯身向前面注视,
通过第六扇窗户,
那里坐着猎物分配者,
休息着森林的主妇,
大家都穿着工作服,
都围着肮脏的破布。①

---

① 这里似乎是说,森林之神穿着华丽或褴褛的衣服,就预示了猎人的运气的好坏。——英译者

活泼的勒明盖宁说道:
"你森林中的女主!
为什么穿着工作服,
打谷人的褴褛的衣服?
你看起来未免太黑,
你的外貌使人恐慌,　　　　　　110
你的胸脯尤其讨厌,
你的身材过于肥胖。

"在我追入森林之前,
我看到了三座城堡,
一座木头,一座骨头,
第三座是石头建造。
在每座城堡的侧面,
有六扇灿烂的金窗,
当我站立在墙下,
只要向里面一望,　　　　　　120
就望见达彪家的主人,
还有达彪家的主妇;
达彪的女儿德勒沃,
达彪家的其余的家属,
大家穿着飒飒的金衣,
大家披着辉煌的银服,
森林的女主她本人,
慈悲的森林的女主,
手腕上戴着金手镯,
手指上套着金戒指,　　　　　　130

头上戴着金首饰,
发上佩着古金币,
耳朵上挂着金耳环,
项颈上围着珠项链。
　"慈悲的森林的女主,
麦德索拉的美太太!
抛掉你的干草鞋,
扔掉你的桦皮鞋,
脱下你的打谷的破衣,
你的褴褛的工作服,　　　　　　140
披上分配猎物的罩衫,
你的幸福的衣服。
在我追入森林的日子,
寻求着猎人的猎物。
我疲倦地久久流浪,
疲倦地走着我的路,
徒劳地在这里流浪,
石窟也一直找不到,
如果你再不给我猎物,
再不给我工作的酬报,　　　　　　150
夜晚就又长又凄凉,
没有猎物,白天也太长。
　"花白胡子的森林老人!
穿戴着松叶帽、苔藓衣,
快用麻纱包裹森林,
快用布片遮盖荒地。

让白杨穿上了灰衣，
让赤杨披上了盛服，
让松树裹上了银袍，
用黄金装饰着枞树。　　　　　　　　　　160
让老松树系着铜腰带，
银腰带系在枞树腰间，
白桦缀着金黄的花朵，
金饰装潢着一切树干。
像以往的年月一样，
那时你的日子更美好，
枞树枝在月光中闪烁，
松树枝在日光中晃耀，
森林里有蜜的芳香，
绿野上有蜜的水流，　　　　　　　　　　170
草原边有麦酒的气味，
沼泽里流出了奶油。

"你温柔的森林姑娘，
达彪的女儿杜里基！
把猎物向这里赶来，
赶到空旷的草地。
如果它的脚步太迟钝，
如果它懒懒地奔跑，
你就从树丛采下树枝，
从山谷采下桦树条，　　　　　　　　　　180
鞭打着猎物的两胁，
鞭打着猎物的腰臀，

赶它迅速地向前走，
赶它急急地向前奔，
赶向等候着它的人，
顺着猎人的小径。

"如果猎物走上小路，
就赶它向英雄前进，
合拢了你的双手，
将它向两旁指引，　　　　　　　　190
猎物就不会逃过我，
不会退到错误的方向。
如果猎物想逃开，
冲到了错误的方向，
那就抓住它的耳朵，
抓住它的角，拉上大路。

"如果路上有树丛，
那就拉它到路边；
如果有大树拦住路，
那就把树干折断。　　　　　　　　200

"如果路上有篱笆，
那就推它到一旁，
再用五根树枝绑住，
再用七根桩子捆上。

"如果前面有一条河，
有一条小溪把路挡住，
那就造一座丝绸的桥，
铺一块红布做通路；

把猎物赶在狭路上，
在软软的沼泽上通过，210
跨过波赫尤拉的大河，
跨过奔腾澎湃的瀑布。
　"你达彪家的主人！
你达彪家的主妇！
花白胡子的森林老人，
金黄的森林的君主！
森林的女主米莫尔基，
你支配着森林的宝库，
丛林的披蓝衣的美人，
沼泽的穿红袜的女主！220
你们来！和我交换黄金，
你们来！和我交换白银。
月亮一样老的黄金，
太阳一样老的白银，
在英雄们的比武中，
这正是我的战利品，
在袋子里它很有用，
在黑暗中它又玎玲；
如果你不愿交换黄金，
也许你愿交换白银。"230
　活泼的勒明盖宁，
穿雪鞋滑行了一星期，
他的歌声响遍森林，
响遍幽深的薮地，

抚慰了森林的主妇，
抚慰了森林的主人，
使所有的姑娘高兴，
使达彪的女儿们欢欣。

他们就一起追猎，
将希息的麋赶出兽穴， 240
赶过达彪的山林，
赶过希息的山界，
向等待着它的人赶去，
向埋伏着的术士赶去。

活泼的勒明盖宁，
就将他的套索抛起，
抛向希息的麋的肩头，
绕住了小骆驼的脖子，
当他抚摩它的背脊，
它就不至乱蹦乱踢。 250

活泼的勒明盖宁，
就大声地这样说：
"森林的和大地的主人，
草地上最美的生物！
森林的女主蓂里基，
最可爱的猎物分配人！
来取我允许了的黄金，
你们来挑选我的白银，
在地上铺下麻纱，
铺下最细软的麻纱， 260

在灿烂的黄金之下,
在闪烁的白银之下,
不让它落到地下,
不让它同灰土混杂。"

他向波赫尤拉前进,
到了之后就这样说:
"在辽远的希息的草原,
我把希息的大麋追捕。
老太太!把你女儿给我,
把年轻的新娘给我!" 270

波赫尤拉的女主娄希,
她听了就这样回答:
"我可以把女儿给你,
让年轻的新娘出嫁,
只要你在希息的草地,
驾驭那巨大的骟马,
希息的那匹栗色马,
希息的那匹喷沫的马。"

活泼的勒明盖宁,
立刻拿起黄金的笼头, 280
立刻拿起白银的衔勒,
去将那匹马寻求,
寻求那黄鬃的坐骑,
在边远的希息的草地。
他就匆匆地上路,
他就迅速地向前,

跨过空旷的青草地，
到达了神圣的田园。
他去寻求那匹马，
将黄鬃的坐骑寻求。 290
腰带上系着马嚼子，
马具搁在他的肩头。

　他寻求了一天又两天，
终于寻求到第三天，
他到达了一座大山，
他就攀上了高岩。
他转眼向着东方，
他回头向着太阳。
他望见了黄鬃的坐骑，
在枞树林中的沙地上。 300
马毛上闪耀着火焰，
马鬃上升腾着黑烟。

　勒明盖宁向上天祷告：
"乌戈，至高无上的大神！
乌戈！你领导着云朵，
你又统率着浮云，
张开你天上的豁口，
把你的一切窗户打开，①
落下一阵阵的铁雹，

---

① 这与《旧约·创世记》第七章第十一节所说的似乎相同。"这整整一节是出于基督教的。"（K. K.）——英译者

降下一阵阵的冰块,　　　　　　　310
落在那匹好马的鬃上,
降在希息的马的背上。"

　乌戈,伟大的创造主!
俞玛拉,高高地在云天!
他听了就劈开天空,
将苍穹劈成两半,
撒着冰、撒着冰块,
也将铁的雹子撒下,
这些比马的头小,
这些比人的头大,　　　　　　　320
打在那匹好马的鬃上,
打在希息的马的背上。

　活泼的勒明盖宁,
跑过去周围看一下,
他走上前去观察,
就说着这样的话:
"希多拉的最大的山马,
马鬃上布满了白沫,
伸出你的黄金嘴,
伸出你的白银头,　　　　　　　330
伸到黄金的笼头里,
装上辉煌的银嚼子。
我决不残酷地待你,
我决不凶狠地赶你,
我们去的地方并不远,

不过是短短的路途,
波赫尤拉的荒凉的家,
住着我的凶恶的继母。
我不用索子鞭你,
我不用树枝赶你,　　　　　　　　340
我只用丝绳拉你,
我只用布片赶你。"

这匹希息的栗色马,
马鬃上布满了白沫,
伸出了它的黄金嘴,
伸出了它的白银头,
伸到黄金的笼头里,
装上辉煌的银嚼子。

活泼的勒明盖宁,
就驾着希息的坐骑,　　　　　　　350
白银头上套上了笼头,
黄金嘴上装上了嚼子,
他就骑在宽宽的背上,
骑在那匹好马的背上。

他的鞭子挥着马,
用一根柳条的马鞭,
他走了不远的路程,
急急地跨过了大山,
跨过了大山向北去,
又通过积雪的高峰,　　　　　　　360
到波赫尤拉荒凉的家,

就从院子走进大厅,
当他到了波赫尤拉,
就说着这样的话:
"我驾了这巨大的马,
带来了这希息的马,
跨过空旷的青草地,
从那神圣的田园;
我穿雪鞋追捕了大麋,
在辽远的希息的草原。 370
老太太,把你女儿给我,
把年轻的新娘给我。"

波赫尤拉的女主娄希,
她就这样地回答:
"我可以把女儿给你,
让年轻的新娘出嫁,
只要你替我打那天鹅,
把那河上的大鸟打中,
在多尼的阴暗的河上,
在神圣的河的漩涡中, 380
你只能尝试一次,
你只能用箭一支。"

活泼的勒明盖宁,
漂亮的高戈蔑里,
拿起嘣嘣响的弩弓,
就去寻求那长脖子,
到多尼的阴暗的河边,

走下玛纳拉的深渊。

　　他跨着迅速的步子,
他踩着沉重的脚步,　　　　　　　390
走到多尼的大河边,
走到神圣的河的漩涡,
臂下夹着漂亮的弩弓,
背着箭袋,利箭一丛丛。

　　波赫尤拉的老瞎子,
牧人迈尔盖哈都,
在多讷拉的大河边,
傍着神圣的河的漩涡,
他已经埋伏了好久,
一心将勒明盖宁等候。　　　　　400

　　活泼的勒明盖宁来了,
终于等到了这一天;
他急急忙忙地赶来,
来到多讷拉的大河边,
到最可怕的瀑布,
到神圣的河的漩涡。

　　他从水中放出毒蛇,
芦苇似的游出水面;
它穿透勒明盖宁的心,
它穿透这英雄的肝,　　　　　　410
穿过了他的左腋下,
穿过了他的右肩胛。

　　活泼的勒明盖宁,

他觉得伤势沉重,
他就这样地说道:
"这真是愚蠢的行动,
我居然没有问一问,
问我的生身的母亲,
只要两句话就够,
最多三句话就行, 420
怎么干,怎么活下去,
在这不幸的一日之后。
我不会魇魅水蛇,
也不懂芦苇的符咒。

"我的生身的母亲,
在忧愁中养育了我,
要是你知道你的儿子,
他遭到了多大的痛苦,
你一定会向这里赶来,
赶到这里来援救, 430
援救你的不幸的儿子,
当这临终的时候,
我不愿就这样长眠,
在这年轻欢乐的时间。"

牧人迈尔盖哈都,
波赫尤拉的老瞎子,
抛下活泼的勒明盖宁,
抛下这卡勒瓦的后裔,
到多尼的阴暗的河中,

到最峻急的漩涡之中。 440
　活泼的勒明盖宁，
漂过呜呜响的瀑布，
漂过汹涌的河流，
到达多讷拉的黑屋。
　多尼的血腥的儿子，
就拔刀砍这英雄，
他用闪烁的刀砍击，
发出了火光熊熊，
他将他砍成了五块，
他将他砍成了八段， 450
抛进多讷拉的河中，
抛到玛纳拉的深渊：
"你可以用你的弓箭，
永远地在那里蹦跳，
在河上打你的天鹅，
在河边打你的水鸟！"
　大胆的求婚者死了，
勒明盖宁就这样被杀，
在多尼的阴暗的河中，
在玛纳拉的深渊下。 460

第十五篇　勒明盖宁之复活及归来

一、勒明盖宁家中的梳子滴着血了,他的母亲立刻知道他已经死去。她就赶往波赫尤拉,询问娄希,他的结果怎样。(第1—62行。)

二、波赫尤拉的女主终于告诉她,是她差他干什么什么去了。(第63—114行。)

三、太阳将勒明盖宁死去的情况详细地通知了她。(第115—194行。)

四、勒明盖宁的母亲拿着长耙,在多尼的急流下面耙着水,终于发现了他儿子的割碎的尸体,她就将它拼合,用咒语和神秘的药膏,使勒明盖宁复活。(第195—554行。)

五、勒明盖宁讲述了他在多讷拉河中被杀的经过,然后就同他的母亲一起回家。(第555—650行。)

　　　　勒明盖宁的慈母,
　　　　在家中左思右想:
　　　　"勒明盖宁在哪里奔波,
　　　　高戈在哪里流浪?
　　　　我没有听到他回来,

从那么辽远的世界。"

不幸的母亲却不知道,
不幸的母亲也猜不透,
她自己的肉在哪里漂,
她自己的血在哪里流;
他还是在枞树山行走,
他还是在草丛中飘荡;
他还是在湖水上漂浮,
随着奔腾的波浪;
还是在可怕的骚动中,
从事于惊人的比武,
他的两腿溅满了血迹,
他的两膝沾满了血污。

可爱的妻子吉里基,
东张西望,走去走来,
在勒明盖宁的老家,
在高戈蔑里的住宅;
白天她望着梳子,
夜晚她对着篦子望,
终于来到了一天,
就在清清的早上,
梳子流下了血滴,
篦子流下了血滴。

可爱的妻子吉里基,
就说着这样的话:
"我的丈夫流浪去了,

漂亮的高戈离开了家，
通过没有人迹的荒原，
到了没有房屋的田野，
梳子已经流着血，
筐子已经滴着血。"
　勒明盖宁的母亲，
看到梳子流着血滴，
她就伤心地啼哭：
"哎呀，真不幸的日子，　　　　　40
我的儿子遭到了厄运，
我的一生实在可怜，
我的孩子没有人保护，
生养在不吉利的一天。
亲爱的勒明盖宁完了，
可怜的孩子已经毁灭，
梳子已经流着血，
筐子已经流着血。"
　她用手抓住了衬衫，
她用胳臂拉起了衣服，　　　　　50
她立时立刻动身，
她急急忙忙赶路。
大山在她脚步下轰鸣，
丘陵平了，山谷突起，
低地在她面前上升，
高地在她面前降低。
　她赶到了波赫尤拉，

就问她儿子在何处,
她就这样地说道:
"波赫尤拉的老女主! 60
你差勒明盖宁去哪里,
我的儿子到了哪里?"

波赫尤拉的女主娄希,
她就这样地开言:
"我没有你儿子的消息:
去哪里,又在哪里不见。
我给他的雪车鞴马,
给他选了一匹烈马。
也许跑过结冰的湖面,
冰裂开了,他就陷下, 70
也许在狼群中送命,
也许在熊嘴里丧身。"

勒明盖宁的母亲说道:
"这样的撒谎真可耻!
没有狼敢碰勒明盖宁,
没有熊敢碰我的儿子;
他的手指能把狼捻碎,
他徒手能把熊降服。
你怎么处置勒明盖宁,
如果你不对我老实说, 80
我要把麦芽房打开,
把三宝的铰链毁坏。"

波赫尤拉的女主说道:

"我给那人吃了不少,
我也给他喝了很多,
一直到他酒醉饭饱。
我就让他坐在船头,
他可以从急流穿过,
我实在一点不知道,
这个可怜人的结果,　　　　　　　　　90
随着急流的汹涌,
随着漩涡的滚动。"

　勒明盖宁的母亲说道:
"这真是无耻的撒谎!
老老实实地告诉我,
把你的谎话搁在一旁,
你差勒明盖宁去哪里,
卡勒瓦之子哪里丧身?
不然,死亡在等着你,
你就得立时送命。"　　　　　　　　100

　波赫尤拉的女主说道:
"现在我告诉你真情。
我先差他去捕大麋,
和那些怪兽斗争;
我又差他去捉马,
把那些巨兽套上笼头;
我再差他去猎天鹅,
把神圣的鸟儿寻求;
可是我真不知道,

他是否遇到了阻碍, 110
他是否遭到了不幸。
我没有听到他回来,
来要求他的新娘,
来要求我的姑娘。"

母亲寻觅失去的人,
害怕他遭到了灾难,
她像狼一样走过沼泽,
她像熊一样跨过荒原,
像猪獾一样跑过旷野,
像水獭一样游过水面, 120
像刺猬一样经过海角,
像兔子一样绕过湖边,
她把挡路的岩石搬去,
她把坡上的树干压下,
她推开了路旁的灌木,
她抛掉了路上的枝丫。

她寻觅失去的人,
徒劳地久久地寻觅。
她也向树木询问,
失去的儿子的消息。 130
树在说,松树在叹息,
槲树聪明地回答道:
"我有我自己的忧愁,
不能再为你儿子烦恼,
我的命运实在太坏,

不祥的日子等着我,
他们要把我劈成木片,
他们要把我砍作柴火,
我不是在烧窑时毁掉,
就是在开荒时砍倒。"　　　　　　　　140
　她寻觅失去的人,
徒劳地久久地寻觅,
她只要跨过一条路,
就向它弯腰致意:
"天神创造了的大路!
你可看见我儿子经过,
你可看见我的银拐杖,
你可看见我的金苹果?"
　大路聪明地回答,
大路这样地说道:　　　　　　　　　150
"我有我自己的忧愁,
不能再为你儿子烦恼,
我的命运实在太坏,
不祥的日子等着我,
野狗在我上面跳跃,
骑兵在我上面奔逐,
鞋子在我上面踏,
脚跟在我上面压。"
　她寻觅失去的人,
徒劳地久久地寻觅。　　　　　　　　160
途中她遇见了月亮,

她就向月亮敬礼:
"天神创造的金月亮!
你可看见我儿子经过,
你可看见我的银拐杖,
你可看见我的金苹果?"
天神创造的月亮,
小心、详细地回答道:
"我有我的许多忧愁,
不能再为你儿子烦恼,　　　　170
我的命运实在太坏,
不祥的日子等着我,
夜间我孤零零流浪,
永远在严寒中闪烁,
冬天我天天守夜,
夏天我又渐渐衰歇。"
她寻觅失去的人,
徒劳地久久地寻觅。
途中她遇见了太阳,
她就向太阳敬礼:　　　　180
"天神创造的太阳!
你可看见我儿子经过,
你可看见我的银拐杖,
你可看见我的金苹果?"
太阳却完全知道,
他就明白地回答:
"你的儿子遭到了不幸,

他已经毁灭,已经倒下,
在多尼的阴暗的河里,
玛纳拉的原始的河里,   190
在可怕的瀑布中间,
有急流向下面冲击,
在多讷拉黑暗的边地,
在玛纳拉的深谷里。"
  勒明盖宁的母亲,
就突然大放悲声。
她走到铁匠的工场:
"你铁匠伊尔玛利宁!
以前,昨晚你都打造过,
今天我来要求你,   200
为我打造一把耙,
铜的耙柄,钢的耙齿,
耙齿要有一百寻长,
耙柄要有五寻长。"
  铁匠伊尔玛利宁,
伟大的原始的工人,
打造了铜柄的耙,
耙齿用钢铁铸成,
耙齿有一百寻长,
耙柄只有五寻长。   210
  勒明盖宁的母亲,
就将大铁耙拿起,
一直冲到多尼的河边,

向太阳说出了祷词:
"天神创造的太阳,
创造主的辉煌的成果,
第一小时你发出灼热,
接着发出闷人的闪烁,
最后发出非常的精力。
催眠了邪恶的种族, 220
催眠了玛纳拉的强者,
将多尼的威力降服!"
天神创造的太阳,
创造主的辉煌的成果,
向弯曲的赤杨下沉,
向弯曲的白桦降落,
第一小时他发出灼热,
接着发出闷人的闪烁,
最后发出非常的精力,
催眠了邪恶的种族, 230
催眠了玛纳拉的强者。
让青年在剑把上安歇,
还有持矛的中年人,
还有拄拐杖的老者。
他又向上空飞去,
寻求着高高的天庭,
寻求着以前的位置,
向最早的住处飞升。
勒明盖宁的母亲,

就拿起了大铁耙, 240
耙着寻觅她的儿子,
在奔腾的瀑布之下,
通过汹涌的急流,
耙着耙着,什么也没有。
　她就更深地寻觅,
在更深更深的水里,
在深到袜子的水里,
她站在齐腰的水里。
　她耙遍了多尼河,
寻觅着她的儿子, 250
她逆着水流耙去,
耙了一次又两次,
终于发现他的衬衫,
找到不幸的他的衬衫,
她又耙了第三次,
他的帽子、袜子也发现,
找到了袜子,悲痛凄凉,
找到了帽子,肠断心伤。
　她就更深地涉水,
在玛纳拉的深渊里, 260
沿着河耙了一次,
横过河又耙一次,
又斜斜地跨过水去,
最后耙了第三次,
她拉出了大铁耙,

有一具死了的尸体。
　这并不是死了的尸体,
是活泼的勒明盖宁,
是漂亮的高戈蔑里,
在耙尖上贴得紧紧,　　　　　　　270
贴着他的无名指,
贴着他的左脚的脚趾。
　她钓起了勒明盖宁,
拉起了卡勒瓦之子,
在完全包铜的耙上,
在水面上重见天日。
这尸体还缺少许多,
半个头、一只手都缺少,
还缺少许多零碎,
也缺少生命一条。　　　　　　　280
　他的母亲想了又想,
痛哭着这样地开言:
"这能不能再做一个人,
能不能再造一个好汉?"
　一只大鸦恰好听见,
它就这样地答应:
"从找到的这些东西,
你做不成什么人,
鲱鱼吃掉了他的眼,
梭子鱼撕裂了他的肩。　　　　　　290
把这人抛入深水里,

抛回多讷拉大河中间,
也许这可以做鳕鱼,
也许这可以造鲸鱼。"

　勒明盖宁的母亲,
不愿将儿子抛入水中,
她又用她的大铜耙,
开始了她的行动,
耙着多讷拉的大河,
耙遍了上下、对过, 　　　　　300
她找到他的头和手,
也找到破碎的脊骨,
又找到零星的肋骨,
还有许多别的零星,
她就拼合她的儿子,
活泼的勒明盖宁。

　她使肌肉与肌肉相接,
她使骨骼与骨骼相连,
她将关节接着关节,
她将血管连着血管。 　　　　310

　她将血管绑在一起,
缝合了血管的两端,
仔细数着血管的纤维,
她又这样地开言:
"美丽的血管女神,
美妇人索讷达尔!
可爱的血管的织女,

用你的纤柔的织机，
带着铜制的纺锤，
带着铁制的纺轮，　　　　　　　　320
到这里来，我需要你，
我要求你快快降临，
膝上带血管一捆，
腋下夹血管一团，
你把血管绑在一起，
又缝合血管的两端，
在创伤未愈的地方，
在伤口张开的地方。

"如果这样还是不行，
天空中有一位姑娘，　　　　　　　330
坐在铜饰的船上，
在红色船尾的船上。
姑娘啊！从空中下来，
在高天的中央下降，
划着船穿过血管，
穿过关节，来来往往，
掌着舵穿过碎骨，
穿过关节脱落的处所。

"你把血管绑得紧紧，
在正当的部位安置，　　　　　　　340
把大血管联结起来，
把动脉接在一起，
折叠了较小的血管，

联结了最小的血管。

"拿你的最细的针,
穿上了丝的纤维,
用最细的针缝合,
用锡制的针缝缀,
把血管的两端缝合,
用丝的纤维连接。　　　　　　　　350

"如果这样还是不行,
保佑我,永生的俞玛拉!
给你的快马上马具,
装备你的伟大的马,
驾起了小雪车赶去,
通过骨骼和关节之间,
通过破碎的肌肉,
前前后后穿过血管,
把骨骼绑到肌肉里,
把血管联结得紧紧,　　　　　　　360
在骨骼中间搁上白银,
在血管两端搁上黄金。

"哪里有皮肤裂开,
就让皮肤连在一起;
哪里有血管折断,
就让血管接在一起;
哪里有伤口流血,
就让血液恢复循环;
哪里有骨骼断裂,

就让骨骼密密相连； 370
哪里有肌肉破碎，
就让肌肉合在一起，
安置在正当的部位，
在正当的部位安置，
骨连接骨，肉连接肉，
关节也连接在一处。"

勒明盖宁的母亲，
再造了人，再造了英雄，
恢复了他以前的生命，
显露了他以前的形容。 380

一切血管都计算过，
血管的两端都相连，
可是这人却不声不响，
这孩子还不能开言。

她表达她的心情，
说出了这样的言辞：
"我们到哪里去取药膏，
到哪里去取一点蜜，
让我给这病人涂敷，
让我治疗他的疾病， 390
使他恢复他的语言，
使他重唱他的歌声？

"蜜蜂啊，蜜的小鸟，
你森林的花朵之王！
你替我去把蜜带来，

你替我去把蜜寻访,
从欢乐的达彪拉,
从麦德索拉的荒原,
从无数花朵的花萼,
从许多野草的花冠, 400
作为病人的药剂,
让病人恢复元气。"

　活泼的鸟儿蜜蜂,
就迅速地飞着向前,
向欢乐的达彪拉,
向麦德索拉的草原,
寻访草地上的花朵,
用舌头将花蜜吮舐,
从六朵鲜花的花顶,
从百种野草的花冠, 410
它急急地飞着回家,
嘤嘤声越来越响,
它的翼翅浸透了蜜汁,
蜜汁沾湿了它的翅膀。

　勒明盖宁的母亲,
拿起它身上的妙药,
她可以给病人涂敷,
将他的疾病治疗,
可是病人依然不作声,
这药一点儿也不灵。 420
　她就这样地说道:

"蜜蜂啊，亲爱的小鸟！
你向新的方向飞去，
快快飞过九个池沼，
到一个可爱的岛上，
那里有丰富的蜜汁，
那是杜利的新住宅，
巴尔沃宁的低屋子，
那里有很多的蜜汁，
那里有很好的药膏，　　　　　430
能够把血管连接一起，
能够把关节完全治疗。
你从草原取来药膏，
把药膏从草原取来，
让我把他的伤口涂敷，
让我把他的创伤掩盖。"

　活泼的英雄蜜蜂，
又飕飕地飞着向前，
它飞过了九个池沼，
飞过第十个的一半，　　　　　440
他飞了一天又两天，
终于飞到了第三天，
没有休息在芦苇上，
没有停止在树叶间，
他到了可爱的岛上，
有丰富的蜜汁的处所，
他到达汹涌的急流，

到达神圣的河的漩涡。

蜜汁就在这里烧炼，
药膏就在这里制成， 450
装在很小的小壶里，
小小的陶制的器皿，
拇指一样大的小壶，
一个指尖就能塞住。

活泼的英雄蜜蜂，
采蜜于草原之上，
过去了不多的时光，
只过去一点儿时光，
就完成了它的使命，
它又飕飕地飞回， 460
在膝上带了六杯，
在背上背了七杯，
贵重的药膏漫到边缘，
神秘的药膏漫到边缘。

勒明盖宁的母亲，
用贵重的药膏治疗，
涂敷了九种药膏，
十种神秘的药膏；
可是她劳而无功，
这药一点儿没有用。 470

她表达她的心情，
说出了这样的言辞：

"蜜蜂啊,空中的小鸟!
飞吧!再飞第三次,
高高地飞上天空,
迅速地飞过九重天。
要多少蜜就有多少,
在那里的森林中间,
它受到创造主的保护,
清净的俞玛拉的抚爱, 480
他用来涂敷他的孩子,
当他们遭到恶魔伤害。
让你的翼翅浸透蜜汁,
让蜜汁沾湿你的翅膀,
替我从森林里带来,
在大衣中,在翼翅上,
作为病人的药膏,
把他的创伤治疗。"

聪明的鸟儿蜜蜂,
它就这样地说明: 490
"怎么能完成你的嘱咐,
我这孤零零的小人?"

"你可以迅速地上升,
轻盈地飞上了高天,
在月亮上,在太阳下,
在天空的星星之间,
第一天像风一样飞,

飞过猎户星①的边缘,
第二天高高地翱翔,
到达大熊星的两肩,   500
第三天飞得更高了,
升到七星的上面,
你的路已经很近,
离那里已经不远,
到俞玛拉的天宇,
光明的祝福的区域。"

　蜜蜂就在地上升起,
拍着蜜的翼翅飞翔,
拍着迅速的翅膀高飞,
拍着小小的翅膀向上。   510
它急急地飞过月亮,
经过了太阳的边缘,
升上大熊星的两肩,
飞上七星的背面,
一直到全能者的大厅,
一直到创造主的小室。
药剂正在那里烧炼,
药膏正在那里炮制,
就在白银的锅中间,
就在黄金的壶里面,   520

---

① 猎户星,在芬兰有不少名称:月光、卡勒瓦之剑、万奈摩宁之镰刀。——英译者。此词原文即作"月光"。

在中央煮着蜜汁,
芳香的药膏在两边,
有的是甜蜜在南面,
有的是药膏在北面。

空中的鸟儿蜜蜂,
它采了很多的分量,
心满意足地采蜜,
只过去很少的时光,
它又嘤嘤地回来,
嗡嗡地赶着路程,   530
在膝上带了一百角,
还有一千别的器皿,
有些是蜜,有些是液汁,
还有些是最好的药剂。

勒明盖宁的母亲,
就拿到嘴边试一下,
用舌头尝一尝药膏,
她要仔细地辨一下。
"这正是我需要的药膏,
这正是全能者的药膏,   540
至高的俞玛拉,创造主,
用这将一切痛苦治疗。"

她就给病人涂敷,
她就给病人医治,
涂敷着骨骼的裂痕,
涂敷着关节的间隙,

涂敷他的头和下部，
又将他的中部摩擦，
她表达她的心情，
说出了这样的话： 550
"儿啊！从睡眠中起来，
醒来吧！从你的梦里，
从这邪恶的地方，
从这不祥的休息地。"

英雄从睡眠中起来，
他从他的梦中清醒，
说话的能力立刻恢复，
他就这样地说明：
"可怜我痛苦地躺着，
睡了这么久的时间， 560
我在安睡中休息，
沉入深深的睡眠。"

勒明盖宁的母亲说道，
这样表达她的心思：
"你还得更久地睡眠，
你还得更久地休息，
如果没有不幸的母亲，
痛苦地生了你的人。

"不幸的儿子！告诉我，
我的耳朵在听着你， 570
是谁扔你到玛纳拉，
漂荡在多尼的河里？"

活泼的勒明盖宁说道,
这样回答他的母亲:
"瞎牧人迈尔盖哈都,
温达摩拉的老恶棍,
是他扔我到玛纳拉,
漂荡在多尼的河里;
他拉起一条水蛇,
一条蛇从水中拉起, 580
就向不幸的我游来,
我无法将它抵挡,
我不懂水里的灾殃,
也不懂苇塘里的灾殃。"

勒明盖宁的母亲说道:
"你这小聪明的大人物!
你夸口要禁压术士,
要将拉伯兰人镇服,
却不懂水里的灾殃,
也不懂苇塘里的灾殃! 590

"水蛇在水中出生,
出生于苇塘的水中,
它从鸭子的脑里涌出,
它从海燕的头中滚动。
秀崖达尔向水中吐去,
水波之上浮着唾沫,
水就使它伸展张开,
阳光使它温软暖和,

风起来将它抛掷,
水风又将它摇荡, 600
水波又将它驱赶,
随浪花冲到了岸上。"

勒明盖宁的母亲,
她用尽了一切力量,
让他恢复原来的模样,
又保证在将来的时光,
他要比以前更优秀,
他要比以前更美丽,
她又问她的儿子,
他还需要什么东西? 610

活泼的勒明盖宁说道:
"我最需要的只有一件,
我的心永远在想望,
我的意志引着我向前,
美丽的波赫亚姑娘们,
她们披着可爱的头发,
可恨脏耳朵的①老太婆,
不肯把她的女儿出嫁,
除非我替她打鸭子,
除非我替她捉天鹅, 620
在多讷拉黑暗的河里,

---

① 在爱沙尼亚,"脏鼻子的"也是骂人的话。——英译者。"脏耳朵",芬兰文作"霉耳朵"。

在神圣的河的漩涡。"
　勒明盖宁的母亲,
她就这样回答说:
"不要折磨可怜的天鹅,
让鸭子有平安的住所,
在这汹涌的漩涡里,
在多尼的阴暗的河上!
最好伴着不幸的母亲,
一起回到我们的故乡。　　　　630
赞美你的幸福的将来,
赞美俞玛拉大神,
他这样保佑了你,
他使你起死回生,
引你走出多尼的路径,
带你离开玛纳的国境!
我一个人干不了什么,
我独自决不会得胜,
全靠俞玛拉的慈悲,
全靠创造主的恩惠。"　　　　640
　活泼的勒明盖宁,
就踏上回家的路程,
同了疼爱他的母亲,
同了这年老的妇人。
　我要和高戈暂时告别,
离开活泼的勒明盖宁,
让他从我的歌曲离开,

267

我就要改变我的歌声,
我要转向新的主题,
耕耘于别的田沟里。 650

第十六篇　万奈摩宁在多讷拉

一、万奈摩宁命令散伯萨·柏勒沃宁去寻找造船的木材。他造了一艘船,但记不起三句有用的咒语。(第1—118行。)

二、万奈摩宁没有别的办法了,只得到多讷拉去,希望在那里可以知道。(第119—362行。)

三、万奈摩宁终于逃出多讷拉,回来之后就警告别人:不要冒险到那里去,又说明那地方多么可怕以及那里的住宅多么吓人。(第363—412行。)

　　年老心直的万奈摩宁,
　这伟大的原始的法师,
　他打算建造船只,
　他动手建造船只,
　就在多雾的海角上,
　就在阴暗的海岛一端。
　这工人却找不到木材,
　找不到造船的木板。
　　木材有谁替他去寻,
　槲树有谁替他去找,

将万奈摩宁的船建造,
将歌手合意的船建造?

　生于大地的柏勒沃宁,
散伯萨,又年轻又矮小,
木材他要替他去寻,
槲树他要替他去找,
建造万奈摩宁的船只,
建造歌手合意的船只。

　他就在路上走去,
经过东北的地区,　　　　　　　20
经过了一区又一区,
他又经过第三区,
扛一把铜柄的金斧,
一把斧头扛在肩上,
他见到了一棵白杨,
高高的有三寻长。

　他就动手砍白杨,
用斧头砍这棵树,
白杨就向他发问,
它的舌头这么说:　　　　　　　30
"人哪!你要我的什么?
你仔仔细细告诉我。"

　小散伯萨·柏勒沃宁,
他就这样回答道:
"我要的是你的木材,
这就是我的需要,

建造万奈摩宁的船只,
建造歌手合意的船只。"
　受惊的白杨说道,
成百的树枝回答: 40
"用我造的船一定漏水,
我只能在你下面沉下,
我只有空心的树干。
今年夏天有了三次,
毛虫吞食我的心,
蛆虫在我根里栖息。"
　小散伯萨·柏勒沃宁,
继续地向前走去,
他一边走一边沉思,
在往北去的地区。 50
　他见到了一棵松树,
高高的足有六寻长,
他就用他的斧头砍,
斧口砍在树干上,
他又这样地问道:
"松树啊! 能不能用你,
建造万奈摩宁的船只,
建造歌手合意的船只?"
　松树就立刻回答,
它就大声地叫喊: 60
"不能用我去造船,
造不成六肋的船,

松树多的是树瘤。
有三次了,今年夏天,
渡乌哇哇地在树顶上,
乌鸦哑哑地在树枝间。"

　　小散伯萨·柏勒沃宁,
又继续地向前走去,
他一边走一边沉思,
在往南去的地区,　　　　　　　　70
他见到了一棵槲树,
树枝伸到九寻的长度。

　　他就招呼着问道:
"槲树啊!能不能用你,
做成小船的龙骨,
做成战船的船底?"

　　槲树聪明地回答,
槲树的母亲这样说:
"我的木材很合用,
用来做船上的龙骨,　　　　　　80
它的里面并不空心,
又没有瘤又不柔软。
今年夏天有了三次,
就在最光辉的夏天,
太阳在我心中来往,
月亮在我头顶照耀,
鸟儿在树丫间栖息,
杜鹃在树枝中鸣叫。"

小散伯萨·柏勒沃宁,
就从肩头取下金斧, 90
他用斧头砍树干,
他用斧口砍槲树,
他立即将槲树砍下,
这美丽的树就倒下。

他先砍掉了树顶,
他又劈碎了树干,
后来他做成了龙骨,
做成了数不清的木板,
为了万奈摩宁的船只,
为了这歌手的船只。 100

年老的万奈摩宁,
这伟大的原始的法师,
他巧妙地建造船只,
他唱着歌建造船只,
从一棵槲树的碎片,
破碎的槲树的木片。

第一支歌造成了龙骨,
第二支歌把船舷造成,
他又造成了船舵,
唱出了第三支歌声, 110
合紧了船肋的两端,
密接了所有的榫眼。

当船肋已经构成,
当船舷已经布置,

他却缺少三句话,
为了使船舷结实,
为了将船头装备,
为了将船尾搭配。

 年老心直的万奈摩宁,
这伟大的原始的歌手,   120
他就这样地说道:
"我的一生真太忧愁,
我的船还不能下水,
新的船还没有浮水!"

 他反复地沉思默想,
他需要的话在哪里?
从许多燕子的脑中,
从一群大雁的头里,
从一群鹅的肩头,
一定有这样的神咒。   130

 他去搜集这样的话,
他杀死了许多燕子,
他杀死了一群大雁,
他又把一群鹅杀死,
却找不到需要的咒语,
简直没有一句、半句。

 他反复地沉思默想:
"一定有这样的话,
在最白的松鼠的嘴里,
在夏驯鹿的舌头下。"   140

他去搜集这样的话，
为了要将咒语发现，
把松鼠在凳子上堆高，
把驯鹿在田野里排满，
他发现了不少咒语，
有用的却没有一句。

他反复地沉思默想：
"一定有这样的话，
在多尼的黑暗的住所，
在玛纳的永久的家。" 150

他就动身去多讷拉，
到玛纳拉去寻觅，
他举步如飞地赶去；
通过树丛走了一星期，
第二星期通过稠李树，
第三星期通过杜松林，
直向玛纳拉的恐怖岛，
直向多尼的朦胧岭。

年老心直的万奈摩宁，
提高了声音大喊， 160
傍着多讷拉的大河，
傍着玛纳拉的深渊：
"来船哪，多尼的女儿！
划过来，玛纳的孩子！
让我渡过这道河，
让我跨过这条溪。"

多尼的矮小的女儿,
玛纳的矮小的姑娘,
那时她正在洗衣服,
那时她正在捣衣裳, 170
在多尼的黑暗的河旁,
在玛纳的深深的水里。
她就这样回答道,
说出了这样的言辞:
"只要你说明原因,
我就划过船来渡你:
为什么到玛纳拉来,
疾病居然没有制伏你,
死亡也没有打败你,
别的厄运没有压倒你。" 180

年老心直的万奈摩宁,
他就这样地回答:
"是多尼带我到这里,
玛纳拖我离开家。"

多尼的矮小的女儿,
玛纳的矮小的姑娘,
她就这样地回答:
"真的,我知道你撒谎!
如果多尼带你到这里,
玛纳拖你离开家, 190
多尼就同你在一起,
玛纳莱宁就将你拖拉,

多尼的帽子在你肩头,
玛纳的手套在你手上。
你老实说,万奈摩宁,
为什么来玛纳拉观光?"

　年老心直的万奈摩宁,
他就这样地回答:
"是铁带我到玛纳拉,
钢拖我到多讷拉。"　　　　　　　　200

　多尼的矮小的女儿,
玛纳的矮小的姑娘,
她就这样地回答:
"真的,我知道你撒谎!
如果铁带你到玛纳拉,
钢拖你到多讷拉,
你的衣服就要滴血,
血就要不息地流下。
你老实说,万奈摩宁!
这次你把真话讲明。"　　　　　　210

　年老心直的万奈摩宁,
他就这样地回答:
"是水带我到玛纳拉,
波浪带我到多讷拉。"

　多尼的矮小的女儿,
玛纳的矮小的姑娘,
她就这样地回答:
"真的,我知道你撒谎!

如果水带你到玛纳拉,
波浪漂你到多讷拉, 220
你的衣服就要滴水,
水就要从衣边流下。
你老实说,不要装傻,
为什么来到玛纳拉?"

年老的万奈摩宁,
又说了一次谎话:
"是火带我到多讷拉,
火焰运我到玛纳拉。"

多尼的矮小的女儿,
玛纳的矮小的姑娘, 230
她就这样地回答:
"真的,我知道你撒谎!
如果火带你到多讷拉,
火焰运你到玛纳拉,
那就会烧光你的胡子,
那就会烧焦你的头发。

"年老的万奈摩宁!
如果要我划船来渡你,
你老实说,不要装傻,
快把你的谎话搁起, 240
为什么到玛纳拉来,
疾病居然没有制伏你,
死亡也没有打败你,
别的厄运没有压倒你。"

年老的万奈摩宁说道:
"真的,我说了假话,
我是撒了一点谎,
现在我老实地回答。
我靠手艺造了一条船,
我靠歌声造了一条船, 250
我唱了一天又两天,
我一直唱到第三天,
唱着唱着雪车破了,
唱着唱着车辕折断,
我来找多尼的铁锥,
到玛纳拉来找铁钻,
让我修理我的雪车,
把我的歌儿雪车修理。
快快把你的船划来,
载了我渡过水去。 260
一直地带我到那边,
让我到达河的那岸。"

多讷达尔就狠狠骂他,
玛纳的姑娘大声责骂:
"你这人真莫名其妙,
你这个最傻的傻瓜!
无缘无故来到多讷拉,
没有病也来到玛纳拉!
你还不如快快回家,
那才是最好的办法, 270

有许多人来到这里,
却很少能够回去!"

　年老的万奈摩宁说道:
"这只能将老太婆阻拦,
却拦不住最弱的男子,
也拦不住最懒的好汉!
来船啊,多尼的女儿!
划过来,玛纳的孩子!"

　多尼的女儿把船划来,
载了年老的万奈摩宁, 280
她就迅速地划去,
一直向河的那岸前进,
她又这样地说道:
"万奈摩宁!这真可怕,
你活着就来到玛纳拉,
没有死就来到多讷拉!"

　高贵的主妇多讷达尔,
老太太玛纳拉达尔,
拿来了一大杯啤酒,
小心地用双手捧持, 290
她又这样地说明:
"喝吧,年老的万奈摩宁!"

　年老心直的万奈摩宁,
长久地注视着杯中,
只见青蛙在里面下卵,
只见蛆虫在周围扭动,

他就这样地说道:
"我并不为喝酒到这里,
我不喝玛纳的酒碗,
我不用多尼的杯子。　　　　　　　300
谁喝这啤酒谁就醉,
谁用这杯子谁就毁。"

　多讷拉的贵妇说道:
"年老的万奈摩宁!
为什么来玛纳拉冒险,
为什么来多讷拉旅行,
多尼并没有召唤你,
要你来玛纳的国里?"

　年老的万奈摩宁说道:
"我正建造我的船只,　　　　　　　310
在新船完工之前,
发现了还少三句咒语,
我就造不成船尾,
船头我也造不成,
哪里也找不到咒语,
全世界都无处找寻,
我就旅行到多讷拉,
我就来到了玛纳拉,
我来找我需要的话,
我要学那神秘的话。"　　　　　　　320

　多讷拉的贵妇说道,
她就这样地回答:

"多尼不会给你那咒语,
玛纳不会教你那些话。
只要你的生命存在,
你就离不开这地方,
你不能回你的老家,
你不能回你的故乡。"

 这疲倦的人睡去了,
这旅客躺下来安息,   330
在多尼预备的床上,
他睡着,摊开了四肢,
英雄就这样被逮,
躺了不久却又醒来。

 多讷拉有个老女巫,
下巴颏伸得尖尖,
她老纺着她的铁丝,
她老搓着她的铜线,
她结成了一百张网,
她织成了一千张网,   340
就在夏天的一夜间,
就在水中的岩石上。

 多讷拉有个老男巫,
他只有三个手指,
他老把铁网联结,
他老把铜网编织,
他织成了一百张网,
他编成了一千张网,

在夏天同一的夜间,
在水中同一的岩石上。　　　　350
　手指弯弯的多尼之子,
弯弯的手指铁一样硬,
他撒开了一百张网,
笼罩了多尼的河身,
横横直直又斜斜,
严密地完全笼罩;
只要生命一天存在,
只要黄金的月亮照耀,
从多尼的可怕的家,
从玛纳的永久的住所,　　　　360
万奈摩宁逃不了,
乌万多莱宁逃不脱。
　年老心直的万奈摩宁,
他就这样地开言:
"我会不会遭到灭亡,
我能不能避开灾难,
在多尼的黑暗的居处,
在玛纳的腌臜的住所?"
　他立刻改头换面,
来一次新的变化,　　　　370
他向阴暗的湖赶去,
像是苇塘里的水獭,
他像铁蛇一样扭动,
他像蝮蛇一样匆忙,

一直跨过多尼的河,
安然通过多尼的网。

　手指弯弯的多尼之子,
弯弯的手指铁一样硬,
他来察看张着的网,
就在清清的早晨, 　　　　　　　　380
他发现一百条鳟鱼,
一千条小鱼也发现,
就是不见万奈摩宁,
老乌万多莱宁已不见。

　年老的万奈摩宁,
逃出了多尼的国境,
他就这样地说道,
表达了他的心情:
"伟大的俞玛拉大神!
你不要让一切凡人, 　　　　　　　390
走到玛纳的国土,
跨进多尼的国境!
到那里去的有不少,
能够回来的却不多,
从多尼的可怕的家,
从玛纳的永久的住所。"

　他说过之后还要说,
表达了他的心情,
对那新生的一代,
对那勇敢的人民: 　　　　　　　　400

"人之子啊!你们注意,
在你们的一生中,
对无辜的人不要作恶,
对无罪的人不要行凶,
不然你们会受到报应,
在多尼的阴暗的国土!
那里有罪人的住所,
那里有恶人的居处,
在灼热的石头下面,
在烧红的石块下面,　　　　410
盖着蝮蛇的被单,
多尼的毒蛇的被单。"

第十七篇　万奈摩宁和安德洛·维布宁

一、万奈摩宁到安德洛·维布宁那里去要咒语,将他从地下的长眠中唤醒。(第1—92行。)

二、维布宁吞下了万奈摩宁,后者就在前者的胃里折磨他。(第93—146行。)

三、维布宁用尽了诺言、符咒、祈祷、厌胜等等方法,想使万奈摩宁出来。(第147—504行。)

四、万奈摩宁却声明:除非他从维布宁要到了造船的咒语以后,他决不出来。(第505—526行。)

五、维布宁就给万奈摩宁唱出了他所有的智慧,万奈摩宁离开了他,终于将船造成。(第527—628行。)

　　年老心直的万奈摩宁,
　　找不到他需要的咒语,
　　在多尼的黑暗的住所,
　　在玛纳的永久的领域,
　　他反复地思来想去,
　　老在头脑里考虑,
　　哪里去发现这法力,
　　哪里去获得这咒语?

一个牧人和他相遇，
说出了这样的言辞： 10
"你能发现成百的名言，
你能发现成千的咒语，
在安德洛·维布宁身上，
在他的大嘴、大肚里，
有一条通往那里的路，
就从十字路跨过去，
那不是最好的路，
也不是最坏的路。
你先得顺了这路跳跃，
在妇女的针尖上跳过； 20
接着是第二个阶段，
在英雄的刀锋上跨过；
最后是第三段路程，
在英雄的斧口上跨过。"

年老心直的万奈摩宁，
反复考虑了这次行程，
他向铁工场赶去；
他又这样地说明：
"铁匠伊尔玛利宁！
快给我打一双铁鞋子， 30
再给我打一双铁手套，
也给我打一件铁衬衣，
还要一根巨大的铁柱，
里面是最硬的钢，

外面是比较软的铁，
这些我要给你报偿，
我去寻求那几句话，
夺取那神秘的咒语，
从聪明的巨人的肚里，
安德洛·维布宁的嘴里。" 40

铁匠伊尔玛利宁，
回答的是这样的言辞：
"维布宁早已死亡，
安德洛早已去世，
离开了他结成的网罗，
离开了他编成的圈套。
不用希望他的咒语，
你连半句也得不到。"

年老心直的万奈摩宁，
毫不介意地赶着路， 50
第一天他轻松地走去，
在妇女的针尖上跳过；
第二天他敏捷地跳去，
在英雄的刀锋上跨过；
第三天他迅速地赶去，
在英雄的斧口上跨过。

著名的歌手维布宁，
一位聪明年老的好汉，
他同了他的歌曲躺下，
他同了他的咒语长眠。 60

他肩上生着一棵白杨,
他鬓边挺着一棵桦树,
下巴尖上有一棵赤杨,
胡须上有一丛柳树,
额上是有松鼠的枞树,
牙齿间是丫杈的松树。

万奈摩宁一停不停,
从他的羊皮的腰带,
从他的革制的剑鞘,
立刻拔出他的剑来; 70
砍掉他肩上的白杨,
砍掉他鬓边的桦树,
砍掉下巴尖上的赤杨,
砍掉胡须上的柳树,
额上的有松鼠的枞树,
牙齿间的丫杈的松树。

他又拿起那根铁柱,
向维布宁口中插进,
插进咬紧了的牙床,
插进紧咬着的齿龈, 80
他就这样地说道:
"起来,人类的奴才!
你已经睡得太久,
快从安息的地下起来!"

著名的歌手维布宁,
忽然从睡眠中醒来,

他觉得有人在害他，
遭到了痛苦的虐待。
他就咬紧了铁柱，
咬着外面的软铁，　　　　　　　　90
他却咬不断那钢，
咬不断那里面的铁。

　年老的万奈摩宁，
正站在他的嘴上面，
他的右足在下面溜去，
他的左足又滑向前。
他滚到维布宁的嘴里，
他滑进了他的牙床里。

　著名的歌手维布宁，
他把嘴张得更大，　　　　　　　　100
他把牙床撑得更宽，
将这可敬的英雄吞下，
他喊着将英雄吞下，
将老万奈摩宁吞下。

　著名的歌手维布宁，
吞下之后就这样说：
"我吃过了不少东西，
母羊、山羊我都吃过，
我吃过很小的母牛，
我也吞食过公猪，　　　　　　　　110
却没有这样的一餐，
从未尝过这种食物。"

年老的万奈摩宁,
他就这样地说道:
"这下我可要毁灭了,
不幸的日子已经来到,
关在这希息的马厩里,
这卡尔玛的地牢里。"

万奈摩宁想了又想,
怎么生活又怎么斗争。　　　　120
他的腰带上有一把刀,
镶着枫木的刀柄,
他用这修建一艘船,
就这样把船只修建,
他划着船向前推去,
往来于脏腑之间,
在狭窄的水道经过,
摸索着每条道路。

年老的乐师维布宁,
这时还不觉得怎样;　　　　130
年老的万奈摩宁,
他要当一名工匠,
他就动手来打铁。
用他的衬衣做工场,
用毛皮做成风袋,
用衣袖做成风箱,
用他的裤子做气筒,
用他的袜子做炉口,

做铁砧的是他的膝盖,
做铁锤的是他的肘。 140

  他举起他的铁锤,
迅速地用力锤击,
整夜地一停不停,
整天地一息不息,
在这聪明人的肠胃里,
在这大人物的脏腑里。

  最著名的歌手维布宁,
就大声地这样说明:
"这到底是怎样的英雄,
这到底是怎样的人? 150
我吞过成百的英雄,
我吞过成千的人,
这样的却不曾吞过。
我嘴里有煤火上升,
在我舌头上有火把,
在我喉咙中有铁渣。

  "怪东西!你出来走走,
害人精!你赶快离开,
不然,我去找你的母亲,
把你年老的母亲找来。 160
如果我告诉你的母亲,
把这故事告诉你老母,
你的母亲一定很忧愁,
这老太太一定很难过,

知道他儿子干了坏事，
知道他儿子这么卑鄙。

　"我却不明白为什么，
这理由我真不明白，
希息！你怎么来到这里，
坏东西！你又为什么来，　　　　　170
将我这样地啃啮咬嚼，
给我受这样的苦刑？
你还是致命的死亡，
俞玛拉已经将我注定？
你还是别的什么东西，
别人造了你又放了你，
预先雇了你来折磨我，
还是有人收买了你？

　"如果你是致命的死亡，
俞玛拉已经将我注定，　　　　　180
我依靠我的创造主，
听从俞玛拉的命令；
天神不会拒绝善人，
他也不会毁灭正人。

　"如果你是别的什么，
别人造出来的恶魔，
我要找出你的种族，
找出生养你的出处。

　"以前有凶煞向我进攻，
也有灾祸向我袭击：　　　　　190

从术士们的区域，
从方士们的草地，
从巫师们的平原，
从魔鬼们的老家，
从卡尔玛的荒地，
从坚实的地面下，
从陈死人的住处，
从去世者的领域，
从松土堆成的小山，
从山崩地裂的地区， 200
从松松的石子地，
从软软的沙土地，
从坑坑洼洼的山谷，
从满是苔藓的洼地，
从没有冻结的沼泽，
从永远奔腾的浪花，
从希息的林中的畜栏，
从大山的五道山峡，
从铜山高高的山顶，
从铜山斜斜的山坡， 210
从飒飒响着的松林，
从飒飒响着的枞树，
从枯了的松树的树梢，
从枯了的枞树的树尖，
从狐狸嗥叫着的地点，
从穿雪鞋猎麇的草原，

从熊居住着的山洞，
从熊埋伏着的岩穴，
从拉伯兰最远的领地，
从波赫亚辽远的边界， 220
从未经开垦的荒原，
从没有树木的荒地，
从英雄们的屠场，
从开拓了的战地，
从蒸发着的血液，
从草叶飕飕的草原，
从蓝蓝的海的水上，
从汪洋大海的海面，
从大海底的污泥，
从一千寻的深处， 230
从滔滔不绝的急流，
从滚滚不息的漩涡，
从鲁德亚大瀑布，
那里大水奔腾澎湃，
从天空更远的一面，
那里无雨云远远展开，
从那春风①的路线，
从那狂风的摇篮。

"你走过了这些地区，
苦难啊！又来到了这里， 240

---

① 春风，三四月间的一种干燥的冷风。——英译者

来到我无辜的心中，
来到我无罪的肚里，
吞食我又折磨我，
咬啮我又撕裂我。

"快消失吧,希息的野狗，
玛纳拉最下贱的狗子！
害人精！离开我的肝，
恶鬼！离开我的身体！
不要吞食我的心，
不要毁伤我的脾， 250
不要塞住我的肚子，
不要拦着我的肺，
不要损害我的腰，
不要刺通我的肚脐，
不要折磨我的两胁，
不要打碎我的背脊。

"如果我人力难施，
我祈求更大的力量，
让我脱离这灾难，
让我驱逐这恐慌。 260

"我祈求地下的地母，
原野里原始的神祇，
我召来地下的剑手，
沙地中的英雄骑士，
我祈求他们的拯救，

我祈求他们的援助,

抵制这可怕的折磨,

抵制这吓人的痛苦。

"如果你不以为意,

在他们面前并不退避, 270

来吧,森林!同你的人民,

来吧,杜松!同你的兵士,

来吧,松林!同你的家人,

来吧,池塘!同你的孩子,

成百的佩剑的剑手,

成千的披甲的武士,

让他们攻击这希息,

让他们打倒这俞达斯。

"如果你不以为意,

在他们面前并不退避, 280

水母啊!你快快起来,

水中的蓝蓝的帽子,

波浪中的软软的长袍,

污泥中的美丽的丰姿,

你来援救无力的英雄,

你来保护衰弱的男子,①

---

① 巨人维布宁在这里说自己是一个小小的人,我以为不过是比喻的说法,所以就译如上文。——英译者

无辜的我就要被吞食,
无罪的我就要被杀死。
　"如果你不以为意,
在他们面前并不退避,　　　　　290
古老的创造的女儿!
来吧,华丽辉煌的你!
你是第一个母亲,
你是最老的女子,
你看这折磨我的痛苦,
来赶走这不祥的日子,
你有镇压它的力量,
你可以将我解放。
　"如果这动摇不了你,
你还是不愿意退去,　　　　　300
乌戈啊!你在苍穹之上,
在雷云的辽阔的领域,
你来吧!这里需要你,
快来吧!我向你祈求,
把这恶鬼的勾当消灭,
把这不祥的妖魔赶走,
用火焰的宝剑将它赶,
用闪烁的剑锋将它砍。
　"去吧,你这害人精!
滚开吧,你这灾祸!　　　　　310
你的住所并不是这里,
如果你要这样的住所,

你得到别处去寻找,
离这里远远的房屋,
伴着你主人的家属,
跟着你女主人的脚步。

"当你到了目的地,
当行程已经结束,
在造了你的人的地区,
在你的主人的国土,　　　　　　320
你就发出归来的信号,
让电光熠熠地宣告,
让他们听到雷的轰隆,
让他们看到电的闪耀,
踢碎院落的大门,
拆下窗户的窗棂,
你就可以走进屋子,
冲进房间,像一阵旋风,
你就紧紧站定脚跟,
那里的地面并不宽,　　　　　　330
你把男子推到屋角里,
你把妇女推到门柱边,
把男子的眼睛挖出,
把妇女的头颅打破,
把你的手指弯成钩,
再扭歪他们的头颅。

"如果这样还是不行,
你就像公鸡在路上飞,

或者像小鸡在田庄里，
把胸脯贴上了粪堆，　　　　　　340
赶出了牛栏里的牛，
赶出了马厩里的马，
把牛角推到粪堆里，
把马尾都撒在地下，
拧歪了它们的眼睛，
打断了它们的项颈。

"如果你是疾病随风飞，
乘狂风和大风前去，
是春风带来的礼物，
是冷风领你到此地，　　　　　　350
领你顺着大风的路，
在春风的雪车路上，
你不要在树上休息，
不要休息在赤杨上，
你赶快到铜山去，
赶快到铜山的山巅，
让大风带你到那里，
让春风领你向前。

"如果你降自天空，
无雨云的辽阔的边境，　　　　　　360
你就再升上天去，
又一次向天空上升，
向着永远闪耀的星星，
向着降雨的云朵，

300

那里你能火一样燃烧,
那里你能照耀、闪烁,
沿着太阳的灿烂路线,
绕着月亮的辉煌光圈。

"如果你是水的瘟疫,
随着海浪漂到了此地, 370
那就同海浪一起折回,
让瘟疫依然回到水里,
到泥泞的宫殿的墙边,
到大山一样高的浪头,
在滚滚的波涛上摇摆,
在幽暗的浪花上漂流。

"如果来自卡尔玛草原,
从那去世者的国土,
那你就赶快回家,
赶回卡尔玛的黑屋, 380
到那变成丘陵的高地,
到那永远地震的地方,
大军在那里毁灭,
人民在那里阵亡。

"如果你愚蠢地流浪,
离开希息的森林深处,
离开枞树中间的家,
离开松树中间的窝;
我就要将你咒逐,
回到希息的森林深处, 390

回到枞树中间的家,
回到松树中间的窝。
你可以永远留在那里,
一直到地板霉烂,
一直到木墙腐朽,
屋顶向你身上崩坍。

"我还要将你咒逐,
我要赶走你这恶魔,
赶到老公熊的巢穴,
赶到老母熊的洞窟, 400
到深深的潮湿的山谷,
到永远冻结的沼地,
到永远抖动的洼地,
一步一抖动的洼地,
到没有游鱼的池子,
从来不见鲈鱼的池子。

"如果那里你不能藏身,
我再咒逐你到远方,
到拉伯兰辽远的原野,
到波赫亚偏僻的边疆, 410
到无人耕种的荒地,
到没有草木的苔原,
那里没有月亮和太阳,
永不见太阳的光线。
你可以随意游行,
那里有可爱的生活,

大麋在林中偷偷来去，
猎人在林中追捕驯鹿，
在那里饥火都消除，
在那里渴望都满足。 420

"我还要赶你到远方，
将你更远更远地咒逐，
到鲁德亚大瀑布，
到那汹涌的漩涡，
到树木倒下的地方，
倒下的松树在翻滚，
颠簸着枞树的树干，
颠簸着伸张的松树顶。
游到那里去，你这邪魅！
游到瀑布的急流里， 430
在茫茫的水中打转，
在狭窄的水中安息。

"如果那里你不能藏身，
我再咒逐你到远方，
到多尼的黑暗的河里，
到玛纳的永久的河上，
你一生中就逃不了，
在你的长长的一生，
除非我答应释放你，
你就再也不能赎身， 440
用九只绵羊来赎你，
那是一只母羊所生，

用九头公牛来赎你,
那是一头母牛所生,
用九匹公马来赎你,
那是一匹母马所生。
　"如果你需要旅行的马,
或者需要赶车的什么,
我要给你很多的马,
赶车的我要给你很多。　　　　　　　　450
希息有一匹美丽的马,
红红的鬃毛,在山上,
嘴套里闪烁着火焰,
鼻孔中照耀着光芒,
它的蹄是钢铁的蹄,
那全是钢铁制成,
它能攀登山谷的斜坡,
它也能向高山攀登,
只要骑师勇武地骑上,
就显出了它多么激昂。　　　　　　　460
　"如果这样还是不行,
让希息替你做雪鞋,
穿上楞波的赤杨木鞋,
那里的浓烟多厉害,
你滑行到希息国去,
冲过楞波的森林,
跨过希息的大地,
滑过那不祥的国境。

如果有石头拦着路,
你就把它击碎抛撒; 470
如果有树枝阻住路,
你就把它劈作两半;
如果有英雄挡在路上,
你就把他赶到一旁。

"你走吧,你这恶人!
你滚吧,你这懒汉!
现在,趁天没有亮,
趁曙光还没有闪现,
趁太阳还不曾上升,
趁你还不曾听到鸡啼! 480
你待在这里太久了,
快滚吧,你这坏东西!
赶快向辉煌的月亮,
在它的光明中流浪。

"如果你还不赶快离开,
你这没有母亲的狗子!
我要拿老雕的爪子,
我要拿吸血者的爪子,
我要拿猛禽的爪子,
我要拿老鹰的爪子, 490
我就降伏了妖魔,
我就打败了鬼子,
我的头就不再疼痛,
我的呼吸也不再沉重。

"楞波曾从我这里逃去，
当他离开了母亲漫游，
那时俞玛拉将我护持，
那时创造主将我保佑。
你不是生下来的生物，
去吧，没有母亲的你，　　　　　　　　500
你这没有主人的恶狗！
滚吧，没有母亲的狗子！
当时间一天天消失，
当月亮一天天亏蚀。"

年老心直的万奈摩宁，
他就这样地回答：
"这里我住得很舒服，
我找到了满意的家。
肝就是我的面包，
也给我脂肪和饮料，　　　　　　　　510
脂肪是最好的食品，
肺又是很好的烧烤。

"在你的心的深处，
我要安下我的工场，
我要用硬硬的锤子，
捣你的最软的地方，
在你一生中你不用想，
逃脱这不祥的命运，
如果你不教我咒语，
你不教我一切咒文，　　　　　　　　520

一直到我什么都记住，
搜集了咒语成千成万；
什么咒语都告诉了我，
神秘的咒语都不隐瞒，
岩洞里，巫师纵使死亡，
却不消失他们的力量。"

著名的歌手维布宁，
一位聪明年老的大师，
口头有伟大的法术，
心中有无边的威力，　　　　　530
他就张开聪明的嘴，
把他的咒语箱打开，
他唱着神秘的咒语，
唱出最伟大的歌来，
那创造的神秘的歌，
从最早最早的年代，
孩子们不再歌唱，
英雄们也不了解，
在可怕的不祥的日子，
那正在过去的日子。　　　　　540

他唱着起源的歌词，
他按次地唱着咒文，
遵照创造主的旨意，
遵照全能者的命令，
他怎么创造了大气，
又将水从大气分化，

怎么用水造成大地,
大地上又有草木萌芽。

　他又唱月亮怎么创造,
他也唱太阳怎么形成, 550
大气怎么升在天柱上,
天空中怎么安置星星。

　最聪明的歌手维布宁,
部分地又全部地歌唱。
从来不曾听过或见过,
从有了世界的时光,
再没有更聪明的巫师,
再没有更出色的歌手,
名言从他的舌头送出,
歌词从他的嘴迸流, 560
像马驹的腿一样迅速,
像快马的脚一样迅速。

　他在白天唱个不歇,
他在黑夜唱个不停,
太阳倾听着他的歌,
黄金的月亮也在倾听,
波涛在海边停下,
浪花在海面站定,
河水停止了奔流,
鲁德亚瀑布也不奔腾, 570
沃格息急流也不冲击,
约旦河也同样安息。

年老的万奈摩宁,
倾听着一切咒语,
完全学会了法力,
创造的咒语的神秘;
他准备离开维布宁,
从这聪明人的肚子,
从他的张开的牙床,
从他的巨大的身体。 580

年老的万奈摩宁说道:
"巨人安德洛·维布宁!
快快张开你的大嘴,
快快撑开你的牙床,
我要从你身上落地,
我要立刻动身回去。"

最聪明的歌手维布宁,
他就这样地回答:
"我喝了很多,吃了很多,
成千的美味都消化, 590
我却从来不曾吃过,
像这个老万奈摩宁。
高兴的是你的到来,
你的离开却更高兴。"

安德洛·维布宁露着牙,
显出了一脸的苦相,
他张开了他的大嘴,
他撑开了他的牙床;

年老的万奈摩宁,
就旅行到他的嘴边, 600
从这聪明人的肚子,
从巨大的身体里面。
他溜出嘴中,那么敏捷,
他跳上草丛,那么迅速,
很像一只金黄的松鼠,
一只胸脯金黄的貂鼠。

他又不停地前进,
终于来到打铁的工地。
铁匠伊尔玛利宁问道:
"你可曾找到你的歌词, 610
可曾学会起源的咒语,
来拼接你的船舷,
来把船尾结合齐备,
来把船头装配完全?

年老心直的万奈摩宁,
他就这样地开言:
"我搜集了不少咒语,
神秘的咒语成百成千,
他公开了神秘的咒语,
也公开了隐藏的法力。" 620

他向他的船跑去,
立刻巧妙地修建,
他要把他的船完工,
他拼接了他的船舷,

他把船尾结合齐备,
他把船头装配完全,
不用锤打就把船造成,
也不劈下一点儿碎片。

第十八篇　万奈摩宁和伊尔玛利宁
　　　　　　赴波赫尤拉

一、万奈摩宁驾了新船,向波赫亚的姑娘去求婚。(第1—40行。)
二、伊尔玛利宁的妹妹看见了,就从岸上喊他,知道了他航行的目的,立刻通知哥哥;他的情敌到波赫尤拉求婚去了。(第41—266行。)
三、伊尔玛利宁准备停当,骑了马沿岸向波赫尤拉出发。(第267—484行。)
四、波赫尤拉的女主看见有两个求婚者来了,就劝她的女儿选择万奈摩宁。(第485—634行。)
五、但波赫尤拉的女儿却喜欢打造三宝的伊尔玛利宁;她告诉先到的万奈摩宁,她不愿嫁他。(第635—706行。)

　　　　年老心直的万奈摩宁,
　　　　　深深地沉思默想,
　　　　　怎么向那姑娘求婚,
　　　　　怎么去访长发的姑娘,
　　　　　她在多雾的萨辽拉,
　　　　　阴暗的波赫亚地方,

那著名的波赫亚姑娘,
那无比的波赫亚新娘。

　　这是他的淡灰色的船,
他用红色描画一新,　　　　　　10
他给船头镀了金,
他又给它镀了银;
就在第二天早晨,
很早很早的时光,
他将他的船推到水中,
将这百板船推入波浪,
从没有树皮的滚木上,
从圆圆的松树干上。

　　他在船上竖起桅杆,
在桅杆上升起了帆,　　　　　　20
他升起了红色的帆,
他又升起蓝色的帆,
他自己就上了船,
散步于舱板之上,
他在大水上航行
冲击着青青的波浪。

　　他就这样地说道,
表达了他的心情:
"求你降临船上,俞玛拉!
最慈悲的大神降临!　　　　　　30
求你保佑我这弱者,
鼓励这怯懦的英雄,

在无边无际的水上,
在渺渺茫茫的水中。
　"风啊!你吹着这船,
浪啊!你赶着这船,
我就无须用手指划去,
也无须把海水掀翻,
在这辽阔的海上,
在这广漠的海上。"　　　　　　　　　　40
　永远著名的安尼基,
黎明姑娘,黑夜的女儿,
在很早的早晨醒来,
在白天之前升起,
她已经洗濯了衣服,
又将它漂清、拧干,
那里红台阶伸得最远,
那里铺板铺得最宽,
在多雾的海角上面,
在阴暗的海岛那边。　　　　　　　　　50
　她转身向四面眺望,
在周围无云的空间,
她仰望高高的天上,
她平视大水的那岸,
上面是灿烂的太阳,
下面是闪耀的波浪。
　她的眼向水上瞥视,
她的头转向南方,

向着索米的河口,
万诺拉河起源的地方,　　　　　60
看见海上有一个斑点,
蓝蓝的在波浪之间。

　她表达她的心情,
她就这样地开言:
"海上的斑点是什么,
蓝蓝的在波浪之间?
如果那是一群大雁,
或者别的美丽的小鸟,
那就让它拍着翅膀,
向天空飞得高高。　　　　　　70

　"如果那是一群鲑鱼,
或者别的什么小鱼,
那就让它又游又跳,
低低地向水底沉去。

　"如果那是一块岩礁,
或者是水里的树桩,
那就让波浪把它淹没,
让水流把它推荡。"

　这船儿渐渐地近来,
这新船迅速地向前,　　　　　80
向着多雾的海角,
阴暗的海岛一端。

　永远著名的安尼基,
看见了驶来的船,

看见了百板船驶来,
她就这样地开言:
"如果是我哥哥的船,
或者我父亲的船,
那你就划回家去,
把船头掉向岸边, 90
那里有停泊的地点,
你把船尾掉向那面。

"如果是陌生人的船,
那你就要游得更远,
驶到别的停泊的地方,
你把船尾掉向这面。"

这不是她家里的船,
也不是外地来的船,
这是那原始的歌手,
万奈摩宁修建的船, 100
这船却越驶越近,
招呼声也听得见,
一句两句又三句,
清清楚楚到了耳边。

永远著名的安尼基,
黎明姑娘,黑夜的女儿,
她向驶近的船招呼:
"万奈摩宁!你去哪里?
哪里去?海上的英雄!
去干什么?国家的光荣!" 110

年老的万奈摩宁,
在船上这样地开言:
"我是为了去捕鲑鱼,
在鳟鱼产卵的地点,
在阴暗的多尼的河里,
在围着芦苇的深水里。"

永远著名的安尼基,
说出了这样的言辞:
"不要撒无聊的谎,
我很知道鱼的产卵期, 120
很早以前我的父亲,
还有在他之前的祖父,
他们常常去捕鲑鱼,
常常去把鳟鱼捕捉,
在船里摊着渔网,
捕鱼的家伙堆满船,
又是网,又是钓丝,
旁边还有打鱼杆;
鱼叉躺在座位下,
钓竿搁在船尾里, 130
万奈摩宁!你去哪里,
乌万多莱宁!干什么去?"

年老的万奈摩宁说道:
"我是为了来猎大雁,
这些翼翅光鲜的鸟儿,
在捕食无鳞鱼、在游玩,

在幽深的萨克森海峡,
那里的大海多么大!"
　永远著名的安尼基,
她就这样地回答:　　　　　　　　　140
"我很明白谁在撒谎,
我很知道谁说真话,
很早以前我的父亲,
还有在他之前的祖父,
他们到海外去猎大雁,
去追猎红嘴的猎物,
他的大弓紧紧张着弦,
他的弓有多么华美,
一只黑狗扣着皮带,
紧紧地吊在船尾,　　　　　　　　150
猎狗在海岸上奔跑,
小狗在沙石间穿行;
你到底要到哪里去?
你老实说,万奈摩宁!"
　年老的万奈摩宁说道:
"我怎能不赶往前面,
那里已经发生了战争,
去和我同辈并肩作战,
他们的胫甲血污狼藉,
膝上也沾满了鲜血。"　　　　　　160
　安尼基依然坚持,
佩锡饰的她大声说:

"我很了解战争的情况,
以前我父亲去过,
在发生战争的地方,
去和他同辈并肩作战,
成百的人划着船,
成千的人站在船中,
座位下搁着他们的剑,
船头上搁着他们的弓。　　　　170
不要撒谎,你老实说,
对我说明你的真情。
你去哪里?万奈摩宁!
干什么去?苏万多莱宁!"

年老的万奈摩宁,
就说着这样的话:
"姑娘!到我船里来,
在我船里你坐下,
我就老实说,不再撒谎,
告诉你真情实况。"　　　　180

佩锡饰的安尼基,
就愤愤地大声叫喊:
"让大风攻击你的船,
让东风袭击你的船,
让船在你下面翻身,
让船头在你下面沉下,
如果你不说到哪里去,
如果你不对我说真话,

如果你不老实告诉我,
你的谎终有一天结束!" 190
　年老的万奈摩宁,
他就这样地回答:
"我先是撒了一点谎,
现在我对你说真话,
我去向一个姑娘求婚,
去追求姑娘的爱情,
在多雾的萨辽拉,
阴暗的波赫亚国境,
那淹死英雄的地方,
那大吃人肉的地方。" 200
　永远著名的安尼基,
黎明姑娘,黑夜的女儿,
她一听到这老实话,
这没有欺瞒的真事,
她就扔下未洗的帽子,
她就放开未漂的衣裳,
她把衣帽留在凳子上,
在红桥尽头的地方,
她拉起了她的长裙,
她抓住了她的裙幅, 210
她就急急地前行,
跨着飞快的脚步,
终于来到铁工场,
立刻走近熔炉旁。

她找到伊尔玛利宁,
这伟大的原始的工人,
他在打造一张铁凳,
铁凳上装饰着白银;
头上是一肘高的烟煤,
肩上是几寻深的炉灰。 220
安尼基走进了大门,
她就这样地说明:
"铁匠哥哥伊尔玛利宁,
你伟大的原始的工人!
给我打造织工的梭子,
美丽的戒指我要佩戴,
还要两三副金耳环,
还要五六根腰带,
我要告诉你重要消息,
是实实在在的真事。" 230
铁匠伊尔玛利宁说道:
"你告诉我重要消息,
我就给你打造梭子,
给你戴美丽的戒指,
给你胸前佩十字架,
给你打造最好的头饰。
如果你的话并不吉利,
我就打烂你的首饰,
把它们送给炉火,
把它们抛进熔炉。" 240

永远著名的安尼基,
她就这样地回答:
"铁匠伊尔玛利宁!
你是不是打算娶她,
那新娘以前答应过你,
答应过做你的妻子?

"你老是又焊又锤,
永远地锤个不歇,
在夏天打造马掌,
在冬天打造蹄铁,　　　　　　　　　250
在晚上打造雪车,
在白天做成了车身,
你快到波赫尤拉去,
你快到那里去求婚,
一个狡猾的已经去了,
他已经赶在你前头,
他要把你的人夺去,
他要把你的情人抢走,
两年前你见过她,
两年前你向她求婚。　　　　　　　　260
你要知道万奈摩宁,
正在蓝蓝的海上飞奔,
乘着黄金船头的船,
掌着铜的船舵前进,
向着多雾的萨辽拉,
阴暗的波赫亚国境。"

这工人觉得愁苦,
这铁匠感到伤悲。
他掌中滑下了铁钳,
他手中落下了铁锤。　　　　　270
　铁匠伊尔玛利宁说道:
"我的妹妹安尼基!
我要给你打造梭子,
给你戴美丽的戒指,
两三副耳环给你佩,
五六根腰带给你系。
你替我把浴室烧热,
浴室里要充满香气
用细细的木片生火,
用小小的木块燃烧,　　　　　280
给我预备一点灰,
赶快制一点肥皂,
让我洗净我的头,
让我擦白我的身体,
擦洗掉秋天来的炉灰,
整个冬天来的烟子。"
　远近闻名的安尼基,
秘密地来烧热浴室,
用大风吹折的树枝,
用雷电击断的树枝。　　　　　290
她取来河里的石子,
又将这些石子烧热;

她很愉快地汲水，
从神圣的井汲来；
她摘下树枝做浴帚，
从灌木林中采摘；
她将涂蜜的浴帚，
在涂蜜的石子上烧热；
她又用乳汁调灰，
替他做骨髓的肥皂， 300
她使肥皂生出泡沫，
揉着揉着有了皂泡；
让新郎把头洗净，
让他洗净了全身。

　铁匠伊尔玛利宁，
这伟大的原始的工人，
给姑娘打造了一切，
将漂亮的头饰制成；
她也替他准备了浴室，
浴室已经准备停妥。 310
他把首饰交给姑娘，
姑娘就对他这样说：
"浴室里充满了蒸汽，
蒸汽浴已经很暖和，
拣出了最好的浴帚，
已经仔细地泡过。
哥哥！由你爱怎么洗，
也由你用多少水。

把你的头洗成亚麻色,
眼也像雪花一样光辉。" 320

铁匠伊尔玛利宁,
立刻走进了浴室,
他就随意地洗沐,
洗沐得清洁又白皙,
洗得眼睛那么闪耀,
洗得额角那么辉煌,
脖子像鸡蛋一样白,
全身都发出亮光。
他从浴室走进房间,
大家几乎认不出他, 330
他的脸变得多美丽,
两颊就像是玫瑰花。

他就这样地说道:
"我的妹妹安尼基!
给我拿最好的衣服,
给我拿麻纱的衬衣,
让我穿得那么漂亮,
打扮得像一个新郎。"

永远著名的安尼基,
就带来麻纱的衬衣, 340
为他的不流汗的手臂,
为他的赤露的身体。
又带来合适的裤子,
这母亲早已为他缝纫,

包裹了他的大腿,
他的不染煤灰的臀。
　她带来漂亮的长袜,
这母亲早已为他编织,
遮盖了他的胫骨,
也将他的小腿遮蔽。 350
又带来合适的鞋,
最好的萨克森靴子,
他用来遮盖长袜——
这母亲早已为他编织;
她给他选了件蓝上衣,
衬着赤褐色的里子,
他用来遮盖衬衣——
这是最细的麻纱缝制;
又选了件羊毛外套,
是用四种布料缝成, 360
遮盖了那件蓝上衣——
这式样是最时新;
又一袭千扣的新皮衣,
有一百多层的衣褶,
披在羊毛外套上,
遮盖了布制的一切;
她又给他系上腰带,
绣金的佩带系在腰上,
这母亲早已为他制成,
当她还是美发的姑娘; 370

又是绣金、鲜艳的手套,
她带来为他的手指,
他就戴在漂亮的手上,
这是拉伯兰人的手艺;
她又带来高高的帽子,
给他戴在金发之上,
这是他父亲以前买来,
那时他打扮了做新郎。

　铁匠伊尔玛利宁,
穿戴了就准备动身, 　　　　　380
他穿戴得那么漂亮,
他就命令他的仆人:
"快预备漂亮的雪车,
为我驾一匹快马,
我立刻就要上路,
旅行到波赫尤拉。"

　仆人就这样回答:
"有六匹马在马房里,
燕麦喂肥了的六匹马,
你要我驾的是哪匹?" 　　　　390

　铁匠伊尔玛利宁说道:
"要一匹最好的种马,
给马驹套上马具,
雪车前驾起栗色马,
再给我六只杜鹃,
再给我七只青鸟,

让它们停在车架上,
歌唱着愉快的曲调,
这就使美人专心致意,
这就使姑娘喜笑开颜。　　　　　　400
再给我一张熊皮,
可以做我的坐垫,
再给我一张海象皮,
遮盖我的光亮的车子。"

　这很熟练的仆人,
这赚工资的管家,
给马驹套上了马具,
雪车前驾了栗色马,
又给他六只杜鹃,
又给他七只青鸟,　　　　　　　　410
让它们停在车架上,
歌唱着愉快的曲调;
又给他一张熊皮,
作为主人的坐垫,
又给他一张海象皮,
将主人的车子遮掩。

　铁匠伊尔玛利宁,
这伟大的原始的工人,
向高高的乌戈祷告,
这样地恳求着雷神:　　　　　　　420
"乌戈啊!撒下你的雪来,
让软软的雪花堆积,

让雪车在雪原上奔逐,
在雪堆上迅速地滑去。"
　乌戈就撒下雪来,
让软软的雪花堆积,
遮掩了灌木的枝丫,
盖没了浆果丛的土地。
　铁匠伊尔玛利宁,
坐在铁的雪车里, 430
他表达他的心情,
说出了这样的言辞:
"但愿我的驾驶顺利,
俞玛拉保护我的雪车,
保佑我顺利地驾驶,
雪车也不四分五裂!"
　一只手拉起了缰绳,
一只手握住了马鞭,
他用马鞭挥着马,
他又这样地开言: 440
"白额的,你赶快上前!
黄鬃的,你迅速向前!"
　马在大路上跳去,
跳过海边的沙滩,
沿着息玛海峡的海岸,
经过赤杨树的小山。
海岸上雪车辚辚地走,
沙滩上石子噼啪地响。

沙子飞进他的眼睛,
海水溅上他的胸膛。 450
　他赶了一天又两天,
第三天同样地趱行,
终于在第三天上,
赶上了万奈摩宁,
他就这样地说道,
表达了他的心情:
"年老的万奈摩宁!
我们立一个友好同盟,
我们二人同去求婚,
我们要同一的姑娘, 460
我们决不可抢她,
不能违反她的愿望。"
　年老的万奈摩宁说道:
"友好同盟我很同意,
我们决不可抢她,
不能违反她的意志。
我们要让这姑娘选择,
嫁给自己中意的丈夫,
我们之间决不争执,
也没有不解的愤怒。" 470
　他们继续向前去,
他们取道向前行;
船驶着,岸上有响应,
马跑着,大地有回声。

过去了很短的时间，
只过去了不多一会儿，
那只灰褐狗就大叫，
那只看家狗就狂吠，
在阴暗的波赫亚，
在多雾的萨辽拉， 480
那只狗吠着吠着，
却又渐渐地停下，
它就垂下了尾巴，
在麦田周围的地下。

波赫亚的主子喊道：
"我的女儿！去看一看，
灰褐狗为什么在叫，
长耳狗为什么在喊？"

他的女儿就回答道：
"我可没有时间，父亲！ 490
我要打扫最大的牛栏，
我要照料我们的牛群，
我要用磨子磨面，
我要用筛子筛粉，
要把面磨得那么细，
我却是瘦弱的磨面人。"

城堡的希息低声吠，
这狗儿又发出叫喊，
波赫亚的主子又说道：
"老太太！去看一看， 500

灰褐狗为什么在叫,
城堡狗为什么在闹?"
　　老太太就回答道:
"这不是闲聊的时间,
我的家务十分繁重,
我要预备我们进餐,
我要烘很大的面包,
我得把生面揉搓,
要烘最细的面的面包,
我这面包师却很瘦弱。" 　　　　510
　　波赫亚的主子就说道:
"妇女总是那么急躁,
姑娘总是那么忙碌,
当她们在炉边烘烤,
当她们在床上睡眠;
我的儿子!去看一看。"
　　他的儿子就回答道:
"我可没有时间去看;
我要磨这钝了的斧头,
我要把木块劈成木片, 　　　　520
那最大的一堆木头,
我要把它劈成柴薪,
木堆又大,柴薪又细,
我却是最瘦弱的工人。"
　　城堡的狗依然狂吠,
院落的狗依然大叫,

狂怒的狗依然高喊，
岛上的看家狗在咆哮，
坐在最远的麦田附近，
它的尾巴摇摆不停。　　　　　　530
　波赫亚的主子又说道：
"狗不会无缘无故大叫，
它不会无缘无故狂吠，
它不会对着枞树咆哮。"
　他就自己出去察看，
他跨过了院落前行，
向麦田的最远的地界，
向耕地那面的路径。
　看狗鼻子指着的那里，
看狗鼻子指着的地方，　　　　　540
向那雨狂风骤的山头，
向那赤杨树的山上，
他就看得一清二楚，
灰褐狗为什么咆哮，
大地的光荣为什么吠，
蓬松的尾巴为什么叫，
他望见了一艘红船，
划出了楞比的海湾，
还有一辆漂亮的雪车，
在息玛海峡的岸边。　　　　　　550
　波赫亚的主子看后，
就立刻回到屋子里，

他赶到了屋顶下面,
说出了这样的言辞:
"有陌生人飞快地航来,
在蓝蓝的湖的水面,
还有,驶着华美的雪车,
在息玛海峡的岸边;
航来了一艘大船,
向楞比的海湾的海岸。" 560
波赫尤拉的女主说道:
"我们怎么能知道祸福,
这些陌生人为什么来?
你来,我的小女奴!
把山梨枝搁在火上,
燃烧着最好的木块;
如果木块上流着血,
陌生人就为战争而来,
如果木块上流着水,
和平就和我们一起。" 570
波赫亚的小姑娘,
这温雅的女奴走来,
把山梨枝搁在火上,
燃烧着最好的木块。
木块上没有血滴下,
木块上没有水流出,
木块上只滴着甜蜜,
木块上只流着甘露。

在屋角的索瓦戈开言,
在被窝下的老妇就说: 580
"如果木块上滴着甜蜜,
如果木块上流着甘露,
那么到来的陌生人,
就是高贵的求婚人。"
波赫亚的老女主,
波赫亚的太太和女儿,
急急跑向院子的围墙,
匆匆忙忙地跨过院子,
她们向大水那面眺望,
她们的头都转向南边, 590
她们看见向这里驶来,
一艘很新奇的快船,
用一百块木板建成,
驶出了楞比的海湾。
下面是蓝蓝的船身,
上面是鲜红的船帆。
一位英雄坐在船尾,
就在铜的舵柄旁边;
又见一匹飞奔的快马,
在奇异的红雪车前面, 600
驰行着华美的雪车,
在息玛海峡的海岸,
又见六只金黄的杜鹃,
停在车架上叫唤,

他们又见七只青鸟
停在马缰上歌唱；
有一位健壮的英雄，
坐在雪车中拉着马缰。

波赫尤拉的老女主，
她就这样地说明： 610
"你要谁做你的丈夫，
如果他们真向你求婚，
要你做终生的伙伴，
鸽子似的抱在胸前？

"乘了船来的那位，
在红船里迅速地航行，
驶出了楞比的海湾，
就是年老的万奈摩宁。
在船里载来了食品，
也载满了珠宝金银。 620

"驾了车来的那位，
在华美的雪车里驶行，
在息玛海峡的海岸，
就是铁匠伊尔玛利宁。
他带了一双空手来临；
雪车里只装满了咒文。

"等他们走进了房间，
你给他们带蜜酒一杯，
用那只两耳的酒杯，
只要你心里情愿跟谁， 630

就把酒杯搁在谁手里；
最好选万诺拉的英雄，
他的船载来了财富，
珠宝满满地在船中。"
　　可爱的波赫亚姑娘，
就对她母亲这样说：
"母亲啊！你生下了我，
母亲啊！你抚养了我，
我不爱他有多少财富，
我不爱他有多少智慧，　　　　640
我只爱他有高高的额，
他的四肢又漂亮优美。
以前的时代从未有过，
让闺女过这样的一生。
我这没有陪嫁的姑娘，
要跟铁匠伊尔玛利宁，
他把三宝打造完毕，
连同它的彩色的盖子。"
　　波赫亚的老女主说道：
"我的孩子，我的小羊！　　　　650
如果你跟伊尔玛利宁，
汗水老在他额上直淌，
你得洗铁匠的围腰布，
也得把铁匠的头洗沐。"
　　她的女儿就回答道，
说出了这样的言辞：

"我不选万诺拉来的人,
我不爱什么老头子,
我一见老头子就生气,
老头子是讨厌的东西。" 660
　年老的万奈摩宁,
第一个到了目的地,
他掌着红船的舵,
停下他的蓝蓝的船只,
靠近钢的滚子旁,
靠近铜的码头边。
后来他向屋子走去,
赶到了屋顶下面,
在地板上大声说着,
靠着屋橡下的门边, 670
表达了他的心情,
他就这样地开言:
"你愿不愿意来,姑娘!
做我的永久的伙伴,
妻子似的坐在我膝上,
鸽子似的抱在我胸前?"
　可爱的波赫亚姑娘,
她就这样地开言:
"用我的纺锤的末屑,
用我的梭子的碎片, 680
你可曾造成一艘船,
一艘漂亮的大船?"

年老的万奈摩宁,
他就这样地开言:
"我已经把船造成,
一艘漂亮、奇异的船,
它经得起狂风冲击,
它能够逆风向前,
它能够破浪冲去,
在渺渺茫茫的水面, 690
气泡似的翻滚于波涛,
树叶似的漂浮于急流,
在波赫尤拉的水上,
跨过汹涌的浪头。"

可爱的波赫亚姑娘,
她就这样地开言:
"对于夸说大海的英雄,
对于水手,我并无好感!
风使他们向往大海,
东风使他们忧虑: 700
我决不能嫁给你,
我决不能跟你去,
做你的永久的伙伴,
抱着我像鸽子一样,
你躺着,我为你叠枕,
你睡下,我为你铺床。"

第十九篇　伊尔玛利宁的功绩及订婚

一、伊尔玛利宁到了波赫尤拉的住所，向那家的姑娘求婚；他们要他干危险的工作。（第 1—32 行。）

二、由于波赫亚姑娘的帮助，伊尔玛利宁干得很好。第一，他去耕蛇田。（第 33—100 行。）

三、第二，他去捕多尼的熊和玛纳拉的狼。（第 101—150 行。）

四、第三，他去捉多讷拉河里的又大又可怕的梭子鱼。（第 151—344 行。）

五、波赫尤拉的女主答应将女儿嫁给伊尔玛利宁。（第 345—498 行。）

六、万奈摩宁垂头丧气地离开了波赫尤拉回家，又警告人们，不要同年轻人一起去求婚。（第 499—518 行。）

　　　　铁匠伊尔玛利宁，
　　　　这伟大的原始的工人，
　　　　他就走进了房间，
　　　　在屋顶下面站定。
　　　　　姑娘拿来了一杯蜜酒，
　　　　蜜酒一杯献给工人，

搁在伊尔玛利宁手里,
铁匠就这样地说明:
"只要我的生命存在,
还照耀着黄金的月亮,　　　　　10
我决不尝这带来的酒,
除非许给我这个姑娘,
我等了她这么长久,
我爱了她这么长久。"
　波赫尤拉的老女主,
她就这样地说明:
"为她来的求婚者,
要遭到极大的不幸;
这只鞋并不合适,
那只鞋也不合适,　　　　　　　20
可是新娘却等着你,
你可以娶她为妻,
只要你去犁毒蛇田,
那里只见毒蛇扭动,
却不曾使用一把犁,
一把犁也不曾使用。
以前希息犁过这田,
楞波也犁出了沟畦,
使用的是一把铜犁,
在熔炉里打造的犁;　　　　　　30
可是我的不幸的儿子,
却剩下一半不曾犁。"

铁匠伊尔玛利宁,
找到了姑娘在房间里,
他就这样地说道:
"黎明姑娘,黑夜的女儿!
我为你打造了三宝,
连同它的辉煌的盖子,
你可还记得那时候,
你发过忠贞的盟誓,　　　　　　40
向着最尊崇的大神,
在全能者的面前,
你对我伟大的英雄,
说出了真实的诺言,
你要永远做我的朋友,
鸽子似的在我怀里?
你母亲却什么也不给,
不肯嫁给我她的女儿,
除非我犁了毒蛇田,
那里有毒蛇蜿蜒。"　　　　　　50
　　他的新娘就为他出力,
这姑娘就为他尽心:
"铁匠伊尔玛利宁,
你伟大的原始的工人!
给自己打造一把金犁,
又用白银装潢镶嵌,
你再去犁毒蛇田,
那里有毒蛇蜿蜒。"

铁匠伊尔玛利宁,
在铁砧上锤着黄金,　　　　　60
又用风箱熔化白银,
他将需要的犁制成,
他还打造了铁鞋,
又将铁胫甲打造,
他用这护住他的胫,
他用那盖着他的脚;
他又穿上铁铠甲;
他又围上铁腰带,
他又戴上铁臂铠,
石块一样硬的臂铠,　　　　　70
他选了一匹雄壮的马,
他将这骏马驾起,
他就出发去犁田,
把大地犁出沟畦。

　　他看见蛇头高高昂起,
他看见蛇头嘶嘶直叫,
他就这样地说道:
"蛇啊,你大神的创造!
你骄傲地抬起了头,
友好的你呀!听一听,　　　　80
你这么骄傲地抬着头,
你这么骄傲地昂着颈;
你得立刻给我让路,
爬开吧,可怜的东西!

爬到树丛中，麦茬里，
爬到青青的草地！
乌戈要粉碎你的头，
如果你再把头抬起，
他要用铁的雹子打你，
他要用铁镞的箭射你。"　　　　　　90

他就动手犁毒蛇田，
他就将毒蛇地犁遍，
从犁沟中掘起毒蛇，
他将一切毒蛇驱赶，
他回家的时候说道：
"我已经犁了毒蛇田，
我已经把毒蛇地犁遍，
已经把一切毒蛇驱赶：
你肯不肯把女儿给我，
让我和我亲爱的结合？"　　　　　　100

波赫尤拉的老女主，
她就这样回答说：
"我可以把姑娘给你，
让你和我女儿结合，
只要你捕获多尼的熊，
只要你捉住玛纳的狼，
远远在多讷拉大森林，
在玛纳的远远的地方。
几百人到那里去捕捉，
一个也没有重返原处。"　　　　　　110

铁匠伊尔玛利宁,
在房间里找到了姑娘,
他就这样地说道:
"工作又落到我身上,
要我去猎多尼的熊,
去捉玛纳拉的恶狼,
远远在多讷拉大森林,
在玛纳的远远的地方。"

他的新娘就为他出力,
这姑娘就为他尽心: 120
"铁匠伊尔玛利宁,
你伟大的原始的工人,
你打造最硬的钢嚼子,
你也打造铁口套,
坐在水中的岩石上,
那里有瀑布滔滔。
你就把多尼的熊捕获,
你就把玛纳的狼逮住。"

铁匠伊尔玛利宁,
这伟大的原始的工人, 130
打造了最硬的钢嚼子,
铁口套他也打成,
就坐在水中的岩石上,
那里有瀑布激荡。

他就动手捕捉野兽,
又说出了这样的话:

"云国之女,德赫讷达尔!
赶快用你的云筛筛下,
在野兽潜伏的地方,
驱散我周围的云雾,　　　　　　　140
不让听到我去追捕,
就不会在前面逃去。"

　他套住了狼的大嘴,
又用嚼子逮住了熊,
在多尼的荒芜的草地,
在青青的幽深的林中。
他回家的时候说道:
"老太太!把女儿给我。
我捕来了多尼的熊,
也把玛纳的狼逮住。"　　　　　　150

　波赫尤拉的老女主,
她就这样地回答:
"我一定把小鸭给你,
那蓝翅膀的小鸭,
只要把大梭子鱼捕来,
那多肉多鳞善跳的鱼,
从多尼的大河中,
从玛纳拉的深渊里;
你可不能用网拉来,
你可不能用手抓住;　　　　　　160
几百人到那里去捕捉,
一个也没有重返原处。"

烦恼很使他灰心，
痛苦又将他压倒，
他来到姑娘的房间，
他就这样地说道：
"工作又落到我身上，
比以前的更艰巨，
要我把大梭子鱼捕来，
那多肉多鳞善跳的鱼，　　　　　170
从多尼的大河中，
从玛纳的永久的溪里，
不能用渔网和鱼簖，
也不能用别的渔具。"

他的新娘就为他出力，
这姑娘就为他尽心：
"你不要垂头丧气，
铁匠伊尔玛利宁！
你打造一只凶猛的鹰，
打造一只熊熊的火鸟！　　　　　180
让它去捕捉梭子鱼，
把肥大善跳的鱼抓到，
从多尼的阴暗的河里，
从玛纳拉的深渊里。"

铁匠伊尔玛利宁，
这铁工场不朽的艺人，
打造了熊熊的火鸟，
打造了凶猛的老鹰，

他打出了铁的爪子,
最坚硬的钢的爪子, 190
打出船舷一样的翼翅,
他就骑上了翼翅,
他坐在老鹰的背脊上,
他坐在老鹰的翅骨上。
　他就告诉这大鸟,
他就吩咐这老鹰:
"我的鹰,我造成的鸟儿!
飞吧,听从我的命令!
到多尼的浑浊的河中,
到玛纳拉的深渊里: 200
去把大梭子鱼抓来,
那多肉多鳞善跳的鱼。"
　这鸟儿,高贵的老鹰,
就扑翅高高地飞去,
飞去将梭子鱼捕捉,
那有巨齿的梭子鱼,
在多尼的深深的大河,
在玛纳拉的深渊:
这只翅膀碰着水,
那只翅膀触着天; 210
它的爪在大海中浸渍,
它的嘴在峭壁上磨砺。
　铁匠伊尔玛利宁,
去寻求他的战利品,

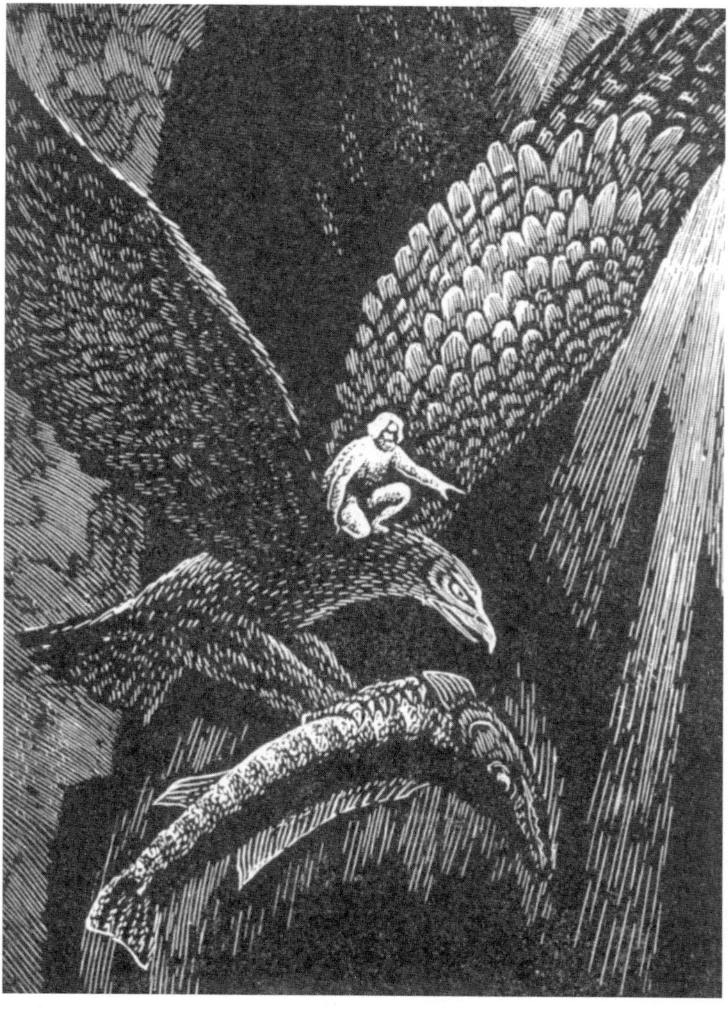

在多尼的深深的大河，
他身旁守候着老鹰。
水中出来了一个水怪，
向伊尔玛利宁扑来，
老鹰就抓住它的脖子，
又将它的头颅扭歪，　　　　　　　220
用力按它到水底，
一直到水底的黑泥。

　多尼的梭子鱼来了，
那条水狗终于来到，
这梭子鱼说大不大，
这梭子鱼说小不小；
舌头有两把斧柄长，
牙齿有两把耙柄长，
喉咙有三道河一样宽，
背脊有七艘船一样长，　　　　　　230
它要将铁匠擒抓，
将伊尔玛利宁吞下。

　老鹰就向它冲去，
空中之鸟就向它攻打；
这老鹰说小不小，
这老鹰说大不大。
喉咙有六道河一样宽，
它的嘴有一百寻长，
舌头有六支枪长，
爪子有五把镰刀长，　　　　　　　240

它看见了大梭子鱼,
那多肉多鳞善跳的鱼,
它猛烈地向鱼扑去,
扑向那多鳞的大鱼。

　这条巨大的梭子鱼,
这多肉多鳞善跳的鱼,
它想拖住老鹰的翅膀,
拖到闪耀的水里去,
老鹰却迅速地上升,
高高地升到了空间,　　　　　250
它也就从污泥中升起,
升到了闪耀的水面。

　老鹰来回地飞翔,
它做了一次努力,
用爪子猛烈地一击,
击着梭子鱼的大背脊,
击着水狗的宽肩膀;
它又用另一只爪子,
钉住钢一样坚的大山,
钉住铁一样硬的岩石。　　　260
爪子从大石上滑下,
滑脱了峻峭的山岩,
梭子鱼向下面潜去,
这怪物溜进了水间,
从老鹰的爪子滑下,
滑脱了巨鸟的爪子,

它的两胁受了重伤,
它的肩膀分崩离析。

 狂怒的鹰用它的铁爪,
又一次地努力猛抓,   270
它的翅膀晃耀着光辉,
它的眼睛闪烁着火花,
巨爪抓住了梭子鱼,
把这水狗抓得紧紧,
拖着这多鳞的巨怪,
从汹涌的水中上升,
升到了闪耀的水面,
从深深的波浪下面。

 这只铁爪的巨鸟,
做第三次最后的努力,   280
把多尼的梭子鱼抓来,
这多肉又善跳的大鱼,
从多尼的黑暗的河中,
从玛纳拉的深渊里。
水从大鱼的鳞片流下,
很少见这样的水,
风从巨鸟的翼翅扇动,
也很少见这样的风。

 这只铁爪的老鹰,
带来了多鳞的大鱼,   290
带到伸张着的松树顶,
带到槲树的枝丫里。

它就享用这战利品,
扯碎了大鱼的肚子,
撕去了大鱼的肋骨,
又裂开了头和脖子。

　铁匠伊尔玛利宁说道:
"你这凶狠的老鹰!
你真是奸恶的鸟儿,
你逮住了战利品, 300
你就把战利品享用,
扯碎了鱼的肚子,
撕去了鱼的肋骨,
又裂开了头和脖子。"

　这只铁爪的老鹰,
就狂怒地扑翅飞腾,
飞上了高高的天空,
直到云国的边境。
云朵逃了,天响着雷,
大气的支柱向下倾, 310
乌戈的弓裂成两半,①
月亮的尖角于是形成。

　铁匠伊尔玛利宁,
他带了梭子鱼的头,
送给老太婆做礼物,
又对她说明缘由:

---

① "乌戈的弓"指虹,这里指被老鹰击断了。——英译者

"把这做成永久的椅子,
搁在波赫亚的大厅里。"
　　他表达他的心情,
他又这样地开言:　　　　　　　　　　320
"我已经犁了毒蛇田,
我已经把毒蛇田犁遍;
我也逮住了玛纳的狼,
我也捕获了多尼的熊;
从玛纳拉的深渊里,
从多尼的深深的河中,
我也把大梭子鱼捕来,
那多肉多鳞善跳的鱼。
你能不能给我那姑娘,
能不能给我你的闺女?"　　　　　　330
　　波赫尤拉的女主说道:
"这件事你干得太坏,
鱼头已经裂成两半,
鱼的肚子已经扯开,
也撕去了鱼的肋骨,
已经享用了这猎物。"
　　铁匠伊尔玛利宁,
他就这样地开言:
"这来自多尼的大河,
这来自玛纳拉的深渊,　　　　　　340
纵使来自最好的地区,
猎物也不能不受损。

难道姑娘还没有准备,
我为她受苦又劳神。"

波赫尤拉的老女主,
她就这样地说明:
"是呀,姑娘已经准备了,
你为她受苦又劳神。
我要给你温柔的小鸭,
我要把我心爱的小鸭,　　　　　350
交给铁匠伊尔玛利宁,
让她永远傍着他,
妻子似的坐在他膝上,
抱在怀中像鸽子一样。"

一个孩子坐在地板上,
孩子在地板上歌唱:
"一只鸟儿飞进了城堡,
已经飞进了我们的房;
一只老鹰从东北来了,
老鹰从天空飞来,　　　　　　360
一只翅膀翻腾于空中,
一只翅膀停留于大海,
它的尾巴掠过海面,
它的头向天空抬起;
它又向周围眺望,
又转身来回地飞,
它停在英雄的城堡上,
它的嘴在上面磨砺,

屋顶却是铁的屋顶,
它终于不能进去。   370

"老鹰向周围眺望,
又转身来回地飞,
它停在妇女的城堡上,
它的嘴在上面磨砺,
屋顶却是铜的屋顶,
它终于不能穿进。

"老鹰向周围眺望,
又转身来回地飞,
它停在姑娘的城堡上,
它的嘴在上面磨砺,   380
屋顶是纱的屋顶,
它终于从屋顶钻进。

"它就停在烟囱上,
它又在地板上落下,
它推开了百叶窗,
它就在窗户边坐下,
墙边,它的翠绿的羽毛,
房中,它的成百的羽毛。

"它察看披发的姑娘们,
凝视那长发的姑娘,   390
它望着最好的姑娘们,
那最美的披发的姑娘,
她头上有闪烁的珍珠,
她头上有美丽的花朵。

"老鹰的爪就向她猛攫,
老鹰的爪就将她擒抓,
它攫去了最好的姑娘,
鸭群中最美丽的小鸭,
她有最甜美的声音,
她最温柔,最红又最白, 400
空中之鸟却选中了她,
它抓了她向远方携带,
她高高地昂着头,
她有最漂亮的身段,
她的羽毛最美丽,
她的羽毛最柔软。"

波赫尤拉的老女主,
她就这样地说道:
"亲爱的!你是否知道,
金苹果!你是否听到, 410
我们的姑娘怎么生长,
她的金发又怎么飘扬?
姑娘的黄金是否灿烂,
姑娘的白银是否辉煌。
我们的太阳和月亮,
是否向你照射着光芒?"

孩子就在地板上回答,
成长着的孩子就说道:
"你的宝贝已经知道,
你的孩子已经听到, 420

在这著名的姑娘屋中,
在这美人居住的家里;
父亲送最大的船下水,
听到了这欢乐的消息;
她的母亲却更高兴,
她在烘最大的面包,
她在烘小麦的面包,
要让客人们吃个饱。

"你的宝贝知道这个,
远方的陌生人也知道, 430
年轻的姑娘怎么成长,
你的姑娘怎么长高。
有一次我走到院子里,
我向着堆房前进,
就在很早的早上,
就在最早的时辰,
烟炱一道道升上,
煤烟一阵阵上升,
从著名的姑娘的屋子,
从娇媚的姑娘的家庭, 440
这姑娘正在磨面,
忙碌地把手磨推动;
磨声像杜鹃的咕咕,
杵声像大雁的嗡嗡,
筛子像鸟儿的歌唱,
磨石像珠子的叮当。

"第二次我又走去,
我向着田野前进,
姑娘正在草地里,
在黄色野花上弯身;   450
收拾着红斑的染色锅,
煮沸了黄色的水壶。

"第三次我又去了,
姑娘坐在窗户旁,
我听到姑娘在织布,
手中的梳子窸窣响,
我听到梭子飞来飞去,
像貂鼠在石缝之中,
我听到梳齿在吱呀,
木头的转轴在滚动,   460
转旋着织工的卷轴,
像是树顶上的松鼠。"

波赫尤拉的老女主,
说出了这样的言辞:
"好了,亲爱的姑娘!
我不是早已告诉你,
不要在松树间歌唱,
不要在山谷里唱歌,
不要骄傲地弯着脖子,
不要露出你的白臂膊,   470
不要露出柔美的胸脯,
窈窕的腰也不要露出。

"整个秋天我警告了你,
我恳求了你整个夏天,
春天我也同样劝诫你,
在第二年春播时间,
造一间秘密的屋子,
配着隐藏的小窗,
姑娘们在那里编织,
织机低声地在响,　　　　　　　　480
不让索米的情郎听清,
索米的、乡下的情人。"

　孩子就在地板上说道,
生下十四天就能回答:
"马很容易藏在马房里,
连同它的漂亮的尾巴;
藏一个姑娘却不容易,
连同她的长鬈发一起。
纵使建造了石头城堡,
又把它建造在大海里,　　　　　　490
你把姑娘们关在里面,
你把她们在里面抚养,
你却藏不了这些女郎,
等不到她们十足成长,
就赶来了英勇的情人,
活泼的、乡下的情郎。
他们戴着高高的军盔,
他们的马钉着铁马掌。"

年老的万奈摩宁,
他垂着头长吁短叹, 500
踏上了回家的路程,
他又这样地开言:
"哎呀!我真太可怜,
为什么不早点了解,
一定要在年轻时结婚,
把终身的伴侣选择。
别的什么都得担忧,
只除了早年的结婚;
让他在年轻的时候,
就为家庭和孩子操心。" 510
　老万奈摩宁这样警告,
乌万多莱宁这样劝诫,
为了争夺美丽的姑娘,
老人不同年轻的比赛:
游泳不要太得意,
划船不要比谁胜,
为了向姑娘求婚,
不要和年轻的竞争。

第二十篇 巨牛及酿制麦酒

一、在波赫尤拉宰了一头大牛。(第 1—118 行。)
二、他们酿制麦酒,准备宴会。(第 119—556 行。)
三、波赫尤拉的老女主派人邀请英雄们参加婚礼,却故意不请勒明盖宁参加。(第 557—614 行。)

怎么再唱我的歌曲,
怎么再讲我的传说?
就这样说我们的故事,
对你们继续讲这传说;
在波赫尤拉怎么欢宴,
这次神圣的酒筵。
为婚礼准备了好久,
为节日供应了一切,
在著名的波赫亚的家,
多雾的萨辽拉的大宅。 10
他们准备了什么食品,
他们采办了些什么,
为这次漫长的宴会,

为这大群的酒客,
为参加宴会的人们,
为这大群的客人?
　　卡勒里亚有一头公牛,
在索米饲养的肥牛,
它不太大也不太小,
是一头中等的小牛。　　　　　20
它在海麦甩它的尾巴,
它把头低下在格米河,
它的角有一百寻长,
它的嘴有五十寻阔,
一只貂鼠跑了一星期,
还是在它的轭上面,
一只燕子飞了一整天,
还是在两牛角尖之间,
努力在这空间赶去,
却找不到栖息的地点;　　　　30
一只夏松鼠跑了一月,
从它的脖子到尾巴尖,
尾巴尖还没有跑到,
一个月却已经跑掉。
　　这就是在索米的巨牛①,
这就是这巨牛的形象,
从卡勒里亚将它牵来,

---

① 巨牛,芬兰和爱沙尼亚的歌谣文学中常见的题目。——英译者

牵到波赫亚的牧场。
成百的人把角牵,
成千的人把嘴拉,   40
他们领了这牛前来,
一直来到波赫亚。

　这头牛在路上前进,
在萨辽拉海峡踯躅;
它在沼泽之中吃草,
它的背脊碰到了云朵;
要砍杀这乡间的奇迹,
他们找不到屠户,
无论从索米人的名册,
无论从群众的队伍,   50
无论是年轻的人们,
无论是很老的人们。

　老人维洛甘纳斯来了,
远远地来自卡勒里亚;
他就这样地说道:
"不幸的牛啊!你等一下,
让我去拿我的锤来,
我要用我的锤打你,
打你的头,不幸的东西,
一直到第二年夏季,   60
你也不能转过头来,
也不能甩你的尾巴,
在波赫亚的牧场踯躅,

傍着萨辽拉的海峡。"

　　维洛甘纳斯向它走去,
他要去杀不幸的牛,
这老人就将牛打击;
牛却转过了它的头,
眹着它的黑眼睛。
老人向松树跳去,　　　　　　　70
维洛甘纳斯在树丛里,
在蓬松的柳树丛里。

　　他们又去寻找屠户,
来将这巨牛宰杀,
从广漠无垠的索米,
从可爱的卡勒里亚,
从俄罗斯和平的大地,
从瑞士寒冷的国家,
从辽阔的区域拉伯兰,
从空旷的土地杜尔亚,　　　　80
他们找遍多尼的地区,
他们找遍玛纳的深处,
他们徒劳地久久寻找,
却连一个也找不出。

　　他们依然去寻找屠户,
依然将杀牛人寻找,
在渺渺茫茫的海上,
奔腾着闪耀的波涛。

　　英雄从黑暗的海上升,

英雄从海波中出现, 90
从晶莹闪烁的水上,
从渺渺茫茫的海面。
他既不算是最小,
可也不算是最大,
他能在筛子下站直,
他能在盘子里躺下。

　这是个铁拳的老者,
看起来浑身铁色;
头上戴一顶石盔;
脚上套一双石鞋; 100
一把金刀在他手中,
刀柄上却嵌着铜。

　他们找到了屠户,
杀牛人终于找到,
他来将索米的牛宰杀,
将乡间的奇迹砍掉。
当他一见这猎物,
就把它的脖子砍,
他压着公牛的脚膝,
又把它摔到一边。 110
它供给了多少食料?
也不能说是多得很,
它的肉有一百大桶,
它的香肠有一百寻;
它的脂肪装了六大箱,

它的血又装满七船。
供应波赫尤拉的大宴,
多雾的萨辽拉的酒筵。

在波赫亚建造了大宅,
大宅里有高大的厅堂, 120
厅堂的正门有七寻宽,
厅堂的两旁有九寻长。
如果公鸡在烟囱口啼,
下面听不到啼声,
如果狗在大宅后面吠,
门边听不到吠声。

波赫尤拉的老女主,
在地板上走来走去,
走到了房间的中央,
她深深地思索考虑: 130
"怎么能有足够的麦酒,
怎么把啤酒好好酿造?
为了准备这次婚礼,
需要的啤酒真不少。
我不知道怎么酿啤酒,
我不知道怎么造麦酒。"

一个老人坐在炉边,
老人就从炉边说道:
"你得用大麦酿酒,
再用忽布子做香料, 140
没有水,酒就酿不了,

还需再用猛火来烧。
"忽布别名欢宴之子,
小时候在大地种植,
当他们用犁犁地,
抛开它,像一只蚂蚁,
靠近卡勒瓦的水泉,
在奥斯摩倾斜的地上;
柔弱的植物迅速萌芽,
绿绿的嫩苗立刻伸长。 150
它伸到一棵小树上,
升到茂密的树顶上。
"一个老人刚播着大麦,
在奥斯摩新耕的田中,
大麦使劲地萌芽,
生长得十分繁荣,
在奥斯摩新耕的田里,
卡勒瓦后裔的麦地里。
"过去了不久的时间,
忽布在树顶呐喊, 160
大麦也在田里大叫,
傍着卡勒瓦的水泉:
'什么时候能连在一起,
我们两个在一起结合?
孤独的生活太讨厌,
两三个一起才快乐。'
"那位酿麦酒的姑娘,

制酒人奥斯摩达尔,
她就拿起了大麦,
采了六粒大麦籽, 170
她又采了七支忽布,
她又打了八勺清水,
她把水搁在火上,
让它慢慢地煮沸,
她煮着这大麦酒,
经历了飞快的夏天,
在多云的海角之上,
在阴沉的海岛一端;
她又把它倾入水桶,
贮藏在桦木桶中。 180

"她这样地酿造、贮藏,
麦酒却没有发酵,
她深深地沉思默想,
她又这样地说道:
'还得搁一点什么东西,
还得加一点什么材料,
才能使这麦酒发酵,
才能使这啤酒起泡?'

"美丽的卡勒瓦达尔,
这手指纤柔的姑娘, 190
她的手指那么伶俐,
轻便的鞋子穿在脚上,
她抚摩桶底的缝隙,

她摸索桶底的四边,
她试了一只又一只,
在两只锅子的中间,
在桶底找到一块木片,
从桶底取出一块木片。
　"她转着木片又想着:
'怎么利用这块木片, 200
在可爱的姑娘手中,
在高贵的女郎指间,
搁在可爱的姑娘手中,
搁在高贵的女郎指间?'
　"姑娘就拿起了木片,
在高贵的女郎指间,
她合拢了她的两手,
双手就擦着木片,
又搁在膝上擦个不住,
突然造出雪白的松鼠。 210
　"她就命令她的儿子,
她就吩咐她的松鼠:
'你松鼠,林中的黄金,
林中的花,乡间的尤物!
你赶快到那地方,
听我怎么吩咐你,
向麦德索拉的光明区,
向达彪拉的智慧地,
你就爬上一棵小树,

小心地爬到树梢, 220
不要让老鹰抓住你,
不要让空中之鸟捉牢。
给我带松树上的松球,
给我带枞树上的枞枝,
为奥斯摩达尔的麦酒,
都带到姑娘的手里。'

"松鼠认识它的路径,
蓬松的尾巴拖在后面,
不久就完成了行程,
急急忙忙通过空间, 230
穿过树林子一处两处,
又斜跨第三处树林子
到麦德索拉的光明区,
到达彪拉的智慧地。

"它看见三棵大松树,
它看见四棵小枞树,
它爬上山谷中的松树,
它爬上草地里的枞树,
老鹰没有抓住它,
空中之鸟没有捉牢它。 240

"它从松树摘下松球,
它从枞树采下枞枝,
它在爪子里藏了松球,
都卷在它的爪子里,
带到高贵的女郎手中,

带到姑娘的十指之中。
"她就把这放在啤酒里,
她就把这放在麦酒中,
麦酒依然没有发酵,
新鲜的酒并不起作用。　　　　　250
"那位酿麦酒的姑娘,
制酒人奥斯摩达尔,
她再一次思索着:
'还得加一点什么东西,
才能使这麦酒发酵,
才能使这啤酒起泡?'
"美丽的卡勒瓦达尔,
这手指纤柔的姑娘,
她的手指那么伶俐,
轻便的鞋子穿在脚上,　　　　　260
她抚摩桶底的缝隙,
她摸索桶底的四边,
她试了一只又一只,
在两只锅子的中间,
在桶底找到一片木屑,
从桶底取出一片木屑。
"她转着木屑又想着:
'怎么利用这木屑一片,
在可爱的姑娘手中,
在高贵的女郎指间,　　　　　　270
搁在可爱的姑娘手中,

搁在高贵的女郎指间?'
"姑娘就拿起这片木屑,
在高贵的女郎指间,
她合拢了她的两手,
双手就擦着木屑一片,
又搁在腿上擦个不住,
突然做出金胸的貂鼠。
"她就命令她的孤儿,
她就吩咐她的貂鼠: 280
'我的貂鼠,我的小鸟,
毛皮美丽的我的爱物!
听我怎么吩咐你,
你赶快到那地方,
到森林中熊的岩洞,
熊在那里悄悄地徜徉,
熊在那里不绝地争斗,
熊在那里凶猛地埋伏。
用你的手把泡沫刮取,
让你的爪子带着泡沫, 290
都带到姑娘的手上,
奥斯摩达尔的臂膊上。'
"貂鼠认识它的路径,
这金胸的迅速向前,
不久就完成了行程,
急急忙忙通过空间,
穿过树林子一处两处,

又斜跨第三处树林子,
它来到了熊的岩洞,
熊在那里来来去去,　　　　　　　　300
熊在那里不绝地争斗,
熊在那里凶猛地潜藏,
在铁一样硬的岩石间,
在钢一样坚的高山上。
"泡沫从熊的口中滴下,
从凶恶的牙床分泌,
它用手把泡沫刮取,
它用爪子把泡沫采集,
带到高贵的女郎手中,
带到姑娘的十指之中。　　　　　　310
"她就把这倾在麦酒里,
她就把这倒在啤酒中,
人的饮料并没有发酵,
麦酒并没有泡沫喷涌。
"那位酿麦酒的姑娘,
制酒人奥斯摩达尔,
她再一次思索着:
'还得加一点什么东西,
才能使这麦酒发酵,
才能使这啤酒起泡?'　　　　　　320
"美丽的卡勒瓦达尔,
这手指纤柔的姑娘,
她的手指那么伶俐,

轻便的鞋子穿在脚上,
她抚摩桶底的缝隙,
她摸索桶底的四边,
她试了一只又一只,
又在锅子的空隙之间,
在地上看见一荠芥子,
就把一荠芥子拣起。　　　　　　330

"她转着芥荠又想着:
'怎么利用这荠芥子,
在高贵的女郎指间,
在可爱的姑娘手里,
搁在高贵的女郎指间,
搁在可爱的姑娘手里?'

"姑娘就拿起这荠芥子,
在高贵的女郎手里,
她合拢了她的两手,
双手擦着这荠芥子,　　　　　　340
又搁在腿上擦个不停,
突然造出一只蜜蜂。

"她就命令她的蜜蜂,
她对蜜蜂这样吩咐:
'你蜜蜂,活泼的鸟儿,
开花的草原的君主!
听我怎么吩咐你,
你赶快飞到那里,
飞到大海中的岛上,

有礁石在海面矗立。　　　　　　350
那里睡着一个姑娘，
她的铜腰带已经松散；
蜜的草滋长到她膝上，
甜的草挺生在她腰边。
把蜜搁在你的衣服上，
把蜜搁在你的翅膀里，
从最美的草儿采下，
从金黄的花朵收集，
都带到姑娘的手上，
奥斯摩达尔的臂膊上。'　　　　360

"蜜蜂这活泼的小鸟，
迅速地飞向前面，
不久就完成了行程，
飞过了广漠的空间，
它首先飞过了大海，
又沿着海向前面斜飞，
飞到大海中的岛上，
有礁石在海面矗立。
它看见睡着的姑娘，
锡的胸针在胸脯上，　　　　　　370
她在茂盛的草地安息，
在蜜的田野中央；
她的腰边滋长着金草，
腰带旁挺生着银草。

"它用蜜把翼翅浸透，

它用蜜把羽毛沾满,
从最鲜艳的草儿,
从金黄的花朵的花冠,
带到高贵的女郎手中,
带到姑娘的十指之中。 380
　"她就把这倾在麦酒里,
她就把这倒在啤酒中,
啤酒终于发酵了,
新鲜的饮料泡沫喷涌,
从那新制的桶里,
从那桦木的桶中,
泡沫涌到把手上,
一直向桶沿喷涌;
涓涓地在地上滴答,
在地板上顺流而下。 390
　"只过去了不多一会儿,
过去的时光并不久,
勒明盖宁领着英雄们,
都聚到这里来喝酒。
喝奥斯摩达尔的麦酒,
喝卡勒瓦达尔的啤酒,
阿赫第醉了,高戈醉了,
这健壮的下流的家伙。
　"那位酿麦酒的姑娘,
制酒人奥斯摩达尔, 400
她就这样地说道:

'哎呀,真不幸的日子!
我酿麦酒酿得太坏,
我做啤酒做得真糟,
让它流到酒桶外面,
在地板上一直流掉。'

"有赤莺在树上歌唱,
有画眉在屋梁鸣叫:
'这麦酒一点也不坏;
这麦酒是最好的饮料;   410
只要你倾在木桶里,
再把它存入地窖,
在槲木桶中保藏,
外面用铜箍箍上。'

"这卡勒瓦的麦酒,
啤酒最初就这样酿成,
它获得最高的赞美,
它有着最大的名声,
为了谨慎的人们,
麦酒是最好的饮料,   420
它使妇女喜笑颜开,
它使男子快乐逍遥,
它使谨慎的人高兴,
却又使傻瓜发疯。"

波赫尤拉的老女主,
听到了麦酒如何酿制,
她就倾下了半桶水,

在最大的新木桶里，
她搁了适量的大麦，
加上足够的忽布草，   430
她开始酿造麦酒，
麦酒就开始发酵，
在装了酒的新桶里，
在桦木的酒桶里。

石头通红了几个月，
水沸腾了几个夏天，
树木尽在岛上燃烧，
水不绝地取自水泉，
岛上的树木不见了，
湖水也大大地退缩，   440
麦酒已经装入酒桶，
啤酒已经稳稳存贮，
为了波赫亚的酒筵，
为了大宅中的欢宴。

烟在海岛升得高高，
火在海角烧得通红；
升起了一阵阵浓烟，
烟雾冲上了天空。
火腾着轰轰的烈焰，
火闪着熠熠的光华，   450
烧红了半个波赫亚，
照遍了全卡勒里亚。

大家都望着天上，

一边望一边问道：
"为什么烟雾腾腾，
这样地烟熏火燎？
它比不上战争的烽火，
却又胜过牧人的篝火。"
　　勒明盖宁的母亲，
在很早的早晨起身，　　　　　　　　460
她到外面打水去。
望见了烟雾一阵阵，
从波赫尤拉上升，
她就这样地开言：
"这也许是作战的烽烟，
这也许是战争的烈焰。"
　　住在岛上的阿赫第，
漂亮的高戈蔑里，
他一边走一边眺望，
他深深地默想沉思：　　　　　　　470
"我要到近一点的地方，
去仔细地观察一番，
这烟雾从哪里上升，
这样地弥漫了空间，
这是不是作战的烽烟，
这是不是战争的烈焰。"
　　高戈去了，去看一看，
这烟从哪里升到空间；
这并不是作战的烽烟，

这并不是战争的烈焰，　　　　　480
这是酿造麦酒的烟火，
他们正将啤酒酿造，
在萨辽拉的海峡附近，
弥漫于突出的海角。

高戈又眺望着周围，
一只眼斜斜地一瞥，
一只眼歪歪地一瞅，
他的嘴慢慢地一噘，
他就对着海峡那面，
他一边望一边说：　　　　　　490
"我的亲爱的养母，
波赫尤拉的好女主！
你酿制了最好的麦酒，
你将出色的啤酒酿制，
原来是为了勒明盖宁，
大宅中的狂欢的筵席，
你预备着我的婚礼，
娶你年轻可爱的女儿。"

麦酒已经完全发酵，
人的饮料已经成熟，　　　　　500
红麦酒好好地保藏，
好啤酒稳稳地存贮。
他们储藏在地窖中，
他们储藏在岩洞里，
装着槲木的酒桶，

又塞着铜的塞子。
　波赫尤拉的老女主,
预备了宴会的食品,
锅子都齐声地歌唱,
炖罐都嘶嘶地发音,　　　　　　510
烘制着巨大的面包,
调和着庞大的汤盆,
在大宅中的宴会上,
供给一群群的客人,
波赫亚的盛大的酒筵,
多雾的萨辽拉的欢宴。
　面包已经烘制完毕,
汤盆已经调和停当,
只过去了不多一会儿,
过去了短短的时光,　　　　　　520
麦酒在酒桶中发作,
啤酒在酒窖里酝酿:
"现在快点来喝一喝,
现在快点来尝一尝,
让他们传播我的名望,
让他们去赞美歌唱。"
　他们就去寻找歌手,
去寻找著名的歌人,
他知道最好的传说,
他有最高亢的声音。　　　　　　530
他们先去试一下鲑鱼,

鳟鱼唱不唱高亢的歌；
鲑鱼歌唱不了什么，
梭子鱼吟诵不了传说。
鲑鱼的牙床弯又弯，
梭子鱼的牙又太宽。

 他们又去寻找歌手，
去寻找著名的歌人，
他知道最好的传说，
他有最高亢的声音。   540
他们找到了孩子，
儿童可能高亢地歌唱。
孩子却歌唱不了什么，
咕咕哝哝的只会吵嚷，
孩子的舌头弯又弯，
他的舌根也一样弯。

 红麦酒就不禁发怒，
新饮料就口出怨言，
在槲木的酒桶中间，
在铜的塞子后面：   550
"如果你不找来歌手，
你不找来著名的歌人，
来吟诵最好的传说，
来唱最高亢的歌声，
我就要迸断铜箍，
一直向地下流注。"

 波赫尤拉的老女主，

就将她的客人邀请,
派她的使者上路,
她又这样地说明: 560
"我的最小的侍女,
我的听话的姑娘!
请他们来参加欢宴,
请他们一起光降,
请贫困的,请穷苦的,
请瞎子也请苦人,
请跛子也请瘸子;
让瞎子乘了船来临,
让跛子骑了马前奔,
让瘸子坐了雪车前进。 570

"请波赫亚的所有的人,
请卡勒瓦的一切的人:
请年老的万奈摩宁,
他是最伟大的歌人,
就是不请勒明盖宁,
不请阿赫第·萨勒莱宁。"

小小的侍女说道,
她就这样地发问:
"为什么不请勒明盖宁,
不请阿赫第·萨勒莱宁?" 580

波赫尤拉的老女主,
她就这样地说明:
"为什么不请高戈蔑里,

不请轻佻的勒明盖宁,
就为了他老爱吵架,
动不动就和人作对,
在宴会中风言蜚语,
在婚礼时胡作非为,
盛装的温雅的姑娘,
都会觉得羞愧难当。" 590
　　小小的侍女说道,
她就这样地发问:
"怎么能认出高戈蔑里,
我不去将他邀请?
阿赫第的屋子在哪里,
高戈蔑里住在哪里?"
　　波赫尤拉的老女主,
她就这样地说明:
"你很容易知道高戈,
知道阿赫第·萨勒莱宁。 600
阿赫第住在海岛上,
那流氓就住在水旁,
高戈的海角的弯子,
是海湾最宽的地方。"
　　这个小小的侍女,
这个雇用的姑娘,
她去请六方的客人,
她带了消息到八方;
她去请波赫亚的人,

她去请卡勒瓦的人,　　610
邀请了最穷苦的人们,
邀请了最褴褛的人们,
只有他,她不去邀请,
那叫阿赫第的年轻人。

第二十一篇　波赫尤拉的婚礼

一、新郎伊尔玛利宁和他的同伴在波赫尤拉受到欢迎。（第1—226行。）
二、波赫尤拉的女主用大量的酒食殷勤地招待宾客。（第227—252行。）
三、万奈摩宁唱歌赞美屋子里的人们。（第253—438行。）

波赫尤拉的老女主，
这萨辽拉的老太婆，
一会儿在门外服务，
一会儿在屋里忙碌；
她听到鞭子的噼啪，
雪车辚辚地在岸上，
她转过眼来望北方，
她回过头来向太阳，
她深深地沉思默想：
"这些人为什么来临，　　　10
到不幸的我的海岸，
是不是可怕的敌军？"

她走去向四周眺望，

看到他们已经临近；
并不是可怕的敌军，
是来了宾客一大群，
也来了她的女婿，
同许多别的人一起。

　　波赫尤拉的老女主，
这萨辽拉的老太婆，
看到了新郎的队伍，
她就大声地这么说：
"我以为刮起了大风，
还是什么柴堆翻了身，
还是浪花在海岸冲击，
还是沙石在沙滩飞滚。
我就向四周眺望，
看到他们已经临近；
我才知道没有刮风，
也没有柴堆翻身，
海岸没有浪花冲击，
沙滩没有沙石飞滚。
原来是我女婿一行，
他们一共有二百人。

　　"我怎么认出我的女婿，
在这一大群的人中？
他在中间很容易分辨，
像樱桃树挺生于树丛，
像槲树在灌木林中，

像月亮照耀于星空。　　　　　40
"他赶着黑色的骏马,
这马像是贪婪的恶狼;
又像大鸦猛攫猎物,
又像云雀振翅飞翔。
有六只金黄的歌鸟,
在车辕上甜蜜地歌唱,
还有七只青色的小鸟,
停在拖索上歌唱。"

听到了路上的喧哗,
滑板格格地经过水泉;　　　50
新郎来到了院子里,
有许多人和他做伴,
新郎在人群中出现,
同了最大的一队,
他不是领头的一个,
也不是殿后的一位。

"青年们,出来!英雄们,
到院子里来!不要迟疑,
解一解马的胸带,
松一松雪车的索子,　　　　60
赶快把车辕放低:
把新郎领进屋子里。"

新郎的马就向前奔,
漂亮的雪车就向前跑,
通过了主人的院子;

波赫尤拉的女主说道:
"我的人,我雇用的人,
最好的乡下的奴子!
去照料新郎骑来的马,
马额上有一块白记,　　　　　　　70
把包铜的马具卸去,
把锡饰的胸带褪下,
把最好的皮缰绳解开,
把最漂亮的鞍子取下。
领着新郎的这匹马,
你要小心地伺候。
牵着丝织的缰绳,
牵着银饰的笼头,
到最安静的地方溜达,
那里有最柔软的草地,　　　　　　80
那里有最美丽的积雪,
像牛奶一样白的大地。

"你领新郎的马到水边,
在邻近奔泻着的水泉,
那里的水永远不冻,
像最甜的奶一样喷溅,
在金黄的松根下,
在蓬松的枞树下。

"你去喂新郎的马,
用那金黄的马槽,　　　　　　　　90
用那铜饰的马槽,

有大麦,最好的食料,
还有煮熟的夏小麦,
还有舂碎的夏裸麦。

"你再领新郎的马,
领到最好的马房,
领到最好的休息地,
领到最后面的马房。
你就系住新郎的马,
系在金的大环上,　　　　　100
系在铁的小环上,
在弯曲的桦木柱旁;
第一盆燕麦满又满,
第二盆干草软又软,
第三盆糠皮细又细,
都搁在新郎的马前。

"你再刷新郎的马,
用海象骨的刷子刷,
不要损伤它的毛,
不要扭皱漂亮的尾巴;　　　110
你再遮盖新郎的马,
用金光灿烂的席子,
用银色辉煌的布片,
又用铜饰的马衣。

"我的乡下小子们!
领着新郎来到我的家,
把他的帽子轻轻除下,

把他的手套轻轻取下。
"我要看一看新郎
能不能走进屋子来， 120
如果大门没有抬高，
如果门柱没有移开，
如果没有举起屋梁，
如果没有埋下门槛，
如果没有破坏内墙，
如果没有搬动地板。
"这房屋不适合新郎，
这份大礼不适合房屋，
除非抬高了大门，
除非移开了门柱， 130
除非举起了屋梁，
除非埋下了门槛，
除非破坏了内墙，
除非搬动了地板，
新郎的头长过房屋，
新郎的耳朵高过房屋。
"赶快把屋梁举起，
不让他的头碰到屋顶，
赶快把门槛埋下，
不让碰到他的脚心， 140
赶快把门柱移到后面，
让大门大大地敞开；
新郎终于进来了，

高贵的青年终于进来。

"赞美慈悲的俞玛拉,
为这进来了的新郎,
我要看一看这屋子,
我要向周围望一望,
桌子都已经用水洗,
凳子都已经用水抹,　　　　　150
地板都扫净擦亮,
光滑的障壁都揩过。

"我察看变了样的屋子,
我已经几乎说不清,
房间用的什么木料,
又怎么建成了屋顶。
四周筑起了墙壁,
地板也已经铺齐。

"两边的墙用刺猬骨,
驯鹿骨筑后面的墙,　　　　　160
前面的墙用胡獾骨,
小羊骨做了屋梁。

"柱子用弯曲的桦木,
椽子用苹果木制成,
火炉的周围有莲花,
藻井用鲷鱼的鱼鳞。

"只有一张铁的凳子,
别的是萨克森木凳子,
所有的桌子都镶金;

地板上铺着绸的毯子。 170
"火炉闪着铜的光辉,
炉凳是石头的建筑,
炉床是玉石的制品,
铺板是卡勒瓦的树木。"
　新郎走进了屋子,
急急地到屋梁之下,
他就这样地说道:
"保佑我,大神俞玛拉!
在这高贵的屋梁下,
在这堂皇的屋顶下。" 180
　波赫尤拉的女主说道:
"欢迎!欢迎你进来,
来到这很小的房间,
来到这很低的茅舍,
来到这枞树造的小屋,
来到这松树造的房屋。
"我的小小的姑娘,
我雇用的乡下侍女!
你去拿燃着的桦树皮,
做一支涂柏油的火炬, 190
让我来看一看新郎,
看一看他的眼的颜色,
他的眼是蓝还是红,
还是像麻布一样白。"
　小小的乡下姑娘,

这个小小的侍女，
她带来燃着的桦树皮，
做成涂柏油的火炬。
　"树皮爆出了火焰，
柏油升起了黑烟，　　　　　　200
烟炱会眯住他的眼，
也要熏黑漂亮的脸。
你去拿别的火炬，
一支最白的蜡火炬。"
　小小的乡下姑娘，
这个小小的侍女，
拿来了燃着的火炬，
一支最白的蜡火炬。
　升着白蜡似的白烟，
腾起了辉煌的火焰，　　　　　　210
新郎的眼那么明亮，
他的脸又那么灿烂。
　"我看到新郎的眼了！
他的眼不蓝也不红，
也不像麻布一样白，
他的眼湖波似的闪动，
像芦苇一样的棕色，
像香蒲一样地可爱。
　"我的乡下小子们！
你们赶快领着新郎，　　　　　　220
领到最高的座位里，

领到最尊贵的地方,
让他背着蓝的墙壁,
让他面向红的屏风,
对着呐喊着的人群,
在邀请的宾客之中。"
　　波赫尤拉的老女主,
恭敬地宴请客人,
给他们最好的奶油,
给他们大量的奶饼;　　　　　　　230
她这样招待着客人,
新郎是其中第一人。
　　盘子里盛着鲑鱼,
猪肉是搁在两边,
碟子满满地溢出了,
已经满得不能再满,
她这样宴请着客人,
新郎是其中第一人。
　　波赫尤拉的女主说道:
"我的小小的侍女!　　　　　　　240
给我把麦酒量来,
盛在双柄的酒壶里,
给我们邀请的客人,
新郎是最主要的一人。"
　　这个小小的侍女,
这个雇用的婢子,
她奉命量来了麦酒,

斟遍了五箍的杯子,
直到这忽布酿的麦酒,
它的泡沫染白了胡子, 250
染白了客人们的胡子,
最白的是新郎的胡子。
　关于麦酒有什么可说,
这在五箍杯中的麦酒,
当它到了歌人手中,
那位最伟大的歌手,
年老的万奈摩宁,
第一个最老的歌人,
他最出色的歌手,
他最伟大的贤人? 260
　他第一个举起麦酒,
他就这样地说道:
"麦酒啊,甜蜜的饮料!
你让饮者眉开眼笑,
你催人们发出歌声,
用黄金的嘴一齐高唱,
让我们的老爷们诧异,
让我们的太太们思量,
那时已经停止了歌声,
已经静下欢乐的舌头。 270
　如果麦酒酿坏了,
在我们面前的是坏酒,
歌人们就唱不出歌来,

唱不出最好的歌声,
我们的贵客一声不响,
杜鹃也不再啭鸣。
　"谁的舌头向我们唱歌,
向我们歌唱的有谁,
为这波赫亚的婚筵,
为这萨辽拉的宴会? 　　　　280
凳子不会向我们歌唱,
除了人们在上面坐下;
地板不会愉快地交谈,
除了人们在上面溜达;
窗户不会显得欢乐,
除非主人从其中眺望;
桌子边不会发出声音,
除非人们坐在它四旁;
烟囱也不会有回响,
除非人们坐在它下方。" 　　　290
　地板上坐着个小孩,
炉凳上坐着个奶胡子①,
小儿在地板上叫喊,
孩子在炉凳上致辞:
"我的年纪做不了父亲,
我的身子也没有成长,
虽然我还是这么小,

---

① 奶胡子,芬兰文的直译,意思是"孩子"。

如果别的大人不唱，
身体更强的人们不喊，
脸儿更红的人们不唱， 300
我瘠瘦的孩子就呼啸，
我瘦小的孩子就歌唱，
我要唱，不管这么瘦弱，
不管我的肚子并不圆；
这就有欢乐的夜晚，
也有更光彩的白天。"

炉边坐着个老头子，
他就在炉边这样说：
"小孩子不宜于歌唱，
瘦弱的不宜于唱歌。 310
孩子的歌不过是谎话，
姑娘的歌不过是愚蠢。
让那最聪明的人歌唱，
那个坐在凳子上的人。"

年老的万奈摩宁，
他就这样地开言：
"在最高贵的人们中间，
有没有我们的青年，
他们的手一起挽着，
他们的手钩在一起， 320
他们对我们诵说，
前后摇动着歌唱不息，
这就有更欢乐的白天，

也就有更祝福的夜晚?"
　　炉边的老头子说道:
"我们从来不曾听见,
不曾听见也不曾看到,
在这么长久的时间,
也没有更好的歌手,
能够比我唱得动人,　　　　　　330
在儿时我就歌唱,
唱出了高亢的颤音,
欢乐地歌唱于水边,
草地上都有了回声,
我在枞树丛中高歌,
我也在森林中讴吟。

　　"那时候我的歌声,
调子又响亮又和谐,
就像是河水的潺潺,
又像是溪水的呜咽,　　　　　　340
恰似雪鞋滑过积雪,
恰似快艇跨过湖水;
我却无法告诉你,
我怎么失去了智慧,
不见了响亮的歌喉,
失去了歌声的可爱。
它不再河水似的奔流,
它不再波浪似的澎湃,
却像在残梗中的耙子,

却像在松根间的铁锹,   350
像陷在泥中的雪车,
又像船只触了礁。"

  年老的万奈摩宁,
他就这样地讲说:
"如果没有别的歌手,
来伴着我一起唱歌,
我也要独自歌唱,
现在我就开始高歌,
我生来就要歌唱,
我生来就会演说;   360
我不曾在村子里请益,
也不曾向陌生人学习。"

  年老的万奈摩宁,
这一生歌唱的台柱,
他就开始愉快地歌唱,
他就从事辛苦的工作,
高声唱着欢乐的歌曲,
高声说着智慧的言语。

  年老的万奈摩宁唱着,
轮流地诵说又歌唱,   370
合适的言语永不缺少,
他的歌声永不衰亡,
山中的石子要先消失,
池里的莲花要先枯死。

  万奈摩宁这样歌唱,

为了夜晚的欢乐愉快；
男子们都兴高采烈，
妇女们都喜笑颜开，
听着万奈摩宁的歌声，
一边倾听一边惊奇， 380
惊奇充满了听众的心，
听了他歌唱的都诧异。

　年老的万奈摩宁说道，
当他结束了歌唱：
"作为歌手和法师，
我的成就就是这样，
我只有很小的成就，
我的努力也没有什么：
如果伟大的创造主，
用他的甜蜜的嘴诵说， 390
对你们唱他的歌曲，
作为歌手和法师。

　"他要把大海唱成蜜，
他要把海沙唱成麦芽，
他要把石子唱成豌豆，
他要把沙子唱成盐花，
他要把森林唱成谷地，
他要把荒原唱成麦田，
他要把高山唱成糕饼，
他要把高山变成鸡蛋。 400

　"作为歌手和法师，

他还要说,还要命令,
他要对这住宅歌唱,
畜舍里永远牲畜成群,
街巷中永远开遍鲜花,
平原上永远充满乳牛,
一百头有角的家畜,
有乳房的又有一千头。
"作为歌手和法师,
他还要说,还要命令, 410
山猫皮袭给我们主人,
布衣给我们女主人,
系带的靴给她的女儿,
红的衬衫给她的儿子。
"俞玛拉,伟大的创造主!
赐给我们永久的恩惠,
保佑我们看到的人们,
祝福他们的一切行为,
这里波赫尤拉的盛筵,
这里萨辽拉的欢宴, 420
让麦酒大河似的奔流,
让蜜酒洪水似的泛滥,
波赫尤拉的家人中间,
萨辽拉的大厅里面,
白天我们放声歌唱,
夜晚我们尽兴狂欢,
在主人的长长的一生,

在女主的长长的一生。
"我们的创造主俞玛拉!
永远给我们祝福,　　　　　430
保佑在首座的主人,
保佑在堆房的女主,
保佑撒网的儿子,
保佑织布的女儿。
保佑他们没有忧愁,
来年也不用悲哀叹息,
在这漫长的欢宴之后,
在这大宅的盛筵之后!"

第二十二篇 新娘的悲哀

一、新娘准备出门,她记起了过去的生活和当前不同的生活。(第1—124行。)
二、新娘觉得十分担心。(第125—184行。)
三、老太婆让新娘啼哭。(第185—382行。)
四、新娘啼哭着。(第383—448行。)
五、孩子安慰新娘。(第449—522行。)

这波赫亚的宴会,
这比孟多拉的婚礼,
这个节日终于过去,
这次酒筵终于完毕。
对新郎伊尔玛利宁,
波赫尤拉的女主说道:
"干吗坐着?高贵的人!
干吗等着?国家的英豪!
坐着,为了让父亲欢喜,
等着,为了对母亲的爱,
给观礼的宾客以敬意,
给我们的住宅以光彩? 10

"不是为了让父亲欢喜,
不是为了对母亲的爱,
并不是给宾客以敬意,
并不是给住宅以光彩;
坐着,为了对女郎的爱,
等着,为了让姑娘欢喜,
为了那披发的姑娘,
为了你想望着的美女。 20

"新郎,我最亲爱的兄弟!
等一星期,再等一星期;
你的爱人还不曾准备,
她还没有打扮完毕。
她的发辫只编了一半,
还有一半却未曾编。

"新郎,我最亲爱的兄弟!
等一星期,再等一星期,
你的爱人还不曾准备,
她还没有打扮完毕; 30
她的衣袖只整了一只,
还有一只却不合适。

"新郎,我最亲爱的兄弟!
等一星期,再等一星期,
你的爱人还不曾准备,
她还没有打扮完毕;
她的一只脚已经穿鞋,
还有一只却不妥帖。

"新郎,我最亲爱的兄弟!
等一星期,再等一星期, 40
你的爱人还不曾准备,
她还没有打扮完毕;
她的一只手戴了手套,
还有一只却未曾戴好。

"新郎,我最亲爱的兄弟!
你耐心地等了又等;
你的爱人已经准备,
你的鸭子打扮完成。

"你去吧,订了婚的姑娘!
跟着他,新买去的鸽子! 50
很快的是你的结合,
更快的却是你的分离,
领你去的已经在一起,
领你的人就在门旁,
他的马正咬着嚼子,
他的雪车正等着姑娘。

"你伸出了贪婪的手,
那么喜爱新郎的钱,
戴上他给你的项链,
套上他给你的指环。 60
你只想乘华丽的雪车,
这车现在正等着你,
雪车飞快地上路,
立刻带你到村子里。

"年轻的姑娘!我问你,
可曾考虑问题的两面,
在你们订了约之后,
可曾看得比现在更远?
你的一生要哭哭啼啼,
要忍受多少年的悲伤, 70
你怎么离开父亲的家,
抛弃你自己的故乡,
别了你好心的母亲,
别了你出生的地方?

"你过着幸福的生活,
在你父亲的老家:
就像草丛中的莓果,
就像大路边的鲜花,
你一起床就喝牛奶,
你一醒来就吃奶油, 80
一起身有小麦的面包,
一离床有新鲜的奶油,
如果你不能吃奶油,
你可以切几片猪肉。

"你从来不必忧虑,
你从来没有悲伤,
你把忧虑扔给枞树,
你把悲伤抛向树桩,
烦恼给沼地里的松树,
烦恼给草地上的桦树。 90

你像树叶一样飞舞,
你像蝴蝶一样飞舞,
像是莓果在本地,
像是旷野的覆盆子。
　"你要离开你的家庭了,
你要去别一个家庭,
和陌生人的家人一起,
去听别的母亲的命令。
你知道那里不同这里,
在别的屋子里就不同;　　　　　100
号角吹着不同的调子,
你听到别的门在响动,
格格地响着别的大门,
钓丝也有不同的声音。
　"你连大门也找不到,
你也不熟悉门户,
不像在家里的女儿,
可以放胆地生火,
你就烧不热炉子,
讨不了主人的欢喜。　　　　　110
　"你可曾想,年轻的姑娘!
你可曾想,你可曾明白,
你是不是只去一夜,
第二天早上就回来?
你并不是只去一夜,
不是一夜,也不是两夜,

你要去很长的时间,
你要去许多年月,
一生都离开父亲的家,
要离开你母亲一生, 120
如果你下一次回来,
回到你以前的家庭,
那时院子一定更宽,
也一定移高了门槛。"

 不幸的姑娘就叹气,
可怜的她叹气又喘息,
心头充满了悲哀,
眼里噙住了泪滴,
她终于这样地说道:
"我这样想,这样忖度, 130
我一生中都这样想,
我小时候就这样说:
你不是太太,只是姑娘,
受你的父母保护,
走着父亲的草地,
住着老母的房屋。
只有到了丈夫的家,
你才是一位太太,
这只脚停在门槛上,
那只脚跨上他的雪车, 140
那时你的头抬得高高,
你的耳朵也伸得高高。

"这是我一生的希望,
这是我从小的心愿,
我整年都望着它来,
就像我望着夏天。
我的希望已经实现;
我不久就要离开,
这只脚停在门槛上,
那只脚跨上他的雪车,   150
可是我还不很明白,
我会不会改变主意。
我不能欢乐地流浪,
我不能愉快地分离,
抛弃这黄金的家,
我的儿时在这里度过,
也在这里度过青春,
我父亲也在这里居住。
我忧愁地、悲哀地离开,
我去了,苦苦地想望,   160
像走进秋天的黑夜里,
像踏在春天的流冰上,
冰上没有遗下车痕,
滑滑的也不留脚印。

"别的人们怎么思想,
别的新娘怎么感觉,
别的新娘是否遇到,
心头忍受着这悲切,

正如不幸的我一样？
我担负着最黑的痛苦，　　　　　170
我的心像漆一样黑，
漆黑的痛苦将我压住。

"幸福的人们的心情，
快乐的人们的心情，
就像是春天的清晨，
就像是春天的黎明；
怎样的思想使我苦恼，
怎样的思想起自心间？
就像到了低低的池岸，
就像到了黝黑的云边；　　　　　180
像秋天的阴沉的黑夜，
像冬日的惨淡的白天，
我要说得明确一点：
比秋天的黑夜还阴暗！"

家里有个老太婆，
老早就住在这地方，
她就这样地回答：
"静一下，年轻的姑娘！
你可记得我对你说过，
还重复了有一百回，　　　　　　190
你不要为了爱人高兴，
你不要喜爱他的嘴，
不要为他的眼着迷，
不要将他的脚称赞？

无论他的嘴多好听,
无论他的眼多好看,
楞波就在他的下巴上,
他的嘴里埋伏着灭亡。
"我劝告过姑娘们,
我老对她们这样劝告, 200
不论求爱者多么伟大,
不论求婚者多么崇高;
只用这句话回答,
你这方面对他们说,
对他们说这样的话,
你就这样对他们说:
'这对我一点不合适,
不合适也不相宜,
要我去做什么媳妇,
抛弃了自由做奴隶。 210
我是个漂亮的姑娘,
不适宜去做婢子,
我不答应离开家庭,
不去听别人的指使。
如果你再说一句话,
我就用两句来回答,
如果你拖我的头发,
如果你拉我的鬈发,
我就打散头发甩开你,
我就披着鬈发赶走你。' 220

"可是你并没有注意,
你也没有听我的话,
你一定要引火烧身,
在沸腾的柏油中陷下。
狐狸的雪车等着你,
你要落入熊的掌握,
狐狸的雪车将你载去,
熊将你远远地带走,
永远做别人的奴隶,
永远做婆婆的奴隶。 230

"离开你的家到学校,
离开你父亲去受难,
你去的学校那么严厉,
你受的苦难那么久远。
缰绳已经为你带来,
镣铐已经为你准备,
这些并不是为了别人,
却正是为了不幸的你。

"不久你就感到痛苦,
没有帮助也没有保护, 240
公公的下巴尽摇摆,
婆婆的舌头尽发怒;
伯叔的骂声多凶狠,
妯娌的斥责太无情。

"姑娘,听我告诉你,
你听着我说的话,

你是父亲一家的欢乐,
你是家里的一朵小花,
父亲叫你月亮的光辉,
母亲叫你太阳的光线,   250
哥哥叫你闪闪的清水,
嫂嫂叫你蓝蓝的布片。
你到了别人的家里,
那里有陌生的母亲,
无论哪个别的母亲,
总不如生身的母亲:
她很少有好心的劝告,
她很少有正当的教诲。
公公只叫你小家伙,
婆婆只叫你懒惰鬼,   260
伯叔只叫你石阶儿,
妯娌只叫你脏东西,

"如果有好运等着你,
等着你的最好的命运,
就是你像雾似的消散,
像烟似的离开了家庭,
吹去了,像落叶的飘摇,
飘去了,像星火的闪耀。

"你却不是会飞的鸟儿,
不是落叶飘摇于空间,   270
不是飘荡着的星火,
不是升在屋上的炊烟。

"姑娘啊,我可怜的姊妹!
你改变着,多大的变动!
你把你亲爱的父亲,
变成了很坏的公公;
你把你仁慈的母亲,
变成了最严厉的婆婆;
你把你高贵的哥哥,
变成了歪脖子的伯叔; 280
你把你温雅的嫂嫂,
变成了斜视眼的妯娌;
你不睡麻布的卧榻,
却在冒烟的炉灶上睡;
你把最清洁的水泉,
换成了泥泞的浅水;
你把岸上的沙滩,
换成了河底的黑泥;
你把欢乐的草地,
换成了荒凉的瘠土; 290
你把你的莓果的山丘,
换成了开垦地的残株。

"你可想到,年轻的姑娘,
羽毛丰满了的鸽子!
抛开了忧愁和辛苦,
在今天的晚会里,
当你需要休息的时间,
他们就领你去睡眠?

"他们不领你去睡眠,
他们不让你去休息, 300
等着你的只有管束,
等着你的只有悲戚,
沉重的思想向你攻击,
痛苦的思想向你侵袭。
"只要你不戴上头饰,
你就不会有忧患;
只要你不披上面纱,
你就不会有苦难。
现在头饰带给你忧患,
面纱又带给你苦难, 310
麻布带来沉重的思想,
亚麻又带来无边的忧患。
"姑娘在家里怎么生活,
当姑娘在父亲身边;
就像王宫里的国王,
只缺少一把宝剑。
媳妇的生活却凄惨,
她伴着丈夫生活,
就像在俄罗斯的罪犯,
只缺少一名狱卒。 320
"在工作季必须工作,
她的肩背渐渐伛偻,
她的身子渐渐衰弱,
她的脸上汗水直流。

后来别的时节来了，
她又不得不去生火，
不得不去准备炉子，
她的两手必须工作。

"这不幸的倒霉的女儿，
必须长久地寻求探访： 330
鲑鱼的心，小鲈鱼的舌，
鱼池里的鲈鱼的思想，
鲦鱼的肚子，鲷鱼的嘴，
还要学习鹊鸟的智慧。

"这我真不能了解，
我猜九次也猜不到，
怎么会来了这强盗，
哪里又养了这老饕，
来抢母亲钟爱的女儿，
母亲最心爱的宝贝， 340
吃了肉，吞下了骨头，
抛去了头发任风吹，
她们的长发飘动不停，
一齐都送给了春风。

"你哭吧，年轻的姑娘！
你要哭就哭个不休。
你哭出了一把眼泪，
渴望之泪装满了拳头，
滴在父亲的屋子里，
地板上成了眼泪湖， 350

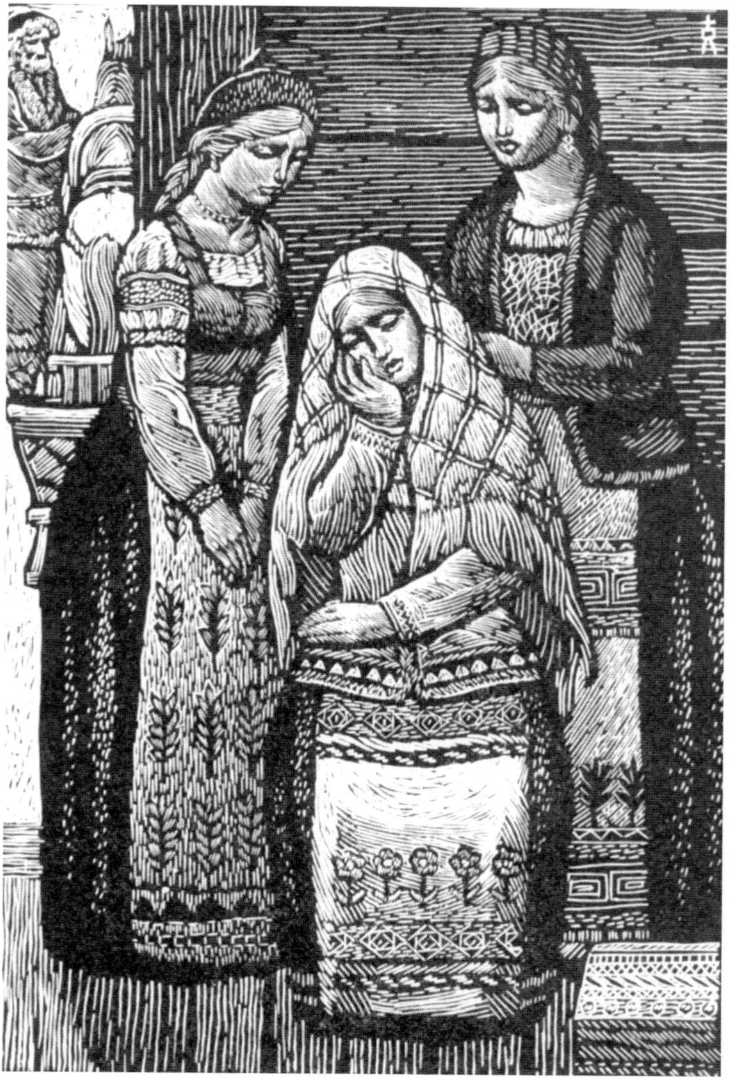

泪水在房间里泛滥,
一阵阵漫过了窗户!
如果你没有哭痛快,
你回来的时候还得哭,
当你到了父亲的家,
看见了你的老父,
闷死在浴室中的他,
干了的浴帚压在臂下。

"你哭吧,年轻的姑娘!
你要哭就哭个不休;   360
如果你没有哭痛快,
你还得哭,回来的时候,
当你到了母亲的家,
看见了你的老母,
她已经闷死在牛栏里,
膝上搁着麦秸一束。

"你哭吧,年轻的姑娘!
你要哭就哭个不休。
如果你没有哭痛快,
你还得哭,回来的时候,   370
当你到了这家里,
看见了健壮的哥哥,
他已经倒在院子里,
倒在门前的走廊口。

"你哭吧,年轻的姑娘!
你要哭就哭个不休。

如果你没有哭痛快,
你还得哭,回来的时候,
当你到了这家里,
看见了文雅的嫂嫂, 380
臂下是一支棒槌,
她已经在中途躺倒。"
　可怜的姑娘呜咽着,
一边呜咽,一边喘息,
不久她就哭了起来,
流下一阵阵的眼泪。
　她哭出了一把眼泪,
渴望之泪装满了拳头,
她哭湿了父亲的屋子,
眼泪湖在地板上晃悠, 390
她表达她的心情,
她就这样地开言:
"我最亲爱的姊妹们,
一生中最好的同伴,
我儿时的一切伴侣!
现在请你们对我说。
我真一点也不明白,
会有这样沉重的压迫,
使我的生活这么难受,
这苦难会向我袭来, 400
这黑暗会和我同在;
我真说不出我的悲哀。

"我想象着不同的生活,
我希望着,在我一生,
像杜鹃一样飞去,
在山顶咕咕地啭鸣,
我盼到了这个日子,
来了我想望着的时间;
却不像杜鹃一样飞去,
在山顶咕咕地叫唤,   410
却像波浪中的野鸭,
在无边无际的海湾,
在结冰的水中游泳,
在冰水中间打颤。

"可怜呀,父亲和母亲!
可怜呀,我年老的父母!
你们要赶我到哪里去,
赶可怜的姑娘去吃苦,
让我这样哭哭啼啼,
承担着过重的苦难,   420
忍受着沉重的悲哀,
负载着太重的忧患?

"可怜我,不幸的母亲!
可怜我,生了我的亲人!
亲爱的!你乳哺了我,
你又养育了我一生,
难道你包扎你的女儿,
还不如包扎树桩子,

难道你洗涤你的孩子,
还不如洗涤鹅卵石, 430
在这么悲哀的时候,
在这么痛苦的时候?
  "许多人对我说别的话,
许多人这样劝告我:
'傻瓜!不要这样担心,
不要受忧愁的压迫。'
你们不要,高贵的人们!
不要说这样的言辞!
压住我的沉重的苦难,
超过瀑布中的鹅卵石, 440
超过洼地上的杨柳,
超过沼泽里的草丛。
马儿不能拉它向前,
钉马掌的马拖它不动,
雪车不能在后面摇摆,
马轭也毫不动弹。
阴暗的凶兆压住我,
我感到了我的苦难。"
  地板上有孩子歌唱,
成长的孩子在炉灶旁: 450
"姑娘,你为什么啼哭,
感到这样的悲伤?
给马匹以你的苦难,
给黑马以你的忧愁,

把悲哀给铁的马嘴,
把痛苦给大的马头;
马匹有更好的头,
它们的头好,骨更硬,
它们的弯脖子更坚定,
它们的躯干也更有劲。 460

"你没有啼哭的理由,
也无须这样忧愁;
他们并不领你去沼地,
也并不推你进水沟。
你离开这肥沃的麦田,
却前往更丰饶的田庄,
他们带你离开这酒厂,
却带往酒更多的地方。

"你只要望一望周围,
就在你站着的那面, 470
你的新郎站着保护你,
健壮的丈夫在你身边。
你丈夫人好,马也好,
他的地窖里应有尽有,
雷鸟在雪车上高歌,
当雪车向前面滑走,
画眉也那么欢乐,
它们在车辙上歌唱,
还有六只黄金的杜鹃,
同样在马轭上飞翔, 480

七只青鸟停在车架上，
一齐在车架上歌唱。
"你无须这样痛苦，
你母亲的心爱的亲人！
等着你的不是厄运，
来的是更好的环境，
坐在务农的丈夫身边，
在农民的被服下面，
在赚面包者的下巴下，
在熟练的渔夫的臂间， 490
穿了雪鞋追麋多暖和，
猎熊之后洗澡多暖和。

"你找到了最好的丈夫，
你获得了伟大的英雄，
他的箭袋并不高挂，
他的弩弓也不闲空；
他不让狗留在家里，
他不让狗躺在干草里。

"这春天已经有三次，
就在很早的早晨， 500
他站在火光之前，
从树丛的卧榻起身；
这春天已经有三次，
露水落在他的眼里，
松枝梳着他的头发，
刷着树枝的刷子。

"他鼓励他的一切人，
使他的畜群增产，
新郎已经有不少家畜，
徜徉于白桦林间，　　　　　　　510
它们在沙丘中漫步，
它们在山谷间放牧；
有角的家畜有一百，
有一千有乳房的家畜；
平原上堆满了草堆，
山谷里长满了庄稼，
赤杨林里五谷滋生，
青草地上大麦抽芽，
石头地宜于种燕麦，
种小麦宜于低湿地，　　　　　　520
一切的财富等着你，
他的钱多过于石子。"

第二十三篇 教训新娘

一、奥斯摩达尔教训新娘,指导她在丈夫家中如何行动。（第1—478行。）
二、一个流浪的老太婆讲述了她做女儿、做妻子以及同丈夫分离以后的生活经验。（第479—850行。）

对这姑娘需要教育,
对这新娘需要训诲;
有谁来训诲女郎,
教育姑娘的又有谁?
　有经验的奥斯摩达尔,
卡勒瓦的最美的姑娘,
她来训诲这女郎,
教育这无助的新娘,
举止要怎样谨慎,
行为要怎样聪明,
对丈夫要小心翼翼,
对婆婆要千依百顺。
　她就这样地说道,
说出了这样的言辞:

10

"我最亲爱的亲人,
新娘啊,我的亲妹妹!
你听着我告诉你,
这已经是第二次。

"你去了,像移植的花朵,
像草莓向地面蔓延, 20
像布片似的向前赶,
你穿着绸袍赶向前,
离开你的著名的家庭,
离开你的美丽的住宅。
你来到别人的家庭,
你前往陌生的住宅;
别人的家庭就不同,
陌生的住宅就两样。
你得尽你的本分,
你得小心地来往, 30
不像在父亲的故乡,
不像在母亲的地上;
那里,他们在路上呐喊,
他们在山谷间歌唱。

"当你离开了你的家,
你的行动就得改变;
有三件事要剩在家里:
白天的懒懒的睡眠,
亲爱的母亲的指示,
新鲜的奶油在桶里。 40

"你的思想也得改变,
把你的瞌睡留在后面,
留给在家里的姑娘,
懒懒地坐在火炉边。
把你的歌唱抛给窗户,
快乐的歌曲抛给凳子,
姑娘的娇态抛给浴帚,
把你的玩笑抛给毯子,
把你的顽皮抛给炉凳,
懒惰的习惯抛给地板, 50
或者把你的一切,
都抛在你的伴娘胸前,
让她搬到灌木林中,
让她运入荒草丛中。

"你得学习别的习惯,
旧的一切都得忘怀。
把对父亲的爱抛开,
要学习对公公的爱;
你必须更低首下心,
你的话要说得中听。 60

"你得学习别的习惯,
旧的一切都得忘怀。
把对母亲的爱抛开,
要学习对婆婆的爱;
你必须更低首下心,
你的话要说得中听。

"你得学习别的习惯,
旧的一切都得忘怀。
把对哥哥的爱抛开,
要学习对伯叔的爱; 70
你必须更低首下心,
你的话要说得中听。

"你得学习别的习惯,
旧的一切都得忘怀。
把对嫂嫂的爱抛开,
要学习对妯娌的爱;
你必须更低首下心,
你的话要说得中听。

"只要黄金的月亮照耀,
在你的长长的一生, 80
不要去不规矩的家,
不要嫁不足道的人,
一家最需要的是道德,
一家最需要的是高贵,
丈夫必须有理性,
必须有最好的行为。
对于不规矩的家,
最需要的是谨慎,
对于不规矩的人,
最缺少的是认真。 90

"老头子是屋角的公狼,
老太婆是炉边的母熊,

伯叔是台阶上的毒蛇,
妯娌是院子里的铁钉,
你对他们要同样敬重,
你必须更低首下心,
不像在父亲的家里,
向自己的母亲致敬,
敬礼你自己的父亲,
敬礼最亲爱的母亲。 100

"你在以后的日子,
必须聪明和伶俐,
你要有谨慎的思想,
你要有不变的智力,
夜间有锐利的眼睛,
望着火光的闪耀,
清晨有机灵的耳朵,
听着公鸡的报晓。
听到了第一次鸡啼,
第二次还不曾听到, 110
年轻的就得起身,
年老的还可以睡觉。

"如果公鸡并没有啼,
主人的鸟儿并没有叫,
那就让月亮代鸡啼,
大熊星做你的指导。
你就得常常到屋外,
常常去仰望月亮,

从大熊星得到指示,
仰望着远远的星光。　　　　　　　120
　"如果你看清了大熊星,
它的头部指着南边,
它的尾部伸向北方,
那就是你起身的时间,
从你丈夫身边起来,
却让他安睡又康宁,
你就在灰烬中找火种,
在火箱里找到火星,
小心地把火吹燃,
不让它随意蔓延。　　　　　　　130
　"如果灰烬中没有火种,
火箱里也没有火星,
就向亲爱的丈夫央告,
就向漂亮的丈夫求恳:
'给我点起火来,亲人!
莓果呀!只要一点火星。'
　"如果你有一小块火石,
你也有一点点火绒,
你就尽快打出火来,
燃着架子里的松明;　　　　　　　140
你就出去打扫牛栏,
去给牲口喂草料,
婆婆的牛已经在鸣,
公公的马已经在叫,

儿子的母牛响着链子，
女儿的小牛尽自叫唤，
把软干草向它们抛去，
把苜蓿搁在它们面前。

"你伛偻着走在路上，
你在牲口中间弯腰，　　　　　　　150
轻轻地给牛喂干草，
静静地给羊喂食料，
把草料搁在它们面前，
给可怜的小牛喝水，
最软的干草饲喂小羊，
最好的草将小马饲喂，
你不要把母猪踩踏，
你不要把公猪踢开，
你给母猪拿来食槽，
你给公猪把食盆拿来。　　　　　　160

"你不要在牛栏里休息，
你不要在羊群中逗留，
当你视察了牛栏，
看过了所有的牲口，
你就得赶快回家去，
一阵风似的飞跑，
婴孩在那里啼哭，
就在毯子下面哭叫，
可怜的孩子不发言，
它的舌头不会说话，　　　　　　　170

它还是冷了还是饿，
还是别的什么打扰它，
只等它的老朋友来临，
先听到了母亲的声音。
"当你来到了房间，
你是第四个在房里；
臂下夹扫帚一把，
手里提水桶一只，
牙缝中咬一片松明；
你们中间你是第四人。 180
"你就把地板扫净，
你就把隔板擦亮，
你在地板上泼水，
不要泼在小孩头上。
如果看见小孩躺着，
纵使是妯娌的娃娃，
你都得抱到凳子上，
替他洗眼睛、梳头发，
在小手里搁一点面包，
也给面包涂上奶油； 190
如果刚巧没有面包，
把面包屑给他的小手。
"你还得揩拭桌子，
在星期六最后的时刻；
用水洗桌子的四周，
桌子脚也不要忽略；

你再用水洗凳子，
墙壁你也要打扫，
所有的凳子的凳面，
所有的墙壁的壁角。 200

"如果桌子上还有灰尘，
如果窗户上还有灰土，
就用湿的抹布揩拭，
就用羽毛掸子拂除，
不要让尘土到处飞扬，
不要沾在承尘上。

"刮去火炉上的铁锈，
擦掉承尘上的煤烟，
不要忘掉承尘的支柱，
也不要忽略屋橼， 210
房子收拾得整整齐齐，
是很合适的安居之地。

"姑娘呀！你听我说，
听着我告诉你的话，
不穿衣服你不要出去，
不穿衬衣也不要玩耍，
没有纱衣你不要走动，
没有穿鞋你不要闲行：
不然新郎就要吃惊，
年轻的丈夫就要不平。 220

"院子里有一棵山梨树，
你要对它毕恭毕敬，

那是一棵神圣的树,
它的枝条也一样神圣,
神圣的是它的叶子,
更神圣的是它的果实,
姑娘可以在那里发现,
孤儿能够从那里得益,
怎么使她的丈夫高兴,
怎么使她的新郎倾心。　　　　　230

"你的脚要比兔子的快,
耳朵要比老鼠的灵,
自豪地弯着你的项颈,
年轻的美丽的项颈,
像杜松树玉立亭亭,
像青翠的樱桃树顶。

"你的行动也要小心,
时时要考虑、要思想;
不要毫无顾忌地休息,
放肆地躺在凳子上,　　　　　　240
不要在床上休息,
自然而然地睡去。

"你的伯叔耕了田回来,
你的公公从堆房回来,
你的丈夫结束了劳动,
你的好人从开荒回来,
你赶快拿来水盆,
你赶快带来面巾,

向他们低头致敬,
发出和蔼的声音。 250
　"你的婆婆从堆房回来,
抱着装了面粉的篮子,
你跑过院子去接她,
就向她低头敬礼,
从她手里接过篮子,
立刻带进屋子里。
　"如果不知道你的本分,
了解得不十分清楚,
你到哪里去劳动,
你要干什么工作, 260
你就去问那老太太:
'我的亲爱的婆婆,
怎么安排这些家务,
怎么着手干这工作?'
　"老太太就这样回答,
你的婆婆就这样说:
'这样安排这些家务,
这样着手干这工作,
这样舂来这样碾,
迅速地推着手磨。 270
你还要把水打来,
好好地把面揉和,
再拿木柴到面包房,
好好地生起了炉子,

你就可以烤面包，
你就可以烘饼子，
把盘子和碟子洗净，
面粉桶也一样洗净。'
　"她告诉了你怎样工作，
婆婆已经给了你教训，　　　　　　280
你从磨石上取了干麦，
就赶到磨坊去磨粉；
当你终于来到了，
当你走进了磨坊，
你走去，不要歌唱，
也不要高声叫嚷；
你让磨石去歌唱，
透过手磨的空隙开言，
你也不要高声抱怨，
让手磨去对你抱怨；　　　　　　290
否则公公就要猜想，
否则婆婆就要怀疑：
你为了不满在抱怨，
你为了烦恼在叹气。
　"你赶快筛你的面粉，
装了盆子带到房里，
细心地揉和之后，
高兴地将面包烘制，
面粉就不会有疙瘩，
通体无比地光滑。　　　　　　　300

"如果水桶歪在一边，
你就把它搁上肩背，
你就把它搁上臂膊，
你就立刻去取水。
你轻轻地提起水桶，
就把它搁在竿头上，
迅速地像风一样转，
像春风一样地动荡，
你不要在水边逗留，
你不要在井边休息， 310
否则公公就要猜想，
否则婆婆就要怀疑：
你在照自己的影子，
你在赞自己的美丽，
画你的红颜在水中，
映你的娇容在井里。

"如果你向柴堆走去，
到那里去拿一点柴火，
不要随便打翻柴堆；
你拿一点白杨的柴木， 320
把柴火轻轻地拿来，
尽量不发出声息，
否则公公就要猜想，
否则婆婆就要怀疑：
你在愤愤地乱掷乱扔，
是你使它吵个不停。

"如果你向堆房走去，
到那里去拿面粉，
你不要在堆房逗留，
不要长久①在里面停顿， 330
否则公公就要猜想，
否则婆婆就要怀疑：
你在将面粉送人，
送给邻居的妇女。

"如果你去洗碟子，
如果你去洗锅和罐，
你要洗壶儿的把手，
你要洗酒杯的边缘，
杯子四周都要注意，
勺子柄也不要忘记。 340

"你要注意勺子的数目，
你要注意碟子的多少，
不然狗会把它偷去，
不然猫会把它拿掉，
不然鸟儿会把它取去，
不然孩子会把它打破：
村子里多的是孩子，
有多少小小的头颅，
他们会拿去你的碟子，
他们会分散你的勺子。 350

---

① 长久，原文作"星期"，这是表示长久的时间的常用词。——英译者

"到了需要晚浴的时候,
你就去拿浴帚和热水,
暖和的浴帚预备停当,
蒸汽弥漫于浴室之内。
这你不要干得太久,
不要逗留在浴室里,
否则公公就要猜想,
否则婆婆就要怀疑:
你一定躺在浴板上,
垂下头靠在凳子上。

"你就再走进房里,
去说浴室已经准备:
'我的亲爱的公公!
浴室已经收拾舒齐:
水有了,浴帚也停当,
浴帚也都刷洗干净。
你可以随意去洗,
这一定使你称心;
我会留意那热气,
就在隔板下面站立。'

"来到了纺纱的时候,
当织布的时候来到,
你不用到村里去商量,
你不用跨过沟去求教,
不用向别的家去请益,
不用向陌生人要梳机。

"用自己的手指纺织,
纺织你需要的线,
松松地绕着毛线,
紧紧地绕着细麻线。　　　　　　　380
再紧紧地卷成线团,
牢牢地绕在纺锤上,
稳稳地搁在织机上,
搁在经线的杆上,
你就急急地穿梭,
你就轻轻地拉线。
织出厚厚的羊毛衣,
也制成羊毛的长衫,
用一次剪下的羊毛,
用的是冬天的羊毛,　　　　　　　390
春天的小羊的毛,
夏天的母羊的毛。

　　"你听我告诉你的话,
再听我怎么告诉你。
你必须用麦芽做甜酒,
你必须把麦酒酿制,
只用大麦一小粒,
只燃烧树干半枝。

　　"等到麦芽发出甜味,
你就捡起来尝一下。　　　　　　　400
你不要用耙子搅它,
也不要用棍子转它,

442

只用你的手翻它，
用两只空手转它。
时时到麦芽房里去，
不让损坏了麦芽，
不要让猫在上面睡，
不要让公猫在上面坐。
你不用怕什么狼，
不用怕林中的怪物，　　　　　　　　410
当你到浴室里去，
当你半夜里出来巡视。

"如果有生客来访问，
你不要对生客发脾气，
安排得好好的家，
经常有待客的饮食：
一片片的肉并不少，
还有最好的面包。

"请客人坐下来休息，
对客人和蔼地谈天，　　　　　　　　420
你谈着使客人高兴，
一直到备好了午餐。

"当客人离开你的家，
当他向你们告辞，
你不要远远送客，
只送到大门边为止，
不然你的丈夫要发怒，
不然你的爱人要难过。

"如果你一心想望着,
到村子里去溜达, 430
就先得求他们答应,
去和陌生人闲话。
你不在家的时候,
你要小心地把话说,
不要抱怨你一家人,
也不要骂你的婆婆。

"如果村里的姑娘问你,
如果村里的妇女发问:
'婆婆是不是给你奶油,
就像你家里的母亲?' 440
千万不要这样回答:
'她没有奶油给我;'
你要对他们说她给你,
一勺又一勺地很多。
虽然她夏天给了一次,
直到冬天才又给一次。

"现在你再听我说,
你再记住我的话。
当你离开了这屋子,
你前往别人的家, 450
不要忘了你的妈妈,
你要敬重你的妈妈,
是你的母亲乳哺了你,
是你的母亲将你养大,

从她的白皙的容态,
从她的可爱的身体。
有多少夜她不曾睡眠,
有多少次她忘了饮食,
她摇着你的摇篮,
怜惜地向孩子尽看。 460

"如果她忘了妈妈,
如果她不敬重妈妈,
她就不能到玛纳拉,
不能欢乐地到多讷拉。
在玛纳拉多的是痛苦,
多讷拉的报应多可怕,
如果她忘了妈妈,
如果她不敬重妈妈,
多尼的女儿都来指责,
玛纳的姑娘都来嘲骂: 470
'你为什么忘了妈妈,
你为什么不敬重妈妈?
妈妈受了多大的痛苦,
在你出生的时辰,
那时候她在浴室里,
躺在草荐上呻吟,
她给了你生命,
她生下了你,你这恶人!'"

地上坐着个老太婆,
坐着披斗篷的老太太, 480

她老在村口行走,
她老在村路上往来,
她表达她的心情,
她就这样对她说:
"公鸡对它的伴侣歌唱,
小鸡对心爱的唱歌,
乌鸦在三月①里叫唤,
在春天哑哑地不休;
我宁愿唱不出歌来,
我宁愿抑制我的歌喉,　　　　　490
只在可爱的家中闲谈,
永远傍着爱我的人;
屋子和爱人却都不见,
一切的爱都无踪无影。

"妹妹,你听我告诉你,
当你向丈夫的家前往,
不要听从丈夫的意见,
不要像不幸的我一样。
云雀有嘴,丈夫有意见;
爱人的心却更大更远。　　　　　500

"我像花朵似的繁荣,
像野玫瑰在草丛里,
我像树苗似的生长,

---

① 三月,原文作"雪月",指从二月二十日到三月二十日的一段时间。——英译者

长成了苗条的少女。
我像莓果一样美丽，
在黄金的娇艳中闪烁；
我，父亲院子里的小鸭，
我，母亲地板上的小鹅，
我是我兄长的水鸟，
我是我嫂嫂的金翅雀。 510
像是草原上的覆盆子，
我花朵似的走去走来，
在开花的山上舞蹈，
在沙土的湖岸跳跃，
我在山谷里欢唱，
我在山顶上高歌，
在茂盛的森林里游玩，
在美丽的树丛中狂欢。

"就像罗网逮住狐狸嘴，
就像舌头①抓住了貂鼠， 520
姑娘就这样爱男子，
一心要和别的家共处。
姑娘就是这样造成，
女儿的唯一的心思：
领她去结婚做媳妇，
去做婆婆的奴隶。

"像生长于沼泽的莓果，

---

① 舌头，芬兰文的直译，指形似舌头的捕机。

像生长于水地的稠李,
我找烦恼像找蔓越橘,
我找劝诫像找草莓。 530
树木似乎要咬我,
赤杨似乎要撕碎我,
白桦似乎要骂我,
白杨似乎要吞下我。

"他们带我去做新娘,
他们领我去见婆婆。
那里,等着嫁来的姑娘,
他们这样告诉过我,
有六间松木的大房间,
还有两倍多的卧房。 540
有沿着大路旁的花园,
有沿着森林边的谷仓,
有沿着沟渠的大麦田,
有沿着草原的燕麦地,
一箩箩打下了的谷子,
要打的还有许多谷子,
收到了金钱一百块,
要收的还有一百块。

"我轻率地订了婚约,
我愚蠢地嫁到那里, 550
六根柱子支着屋子,
七根小柱支着屋子,
树林里一片荒野,

森林里满目凄凉,
大路旁是可怕的沙漠,
林地上是不吉的思想,
一箩箩坏了的粮食,
要坏的还有许多;
听到了一百句责骂,
要听的还有一百。 560

"我却并不为此烦恼,
我希望安静地过活,
但愿体面地住在那里,
度我的和平的生活;
可是我一走进屋子,
我就跌倒在柴薪上,
我的额角碰在大门上,
我的头撞在门柱上。
门边有陌生人的眼睛:
入口有阴暗的眼睛, 570
房中有斜视的眼睛,
后面有最凶狠的眼睛。
嘴里喷来了火星,
舌头下射来了火把,
从老人的恶毒的嘴里,
老人的凶狠的舌头下。

"我却并不为此烦恼,
毫不介意地住在屋里,
依然希望好好地过活,

度着千依百顺的日子, 580
兔子腿似的蹦着走去,
貂鼠脚似的赶着向前,
很迟我才去休息,
很早就起来受难。
不幸的我没有荣誉,
温良只给我带来悲哀,
纵使我把大水抛掉,
纵使我把大山劈开。

"我徒劳地磨着粗粉,
我辛苦地榨碎硬皮, 590
让我的婆婆去吃,
让贪婪的喉咙吞食,
她使的是金边的盘子,
高坐在桌子的一端。
我不幸的女儿吃着,
用手磨磨的杂和面,
使一个炉石做的勺子,
使一个石杵做的匙子。

"我是他家里的媳妇,
不幸的我常常去洼地, 600
到低湿的地方采苔藓,
采来把我的面包烘制。
我从井里打来了水,
又一口一口地喝去。
不幸的我吃的是鱼,

不幸的我只吃胡瓜鱼。
我靠在我的渔网上，
在我的船里摇呀摇，
从冷淡的婆婆那里，
什么鱼我也得不到， 610
无论在很多的日子，
无论在加倍多的日子。

"夏天我去采饲料，
冬天我用草耙劳动，
就像是辛苦的工人，
就像是可怜的雇佣，
我的婆婆老是给我，
她永远给我选来，
最坏的打谷的连枷，
浴室里的最重的木槌， 620
沙滩上的最重的木槌，
牛栏里的最大的草耙。
他们不管我是否衰弱，
从来不问我是否疲乏，
我的这累人的工作，
英雄或马匹也受不住。

"我不幸的姑娘干活，
在工作期间我工作，
我的肩背渐渐弯了；
他们还要命令我， 630
生火的时候去生火，

我就得动手把火拨。
"他们任意指斥我,
舌头上滚动着骂声,
对于我的无瑕的名誉,
对于我的完美的品行。
向我掷来了多少恶言,
向我倾下了多少毒骂,
就像是钢铁的雹子,
就像是烈火的火花。 640

"我却依然没有绝望,
像以前一样地生活,
屈服于她的毒舌之下,
伺候这严厉的老太婆;
后来我才感到不幸,
后来我才觉得苦痛,
我的丈夫竟变了恶狼,
竟变成咆哮着的熊,
吃饭时候他侧过身去,
睡觉、工作又背过身去。 650

"我不禁哭出声来,
我在堆房里面思索,
记起了以前的年月,
记起了以前的生活,
在我父亲的屋子里,
在我母亲的住宅里。

"我说出我的感想,

我就这样地诉说:
'真的,我亲爱的母亲,
她知道怎么种苹果, 660
她知道怎么护嫩苗,
她却不知道种在哪里,
她把这柔弱的嫩苗,
种到了不吉的地里,
种到了很坏的地方,
在白桦的老根之间,
活着就哭哭啼啼,
一月月长吁短叹。

"'是呀,是呀,我的家,
应该比这好得多多, 670
住所应该更广大,
地板应该更宽阔,
应该有更好的伴侣,
我的丈夫应该更可爱。
我却穿一双桦皮鞋,
一双塌后跟的桦皮鞋,
他的身子却像乌鸦,
他的尖嘴像渡乌一般,
他的形态像一只熊,
他的嘴又狼似的贪婪。 680

"'这样的人我能找到,
如果我在山中流浪,
路上拣松树的根株,

453

林中拣赤杨的树桩；
他的脸就像是草皮，
胡须像是树上的苔藓，
泥土的头，石头的嘴，
眼睛像烧红的煤炭，
耳朵像白桦的树瘤，
两腿像丫杈的杨柳。' 690

"我这样唱着我的歌，
在忧愁的痛苦中悲叹，
我的丈夫刚巧听见，
那时候他站在墙边。
我听到他向我走来，
我靠着堆房的大门，
我感到他越来越近，
是他的脚步的声音。
他的头发飘在风中，
他的头发蓬松散乱， 700
愤愤地露出了齿龈，
恨恨地睁大了两眼，
手中拿着稠李木棍，
臂下又夹一根大棒，
他急急地赶来打我，
一下打在我的头上。

"到了这一天晚上，
到了要睡觉的时间，
他把棍子搁在身旁，

取下钉子上的皮鞭,   710
他并不想打别一个,
就是要打不幸的我。

"我到晚上要休息了,
我来到休息的地方,
我在丈夫身旁躺下,
丈夫躺下在我身旁,
他抓住我的胳膊肘,
凶狠地握得紧紧,
他用柳木棍打我,
又用海象骨的刀柄。   720

"我从冰冷的身边起来,
我离开冰冷的床铺,
我的丈夫在后面追,
狂怒地从大门冲出。
他拖住了我的头发,
凶狠地扭在手中,
他就向风中抛去,
凌乱地抛给春风。

"我去听谁的意见,
哪里能够给我指示?   730
我穿上了我的铁鞋,
又系上了铜的带子,
我站在屋子的墙外。
在街上久久地倾听,
要等到这恶人息怒,

要等到他的愤怒平静,
他的怒气却并不消沉,
连一刻儿也不安宁。

"躲在这阴暗的地方,
寒冷终于向我袭来, 740
我站在屋子的墙外,
我在大门外面等待,
我深深地沉思默想:
'这我不能永远忍受,
受不了他们的憎恨,
我已经忍受得太久,
在这可怕的楞波家中,
在这恶鬼的洞窟之中。'

"我就离开漂亮的屋子,
我将快乐的家抛弃, 750
开始了疲倦的流浪,
穿过沼泽,穿过低地,
经过茫茫的大水,
在哥哥的谷田经过。
歌唱着枞树的树顶,
瑟瑟响着枯老的松树。
乌鸦都高声哑哑叫,
喜鹊也一齐叫喳喳:
'在你出生的屋子里,
已经没有了你的家。' 760

"我却并不为此烦恼,

我走进了哥哥的屋子,
大门都向我招呼,
谷田都为我叹息:
'可怜人!为什么回家,
有什么不幸的消息?
你的父亲早已死了,
亲爱的母亲早已去世,
哥哥对你很是生分,
嫂嫂又像是俄罗斯人。'   770
"我却并不为此烦恼,
我立刻走进了屋子,
我握住门上的把手,
手心里感到了冷气。
"我接着走进了房间,
我就在房门口等待,
女主人傲慢地站着,
她并没有出来迎接,
也并没有向我伸手。
我也像她一样傲慢,   780
我也不愿向她伸手,
我也不愿和她相见。
我把手搁在火炉上,
我感到炉石的冰冷,
我碰一下燃着的煤,
炉子里的煤已经结冰。
"凳子上躺着我的哥哥,

懒懒地在凳子上安身,
肩上煤灰有几寻厚,
身上煤灰有几拃深, 790
头上有三尺高的火煤,
还有两升结块的煤灰。

"我的哥哥就问生客,
他这样问他的客人:
'陌生人!为什么跨过水?'
我就对他这样说明:
'你不认识你的妹妹了,
是你的母亲的女儿?
我们是同胞的兄妹,
是一只母鸟的雏儿: 800
一只鹅养育了我们,
同住一只松鸡的窝。'
哥哥就突然哭出声来,
他不禁心伤泪落。

"哥哥就告诉他的妻子,
低声对他的爱人说:
'带一点吃的给妹妹!'
她显出了不满的眼色,
从厨房带来白菜梗,
小狗已经吃了脂油, 810
狗子已经舔去了盐,
已经喂饱了黑狗。

"哥哥就告诉他的妻子,

低声对他的爱人说:
'带一点麦酒给生客!'
她显出了不满的眼色,
只给生客带来了水,
这水却还是不能喝,
她在这水中洗过脸,
她妹妹的手也洗过。 820

"我离开了哥哥的家,
离开我出生的住宅,
不幸的我到处奔波,
不幸的我到处跋涉,
可怜地流浪于岸上,
可怜地经历着苦辛,
老是向陌生的窗户,
老是向陌生的大门,
沙滩上伴着穷孩子们,
村里贫民院的苦人。 830

"已经有许多许多人,
有许多人对我不满,
骂我的有凶言恶语,
攻我的有唇枪舌剑。
可也还有很少的人,
我感到他们的温暖,
他们和蔼地招待我,
领我到他们的炉边,
当我遭到了暴风雨,

当我在严寒中哆嗦,　　　　　　840
雪花洒遍我的皮衣,
浓霜沾满我的衣服。
　"在我年轻的日子里,
这我再也不会相信,
不管有一百人说明,
不管有一千人作证,
我会遭这样的痛苦,
我会受这样的灾难,
压在我的头上和手上,
是这样沉重的负担。"　　　　　　850

第二十四篇　新娘和新郎离家

一、他们教训新郎如何对待新娘,又警告他不要将她虐待。(第1—264行。)

二、一个老乞丐讲述了他以前怎么使他的妻子明白道理。(第265—296行。)

三、新娘含着眼泪记起了,此后她要永远离开可爱的生身之地了;她与所有人告别。(第297—462行。)

四、伊尔玛利宁将新娘抱上雪车,第三天晚上就回到了老家。(第463—528行。)

> 已经教训了这少女,
> 已经指导了这姑娘,
> 现在我要对兄弟讲话,
> 现在我要教训新郎:
> "新郎,亲爱的兄弟!
> 是我的最好的弟弟,
> 母亲的最亲爱的孩子,
> 父亲的最文雅的孩子,
> 听着我对你说的话,
> 听着我告诉你的一切,

关于你逮住的那鸽子,
关于等着你的那红雀。

　"新郎!祝福你的好运,
为了你获得的那美人,
你要赞美就大声赞美,
为了你获得的那好人,
大声赞美你的创造主,
他赐予你美好的礼品,
你也要赞美她的父亲,
你更要赞美她的母亲,　　　　　20
是他们将女儿抚养,
成了你的美丽的新娘。

　"纯洁的姑娘和你并坐,
同你成双配对的姑娘,
美丽的女郎受你爱护,
同你山盟海誓的女郎,
迷人的姑娘在你胸前,
娇羞的姑娘和你一起,
她用力帮你把谷打,
她用力帮你把草刈,　　　　　30
她洗衣洗得多熟练,
她漂衣漂得多迅速,
她纺纱也那么熟练,
她织布也那么迅速。

　"我听到她的织机响,
就像杜鹃在山上叫唤,

我看到她的梭子飞,
就像貂鼠在树丛乱窜;
又像松鼠嘴里的松球,
她飞快地把线轴缠绕。 40
她的织机不停地响,
她的梭子不停地叫,
村子里永不能沉睡,
乡下人也不能安睡。
"你可爱的年轻的新郎,
你这最最漂亮的人!
去打一把锐利的镰刀,
也装上最好的刀柄,
坐在大门口将它雕成,
又在树桩上将它锤击。 50
到了有阳光的日子,
带年轻的妻到草地,
你看小草沙沙地响,
粗硬的草发出辟剥声,
芦苇轻轻地嘀咕,
酸模又发出沙沙声,
你再看有小山的地方,
新芽正从树桩生长。
"到了又是新的一天,
让她拿着织布的梭子, 60
再拿着合用的机扣,
再拿着最结实的织机,

再拿着最好的踏板。
织工的座椅准备停当,
给姑娘装好了踏板,
她的手抚在机扣上。
梭子立刻唱出了歌声,
踏板立刻响起了嘀嗒,
村子里充满了叮当,
到处都听到了嘈杂: 70
老太太都要来察看,
村妇们都要来询问:
'我们听到有谁在织布?'
你就立刻回答她们:
'这是我的爱人在喧哗,
我的亲爱的在纺织,
是不是要她停止穿梭,
是不是要她解下布匹?'
　"'不要叫她停止穿梭,
不要叫她解下布匹。 80
让太阳的女儿也来纺,
让月亮的女儿也来织,
还有大熊星的女儿,
还有可爱的星的女儿。'
　"你可爱的年轻的新郎,
你这最最漂亮的人!
你可以准备上路,
你可以赶快动身,

带了你的年轻的姑娘,
带了你的可爱的鸽子。 90
决不同你的黄莺分离,
决不把你的红雀抛弃;
不要赶她到沟渠里,
不要赶她到篱笆旁,
不要把她扔在石地上,
不要把她推在树桩上。
在她的父亲的屋子里,
在亲爱的母亲的家乡,
从来不赶她到沟渠里,
从来不赶她到篱笆旁, 100
从来不扔她在石地上,
从来不推她在树桩上。
　"你可爱的年轻的新郎,
你这最最漂亮的人!
不要撵走你的新娘,
不要推开你的美人,
让她在角落里翻腾,
让她在角落里彷徨。
在她的父亲的屋子里,
在她的母亲的家乡, 110
从来不在角落里翻腾,
从来不在角落里彷徨。
她老是坐在窗户边,
坐在房间里摇摇晃晃,

晚上是父亲的欢乐,
早晨是母亲的爱物。
　"不幸的丈夫!你不要,
不要领你的小鸽子,
到盛着水芋根的臼旁,
让她捣去水芋根的皮,　　　　　120
也不要给她做面包,
只用麦草或者枞树枝。
她在她的父亲的家,
在慈爱的母亲的家里,
从来不用这样的臼,
来捣去水芋根的皮,
也从来不给她做面包,
只用麦草或者枞树枝。
　"你得领你的小鸽子,
到五谷丰登的山坡,　　　　　130
或者领她到谷仓里,
帮她去拿裸麦和大麦,
给她烘大块的面包,
给她酿最好的麦酒,
小麦的面包为她烘,
做饼的面团替她揉。
　"新郎,亲爱的兄弟!
你不要让这小鸽子,
你不要让我们的小鹅,
坐下来哀哀地哭泣。　　　　　140

如果不祥的时刻来了，
姑娘感到了凄凉孤寂，
你把栗色马驾上雪车，
或者把你的白马驾起，
就载她到她父亲的家，
到她熟悉的母亲的家。
"你不要待这小鸽子，
像是待你的奴婢，
你不要待可爱的红雀，
像是待雇来的仆役， 150
你不要把她关在门外，
不让她去堆房、地窖子。
她在她的父亲的家，
在慈爱的母亲的家里，
从来不待她像奴婢，
也不像雇来的仆役，
从来不把她关在门外，
不让她去堆房、地窖子。
她切着小麦的面包，
也同样照料着鸡蛋， 160
她去察看牛乳桶，
麦酒桶也同样察看，
早晨她打开了堆房，
晚上她又把堆房锁上。
"你可爱的年轻的新郎，
你这最最漂亮的人！

如果你好好地待新娘,
你会受到衷心的欢迎,
当你访问她父亲的家,
问候她的亲爱的母亲。　　　　　170
他们要为你准备筵席,
给你摆上酒和食品,
他们解下了你的马,
牵它到马房里安身,
水和饲料搁在它面前,
又供应它燕麦一盆。

"不要说我们的新娘,
我们的可爱的红雀,
说她并不出身名门,
对她喊喊喳喳地指责;　　　　　180
千真万确,我们的新娘,
是名门望族的后裔。
如果你种了一升豆子,
给她的亲戚一人一粒,
如果你种了一升亚麻,
每人也都有一缕麻。

"不幸的丈夫!你不要,
不要虐待美丽的新娘,
不要用打奴隶的鞭子,
让她在皮鞭下悲伤,　　　　　　190
在五股的鞭子下哭泣,
在谷仓的那面哭泣。

以前做女儿的时候,
以前她在父亲的家里,
从来不在皮鞭下悲伤,
不用打奴隶的鞭子,
不在五股的鞭下哭泣,
不在谷仓的那面哭泣。

"你墙壁似的遮住她,
你门柱似的挡着她, 200
不让你的母亲将她打,
不让你的父亲将她骂,
不让客人将她非难,
不让邻居将她欺凌。
用鞭子赶走这一群,
你只能打别的人们,
不要虐待心爱的姑娘,
不要打骂亲密的爱人,
是她,你等待了三年,
是她,你想望到如今。 210

"新郎!教导你的新娘,
你要教导你的苹果,
在床上你将她教导,
在门后你对她劝说,
这样教导她一整年,
用你的嘴对她劝告,
第二年用你的眼光,
第三年只要一跺脚。

"如果这她并不留心,
如果这她毫不介意, 220
到苇塘里采一枝芦苇,
到草地上折木贼一枝,
用这些来惩治新娘,
第四年这样将她惩治,
用草梗轻轻地打她,
用菅草的粗硬的叶子。
不要用皮鞭将她打,
不要用棍子惩治她。

"如果这她并不留心,
如果这她毫不介意, 230
从树丛折小树的枝条,
从山谷捡白桦的棍子,
不要让邻居们知道,
藏在你的皮大衣之下,
只让你的新娘看见,
吓唬她,可不要碰她。

"如果这她并不留心,
如果这她毫不介意,
就用树枝将她教训,
就用桦木棍将她惩治, 240
要四面围墙的屋子,
要苔藓遮着的草房,
打她不能在谷田里,
鞭她不能在草地上,

不然嘈杂要传到村中，
吵闹要传到别的家，
邻居的妻子听到啼哭，
森林里布满了喧哗。

"你只能打她的肩头，
打她的柔嫩的面颊，　　　　　　　250
她的耳朵却不能碰，
她的眼睛却不能打；
鬓角一打就要浮肿，
眼睛一碰就要发青，
她的公公就会知道，
她的伯叔就要询问，
村里的农民要看见，
村里的妇女要取笑：
'她是不是上了战场，
枪林弹雨中走了一遭，　　　　　　260
还是狼的嘴将她咬了，
林中的熊向她进攻，
也许那狼是她的丈夫，
她的爱人就是那熊？'"

炉边坐着个老人，
炉旁坐着个乞丐；
老人在炉边把话说，
乞丐在炉旁把口开：
"不幸的丈夫！你不要，
不要听取妻子的意见，　　　　　　270

云雀的舌,妇人的空想;
当我还是不幸的青年,
我给她买面包和肉,
我给她买奶油和酒,
我给她买种种的鱼,
什么食品应有尽有,
上等的麦酒在本地买,
小麦又从外国买来。

"可是这她并不高兴,
她的脾气还是那么坏, 280
有一天她走进房间,
抓住我的头发尽扯,
她的脸狂怒地扭动,
她的眼凶狠地转旋,
她愤愤地破口大骂,
一直骂到她意足心满,
拥来了无数恶言,
又咆哮着骂我懒汉。

"有别的方法制服她,
有别的方法我知道: 290
我剥着白桦树枝的皮,
她进来就叫我小鸟;
我采下杜松的枝条,
她垂下头叫我亲人;
我扬起柳木的棍子,
她抱住了我的项颈。"

不幸的姑娘叹着气,
她哽咽着,长吁短叹;
立刻就哭出了声音,
她又这样地开言: 300
"时间很快地来了,
别人不久就要离开,
我的离别却还要近,
这时间也已经到来。
我的出走真太凄凉,
我的离别真太不幸,
离开这著名的村子,
离开这可爱的家庭,
我在这里长大成人,
我在这里喜笑颜开, 310
我一天一天地长大,
过去了我的儿童时代。

"我从来不曾想到,
我一生不曾料及,
我不以为我要分散,
我不相信我要别离,
离开这城堡的周围,
离开城堡所在的小山。
现在我才感到要离去,
现在我才知道要分散。 320
告别的酒杯已经喝干,
告别的麦酒已经完结,

雪车已经等在外面，
前向田野，后向住宅，
这边正对着马房，
那边又对着牛房。

"到了我离别的时刻，
来了这分散的悲哀，
怎么报答母亲的乳哺，
怎么报答父亲的慈爱，　　　　330
怎么报答哥哥的热心，
怎么报答嫂嫂的深情。

"感谢你，亲爱的父亲！
为我以往欢乐的岁月，
为过去的日子的食品，
为过去的美味的一切。

"感谢你，亲爱的母亲！
为摇着我儿时的摇篮，
为抚育这小小的婴孩，
为抚养我在你胸前。　　　　340

"也感谢亲爱的哥哥，
亲爱的哥哥和嫂嫂，
向我一家人祝福，
向儿时的伴侣问好，
我们一起生活、玩耍，
也一起从儿时长大。

"但愿你，尊贵的父亲！
但愿你，慈爱的母亲！

还有著名的我的一族,
还有别的高贵的亲人, 350
永不感到难堪的苦难,
永不觉得难受的悲伤,
我这样离开了故国,
我这样流浪到远方。
创造主的太阳在照耀,
创造主的月亮在辉煌,
天空的星星永远闪烁,
大熊星永远吐着光芒,
永远向远天伸展,
永远向远方扩张, 360
不单在我父亲的老屋,
不单在我儿时的家乡。

"现在我真要离开了,
离开我热爱的家庭,
走出我母亲的地窖,
走出我父亲的大厅,
抛弃了所有的草地,
抛弃了沼泽和田园,
抛弃了闪烁的湖水,
抛弃了岸边的沙滩, 370
那里有入浴的村妇们,
那里有玩水的牧童们。

"我要离开抖动的沼泽,
我要离开辽阔的低地,

475

离开平静的赤杨林，
不再在树丛中游憩，
不再在树篱边溜达，
不再在小路上徜徉，
不再跳舞在庄院里，
不再站立在墙壁旁，　　　　　　380
不再把铺板擦拭，
也不再把地板刷洗，
离开驯鹿跳跃的田野，
离开山猫奔跑的林地，
离开大雁群集的荒原，
离开鸟儿栖息的林间。

"现在我真要离开了，
其他一切我都抛弃；
在春天的薄薄的冰上，
在秋天的夜的襞褶里，　　　　　390
冰上我不遗下踪迹，
流冰上我不留下脚印，
不遗下我衣上的线，
雪上我也不留下衣痕。

"如果以后我回来了，
回来重看我的家园，
母亲听不见我的声音，
父亲不注意我的悲叹，
无论我在屋角呜咽，
我在他们头上说话，　　　　　　400

青青的小草已经滋生,
杜松树也已经抽芽,
在母亲的温和的脸上,
在生我的人的面颊上。

　"如果以后我回来了,
回到这广大的屋子,
他们都不再记得我,
除了两件小小的东西:
最低的篱旁的篱栅,
最远的田边的篱桩,　　　　　　410
是我用了小枝插成,
当我还是女孩的时光。

　"还有我母亲的小母牛,
当它还是犊儿的时候,
我照料它,给它喝水,
它要哞哞地欢迎我,
从庄院里的粪堆边,
从周围的冬天的田里,
它一定认识回来的我,
是这家里的女儿。　　　　　　　420

　"还有我父亲的骏马,
当我是小女孩的时候,
我喂养它,给它吃草,
它要嘶嘶地欢迎我,
从庄院里的粪堆边,

从周围的冬天的田里,

它一定认识回来的我,

是这家里的女儿。

"还有我哥哥心爱的狗,

当我是小女孩的时候,　　　　　430

我训练它,我喂它吃,

它要汪汪地欢迎我,

从庄院里的粪堆边,

从周围的冬天的田里,

它一定认识回来的我,

是这家里的女儿。

"别的人却不认识我,

我回到我以前的家乡,

我的船依然是旧船,

像我以前在这里一样,　　　　　440

在鲫鱼游着的岸旁,

依然同样地撒着网。

"别了,亲爱的房间,

你盖着天花板的房间!

如果我平安地回来,

我要给你再刷洗一遍。①

---

① 据注释,"刷洗"意为"在你周围漫步";我以为除了最后一行,无须改动。——英译者。这里的446、450两行及下面的454一行,芬兰文完全相同。

478

"别了,你亲爱的大厅,
你铺着地板的大厅!
如果我平安地回来,
我要给你再刷洗干净。 450

"别了,你亲爱的院子,
长着可爱的山梨树!
如果我平安地回来,
我要在你周围漫步。

"别了!我四周的一切,
长莓果的田野和森林,
丛生着灌木的荒原,
开满花朵的大路小径,
有成百的岛屿的大湖,
鲱鱼游泳着的深水, 460
长枞树的美丽的小山,
长白桦的低湿的沼地!"

铁匠伊尔玛利宁,
把新娘抱到雪车里,
用鞭子挥一挥他的马,
说出了这样的言辞:
"别了!一切的湖岸,
湖岸和草原的斜坡,
山边的一切松树,
枞树林中的乔木, 470
屋子后面的赤杨,
水泉旁边的杜松,

平原上的莓果树丛，
一切莓果树丛和草梗，
柳树林、赤杨的叶子，
枞树桩、白桦的树皮！"
　铁匠伊尔玛利宁走了，
离开波赫尤拉前行，
孩子们唱着别离歌，
唱出了这样的歌声： 480
"一只黑鸟迅速地飞来，
穿过森林飞到这处所，
他引诱了我们的小鸭，
他骗去了我们的莓果，
他拿走了我们的苹果，
他钓去了我们的小鱼，
用一点钱将她引诱，
用他的银子将她骗去。
现在谁来取水给我们，
又有谁带我们到河浜？ 490
"水桶徒然地站着，
牛轭懒懒地发出声音，
地板没有打扫清洁，
铺板没有打扫干净，
所有的水瓶都没有水，
两柄的水壶又很污秽。"
　铁匠伊尔玛利宁，
带了年轻的女郎回家，

在路上辚辚地趱行,
离开了神秘的波赫亚, 500
沿着息玛海峡的海岸,
他急急地跨过沙丘,
石子碎裂,沙子飞扬,
雪车摇摆,路轰隆不休,
铁滑板响亮地叮当,
桦木架发出了回响,
弯弯的板条叽叽咯咯,
稠李木车轭东摇西荡,
皮鞭呼呼地响着,
铜环不绝地抖动, 510
高贵的马尽向前驰,
白额马尽向前冲。

 铁匠赶了一天又两天,
同样地在第三天上;
一只手牵着马匹,
一只手抱着新娘,
一只脚踏在毯子下面,
一只脚踏住雪车车沿。

 他们急急跑,快快行,
终于在第三天上, 520
就在夕阳西下的时候,
出现了铁匠的住房,
来到伊尔玛的屋子,
正袅袅地上升着炊烟,

在铁匠的村子里，
浓浓的炊烟升向高天，
屋子上缕缕的烟圈，
高高地升到了云间。①

---

① 据荀贝的译本,此节较原本缺少一行(第525行),今参照克洛福德的英译本补足。